冰心三部曲

繁星·春水

冰心 ★ 著

冰心经典作品集

北方文艺出版社

图书在版编目（CIP）数据

冰心三部曲/冰心著 . -- 2 版 . -- 哈尔滨：北方
文艺出版社，2017.7（2018.8 重印）

（冰心经典作品集）

ISBN 978-7-5317-3899-2

Ⅰ . ①冰… Ⅱ . ①冰… Ⅲ . ①儿童文学 – 散文集 – 中
国 – 现代②诗集 – 中国 – 现代 Ⅳ . ① I216.2

中国版本图书馆 CIP 数据核字（2017）第 124306 号

冰心三部曲

Bingxin Sanbuqu

作　者 / 冰　心

责任编辑 / 张贺然　于若菊　　　　　　　　封面设计 / 袁　洁　张继星

封面插图 / 张云鹤

出版发行 / 北方文艺出版社　　　　　　　网　址 / www.bfwy.com

邮　编 / 150080　　　　　　　　　　　　经　销 / 新华书店

地　址 / 黑龙江现代文化艺术产业园 D 栋 526 室

印　刷 / 北京诚信伟业印刷有限公司　　　开　本 / 787×1092　1/32

字　数 / 334 千　　　　　　　　　　　　印　张 / 14

版　次 / 2017 年 7 月第 2 版　　　　　　印　次 / 2018 年 8 月第 3 次印刷

书　号 / ISBN 978-7-5317-3899-2　　　　定　价 / 59.00 元（全三册）

目 录

繁　星

自　序

一九一九年的冬夜，和弟弟冰仲围炉读泰戈尔（R.Tagore）的《迷途之鸟》（Stray Birds），冰仲和我说："你不是常说有时思想太零碎了，不容易写成篇段么？其实也可以这样的收集起来。"从那时起，我有时就记下在一个小本子里。

一九二〇年的夏日，二弟冰叔从书堆里，又翻出这小本子来。他重新看了，又写了"繁星"两个字，在第一页上。

一九二一年的秋日，小弟弟冰季说，"姊姊！你这些小故事，也可以印在纸上么？"我就写下末一段，将它发表了。

是两年前零碎的思想，经过三个小孩子的鉴定。《繁星》的序言，就是这个。

冰　心

一九二一年九月一日

一

繁星闪烁着——

　　深蓝的太空，

　　何曾听得见它们对语？

沉默中，

　　微光里，

　　　　它们深深的互相颂赞了。

二

童年呵！

　　是梦中的真，

　　是真中的梦，

　　是回忆时含泪的微笑。

三

万顷的颤动——

　　深黑的岛边，

　　月儿上来了。

生之源，

　　死之所！

四

小弟弟呵！

　我灵魂中三颗光明喜乐的星。

温柔的，

　无可言说的，

　　灵魂深处的孩子呵！

五

黑暗，

　怎样的描画呢？

心灵的深深处，

　宇宙的深深处，

　　灿烂光中的休息处。

六

镜子——

　对面照着，

反而觉得不自然，

　不如翻转过去好。

七

醒着的，

　　只有孤愤的人罢！

听声声算命的锣儿，

　　敲破世人的命运。

八

残花缀在繁枝上；

鸟儿飞去了，

　　撒得落红满地——

　　　生命也是这般的一瞥么？

九

梦儿是最瞒不过的呵，

清清楚楚的，

　　诚诚实实的，

　　　告诉了

　　你自己灵魂里的密意和隐忧。

一○

嫩绿的芽儿，

　和青年说：

　"发展你自己！"

淡白的花儿，

　和青年说：

　"贡献你自己！"

深红的果儿，

　和青年说：

　"牺牲你自己！"

一一

无限的神秘，

　何处寻它？

微笑之后，

　言语之前，

　　便是无限的神秘了。

一二

人类呵！

相爱罢，

　　我们都是长行的旅客，

　　　　向着同一的归宿。

一三

一角的城墙，

　　蔚蓝的天，

　　　　极目的苍茫无际——

　　　　　　即此便是天上——人间。

一四

我们都是自然的婴儿，

　　卧在宇宙的摇篮里。

一五

小孩子！

　　你可以进我的园，

　　　　你不要摘我的花——

看玫瑰的刺儿，

　　刺伤了你的手。

一六

青年人呵！

　　为着后来的回忆，

　　　　小心着意的描你现在的图画。

一七

我的朋友！

　　为什么说我"默默"呢？

世间原有些作为，

　　超乎语言文字以外。

一八

文学家呵！

　　着意的撒下你的种子去，

　　　　随时随地要发现你的果实。

一九

我的心，

孤舟似的，

　　穿过了起伏不定的时间的海。

二〇

幸福的花枝，

　　在命运的神的手里，

　　　　寻觅着要付与完全的人。

二一

窗外的琴弦拨动了，

　　我的心呵！

怎只深深的绕在余音里？

是无限的树声，

　　是无限的月明。

二二

生离——

　　是朦胧的月日，

死别——

　　是憔悴的落花。

二三

心灵的灯,

　　在寂静中光明,

　　　　在热闹中熄灭。

二四

向日葵对那些未见过白莲的人,

　　承认他们是最好的朋友。

白莲出水了,

　　向日葵低下头了:

她亭亭的傲骨,

　　分别了自己。

二五

死呵!

起来颂扬它;

是沉默的终归,

　　是永远的安息。

二六

高峻的山巅，

　　深阔的海上——

是冰冷的心，

　　是热烈的泪；

可怜微小的人呵！

二七

诗人，

　　是世界幻想上最大的快乐，

　　也是事实中最深的失望。

二八

故乡的海波呵！

你那飞溅的浪花，

从前怎样一滴一滴的敲我的磐石，

　　现在也怎样一滴一滴的敲我的心弦。

二九

我的朋友，

对不住你；

我所能付与的慰安，

　　只是严冷的微笑。

三〇

光阴难道就这般的过去么？

除却缥缈的思想之外，

　　一事无成！

三一

文学家是最不情的——

　　人们的泪珠，

　　　便是他的收成。

三二

玫瑰花的刺，

　　是攀摘的人的嗔恨，

　　是她自己的慰乐。

三三

母亲呵！

撇开你的忧愁，

　　容我沉酣在你的怀里，

只有你是我灵魂的安顿。

三四

创造新陆地的，

　　不是那滚滚的波浪，

　　却是它底下细小的泥沙。

三五

万千的天使，

　　要起来歌颂小孩子，

小孩子！

　　他细小的身躯里，

　　　含着伟大的灵魂。

三六

阳光穿进石隙里，

　　和极小的刺果说：

　　"借我的力量伸出头来罢，

解放了你幽囚的自己！"
树干儿穿出来了，
　　坚固的磐石，
　　　裂成两半了。

三七

艺术家呵！
　　你和世人，
　　　难道终久的隔着一重光明之雾？

三八

井栏上，
　　听潺潺山下的河流——
　　　料峭的天风，
　　　　吹着头发；
天边——地上，
　　一回头又添了几颗光明，
　　是星儿，
　　还是灯儿？

三九

梦初醒处，

　　山下几叠的云衾里

　　　　瞥见了光明的她。

朝阳呵！

　　临别的你，

　　　　已是堪怜，

　　　　　　怎似如今重见！

四〇

我的朋友！

　　你不要轻信我，

　　　　贻你以无限的烦恼，

我只是受思潮驱使的弱者呵！

四一

夜已深了，

　　我的心门要开着——

一个浮踪的旅客，

　　思想的神，

在不意中要临到了。

四二

云彩在天空中，

　　人在地面上——

思想被事实禁锢住，

　　便是一切苦痛的根源。

四三

真理，

　　在婴儿的沉默中，

　　不在聪明人的辩论里。

四四

自然呵！

　　请你容我只问一句话，

　　一句郑重的话：

"我不曾错解了你么？"

四五

言论的花儿

开的愈大,

行为的果子

结得愈小。

四六

松枝上的蜡烛,

依旧照着罢!

反复的调儿,

再弹一阕罢!

等候着,

远别的弟弟,

从夜色里要到门前了。

四七

儿时的朋友:

海波呵,

山影呵,

灿烂的晚霞呵,

悲壮的喇叭呵;

我们如今是疏远了么?

四八

弱小的草呵!

　　骄傲些罢,

　　　　只有你普遍的装点了世界。

四九

零碎的诗句,

　　是学海中的一点浪花罢;

然而它们是光明闪烁的,

　　繁星般嵌在心灵的天空里。

五〇

不恒的情绪,

　　要迎接它么?

它能涌出意外的思潮,

　　要创造神奇的文字。

五一

常人的批评和断定,

　　好像一群瞎子,

在云外推测着月明。

五二

轨道旁的花儿和石子！
只这一秒的时间里，
　我和你
　　是无限之生中的偶遇，
　　也是无限之生中的永别；
再来时，
　万千同类中，
　　何处更寻你？

五三

我的心呵！
　警醒着，
　　不要卷在虚无的旋涡里！

五四

我的朋友！
　起来罢，

晨光来了，

　　要洗你的隔夜的灵魂。

五五

成功的花。

　　人们只惊慕她现时的明艳！

　　然而当初她的芽儿，

　　　浸透了奋斗的泪泉，

　　　洒遍了牺牲的血雨。

五六

夜中的雨，

　　丝丝的织就了诗人的情绪。

五七

冷静的心，

　　在任何环境里

　　都能建立了更深微的世界。

五八

不要羡慕小孩子，

他们的知识都在后头呢，

　　烦闷也已经隐隐的来了。

五九

谁信一个小"心"的呜咽，

　　颤动了世界？

然而它是灵魂海中的一滴。

六〇

轻云淡月的影里，

　　风吹树梢——

　　　　你要在那时创造你的人格。

六一

风呵！

　　不要吹灭我手中的蜡烛，

　　　　我的家还在这黑暗长途的尽处。

六二

最沉默的一刹那顷，

　　是提笔以后，

下笔之前。

六三

指点我罢，
　我的朋友！
我是横海的燕子，
　要寻觅隔水的窝巢。

六四

聪明人！
　要提防的是：
　忧郁时的文字，
　愉快时的言语。

六五

造物者呵！
　谁能追踪你的笔意呢？
百千万幅图画，
　每晚窗外的落日。

六六

深林里的黄昏，

　　是第一次么？

又好似是几时经历过。

六七

渔娃！

　　可知道世人羡慕你？

终身的生涯，

　　是在万顷柔波之上。

六八

诗人呵！

　　缄默罢；

写不出来的，

　　是绝对的美。

六九

春天的早晨，

　　怎样的可爱呢！

融洽的风,

　　飘扬的衣袖,

　　　静悄的心情。

七〇

空中的鸟!

　　何必和笼里的同伴争噪呢?

你自有你的天地。

七一

这些事——

　　是永不漫灭的回忆;

月明的园中,

　　藤萝的叶下,

　　　母亲的膝上。

七二

西山呵!

　　别了!

我不忍离开你,

但我苦忆我的母亲。

七三

无聊的文字，

　抛在炉里，

　　也化作无聊的火光。

七四

婴儿，

　是伟大的诗人，

　在不完全的言语中，

　吐出最完全的诗句。

七五

父亲呵！

　出来坐在月明里，

　　我要听你说你的海。

七六

月明之夜的梦呵！

　远呢？

近呢？

但我们只这般不言语，

听——听

这微击心弦的声！

眼前光雾万重，

柔波如醉呵！

沉——沉。

七七

小磐石呵，

　　坚固些罢，

　　　准备着前后相催的波浪！

七八

真正的同情，

　　在忧愁的时候，

　　不在快乐的期间。

七九

早晨的波浪，

已经过去了；

晚来的潮水，

又是一般的声音。

八○

母亲呵！

我的头发，

披在你的膝上，

这就是你付与我的万缕柔丝。

八一

深夜！

请你容疲乏的我，

放下笔来，

和你有少时寂静的接触。

八二

这问题很难回答呵，

我的朋友！

什么可以点缀了你的生活？

八三

小弟弟!

　你恼我么?

灯影下,

　我只管以无稽的故事,

　　来骗取你,

绯红的笑颊,

　凝注的双眸。

八四

寂寞呵!

　多少心灵的舟,

　　在你软光中浮泛。

八五

父亲呵!

　我愿意我的心,

　　像你的佩刀,

　　　这般的寒生秋水!

八六

月儿越近，

　　影儿越浓，

　　　生命也是这般的真实么？

八七

知识的海中，

　　神秘的礁石上，

　　　处处闪烁着怀疑的灯光呢。

感谢你指示我，

　　生命的舟难行的路！

八八

冠冕？

　　是暂时的光辉，

　　　是永久的束缚。

八九

花儿低低的对看花的人说：

　　"少顾念我罢，

我的朋友！
让我自己安静着，
　　开放着，
　　　你们的爱
是我的烦扰。"

九〇

坐久了，
　　推窗看海罢！
将无边感慨，
　　都付与天际微波。

九一

命运！
　　难道聪明也抵抗不了你？
生——死
　　都挟带着你的权威。

九二

朝露还串珠般呢！

去也——

 风冷衣单

  何曾入到烦乱的心?

朦胧里数着晓星,

 怪驴儿太慢,

  山道太长——

梦儿欺枉了我,

 母亲何曾病了?

归来也——

 辔儿缓了,

  阳光正好,

   野花如笑;

看朦胧晓色,

 隐着山门。

九三

我的心呵!

 是你驱使我呢,

 还是我驱使你?

九四

我知道了，

　　时间呵！

你正一分一分的，

　　消磨我青年的光阴！

九五

人从枝上折下花儿来，

　　供在瓶里——

　　　　到结果的时候，

却对着空枝叹息。

九六

影儿落在水里，

　　句儿落在心里，

　　　　都一般无痕迹。

九七

是真的么？

人的心只是一个琴匣，

不住的唱着反复的音调！

九八

青年人！
　　信你自己罢！
只有你自己是真实的，
　　也只有你能创造你自己。

九九

我们是生在海舟上的婴儿，
　　不知道
　　　　先从何处来，
　　　　要向何处去。

一○○

夜半——
　　宇宙的睡梦正浓呢！
独醒的我，
　　可是梦中的人物？

一〇一

弟弟呵！

　　似乎我不应勉强着憨嬉的你，

　　　来平分我孤寂的时间。

一〇二

　　小小的花，

　　　也想抬起头来，

　　　　感谢春光的爱——

　　然而深厚的恩慈，

　　　反使她终于沉默。

　　母亲呵！

　　　你是那春光么？

一〇三

时间！

　　现在的我，

　　　太对不住你么？

　　然而我所抛撒的是暂时的，

　　　我所寻求的是永远的。

一〇四

窗外人说桂花开了，

　　总引起清绝的回忆；

一年一度，

　　中秋节的前三日。

一〇五

灯呵！

　　感谢你忽然灭了：

在不思索的挥写里，

　　替我匀出了思索的时间。

一〇六

老年人对小孩子说：

"流泪罢，

　　叹息罢，

　　　世界多么无味呵！"

小孩子笑着说：

"饶恕我，

　　先生！

我不会设想我所未经过的事。"

小孩子对老年人说：

"笑罢，

　　跳罢，

　　　世界多么有趣呵！"

老年人叹着说：

"原谅我，

　　孩子！

　　　我不忍回忆我所已经过的事。"

一〇七

我的朋友！

　珍重些罢，

　　不要把心灵中的珠儿，

　　　抛在难起波澜的大海里。

一〇八

心是冷的，

　泪是热的；

心——凝固了世界，

泪——温柔了世界。

一〇九

漫天的思想，

　　收合了来罢！

你的中心点，

　　你的结晶，

　　　要作我的南针。

一一〇

青年人呵！

　　你要和老年人比起来，

　　　就知道你的烦闷，

　　　　是温柔的。

一一一

太单调了么？

琴儿，

　　我原谅你！

你的弦，

　　本弹不出笛儿的声音。

一一二

古人呵！

　我已经欺哄了我，

　　不要引导我再欺哄后人。

一一三

父亲呵！

　我怎样的爱你，

　　也怎样爱你的海。

一一四

"家"是什么，

　我不知道；

但烦闷——忧愁，

　都在此中融化消灭。

一一五

笔在手里，

　句在心里，

　　只是百无安顿处——

远远地却引起钟声！

一一六

海波不住的问着岩石，

　　岩石永久沉默着不曾回答；

然而它这沉默，

　　已经过百千万回的思索。

一一七

小茅棚，

　　菊花的顶子——

　　　在那里

　　　要感出宇宙的独立！

一一八

故乡！

何堪遥望，

　　何时归去呢？

白发的祖父，

　　不在我们的园里了！

一一九

谢谢你,

　　我的琴儿!

月明人静中,

　　为我颂赞了自然。

一二〇

母亲呵!

这零碎的篇儿,

　　你能看一看么?

这些字,

　　在没有我以前,

　　　　已隐藏在你的心怀里。

一二一

露珠,

　　宁可在深夜中,

　　　　和寒花作伴——

却不容那灿烂的朝阳,

　　给她丝毫暖意。

一二二

我的朋友！
　真理是什么，
感谢你指示我；
然而我的问题，
　不容人来解答。

一二三

天上的玫瑰，
　红到梦魂里；
天上的松枝，
　青到梦魂里；
天上的文字，
　却写不到梦魂里。

一二四

"缺憾"呵！
"完全"需要你，
　在无数的你中，
　　衬托出它来。

一二五

蜜蜂,

　　是能溶化的作家;

从百花里吸出不同的香汁来,

　　酿成它独创的甜蜜。

一二六

荡漾的,是小舟么?

青翠的,是岛山么?

蔚蓝的,是大海么?

我的朋友!

重来的我,

　　何忍怀疑你,

　　　　只因我屡次受了梦儿的欺枉。

一二七

流星,

　　飞走天空,

　　　　可能有一秒时的凝望?

然而这一瞥的光明,

已长久遗留在人的心怀里。

一二八

澎湃的海涛，

沉黑的山影——

夜已深了，

　　不出去罢。

看呵！

　　一星灯火里，

　　　军人的父亲，

　　　　独立在旗台上。

一二九

倘若世间没有风和雨，

　　这枝上繁花，

　　　又归何处？

只惹得人心生烦厌。

一三〇

希望那无希望的事实，

解答那最难解答的问题，
　便是青年的自杀！

一三一

大海呵，
　哪一颗星没有光？
　哪一朵花没有香？
　哪一次我的思潮里
　　没有你波涛的清响？

一三二

我的心呵！
你昨天告诉我，
　世界是欢乐的；
今天又告诉我，
　世界是失望的；
明天的言语，
　又是什么？
教我如何相信你！

一三三

我的朋友！
未免太忧愁了么？
"死"的泉水，
　　是笔尖下最后的一滴。

一三四

怎能忘却？
夏之夜，
　　明月下，
　　　　幽栏独倚。
粉红的莲花，
　　深绿的荷盖，
　　　　缟白的衣裳！

一三五

我的朋友！
　　你曾登过高山么？
　　你曾临过大海么？
在那里，

是否只有寂寥？

只有"自然"无语？

你的心中

是欢愉还是凄楚？

一三六

风雨后——

花儿的芬芳过去了，

花儿的颜色过去了，

果儿沉默的在枝上悬着。

花的价值，

要因着果儿而定了！

一三七

聪明人，

抛弃你手里幻想的花罢！

她只是虚无缥缈的，

反分却你眼底春光。

一三八

夏之夜，

凉风起了！
襟上兰花气息，
绕到梦魂深处。

一三九

虽然为着影儿相印：
我的朋友！
　　你宁可对模糊的镜子，
　　　　不要照澄澈的深潭，
　　　　她是属于自然的！

一四〇

小小的命运，
　　每日的转移青年；
命运是觉得有趣了，
　　然而青年多么可怜呵！

一四一

思想，
　　只容心中游漾。
刚拿起笔来，

神趣便飞去了。

一四二

一夜——
　　听窗外风声。
　　　可知道寄身山巅？
烛影摇摇，
　　影儿怎的这般清冷？
似这般山河如墨，
　　只是无眠——

一四三

心潮向后涌着，
时间向前走着；
青年的烦闷，
　　便在这交流的旋涡里。

一四四

阶边，
　　花底，
　　　微风吹着发儿，

是冷也何曾冷！

这古院——

　这黄昏——

　　这丝丝诗意——

绕住了斜阳和我。

一四五

心弦呵！

弹起来罢——

　让记忆的女神，

　　和着你调儿跳舞。

一四六

文字，

　开了矫情的水闸；

听同情的泉水，

　深深地交流。

一四七

将来，

　明媚的湖光里，

可有个矗立的碑？

怎敢这般沉默着——想。

一四八

只这一枝笔儿；

拿得起，

　放得下，

　　便是无限的自然！

一四九

无月的中秋夜，

　是怎样的耐人寻味呢！

隔着层云，

　隐着清光。

一五〇

独坐——

　山下湿云起了，

　　更隔院断续的清磬。

这样黄昏，

　这般微雨，

只做就些儿惆怅!

一五一

智慧的女儿!
　　向前迎住罢,
"烦闷"来了,
　　要败坏你永久的工程。

一五二

我的朋友!
　　不要任凭文字困苦你;
文字是人做的,
　　人不是文字做的!

一五三

是怜爱,
　　是温柔,
　　　是忧愁——
这仰天的慈像,
　　融化了我冻结的心泉。

一五四

总怕听天外的翅声——

小小的鸟呵！

羽翼长成，

　　你要飞向何处？

一五五

白的花胜似绿的叶，

　　浓的酒不如淡的茶。

一五六

清晓的江头，

　　白雾濛濛，

是江南天气，

　　雨儿来了——

我只知道有蔚蓝的海，

却原来还有碧绿的江，

　　这是我父母之乡！

一五七

因着世人的临照，

只可以拂拭镜上的尘埃，

　　却不能增加月儿的光亮。

一五八

我的朋友！

　雪花飞了，

　　我要写你心里的诗。

一五九

母亲呵！

　天上的风雨来了，

　　鸟儿躲到它的巢里；

　心中的风雨来了，

　　我只躲到你的怀里。

一六〇

聪明人！

文字是空洞的，

　言语是虚伪的；

你要引导你的朋友，

　只在你

自然流露的行为上！

一六一

大海的水，
　　是不能温热的；
孤傲的心，
　　是不能软化的。

一六二

青松枝，
　　红灯彩，
　　　　和那柔曼的歌声——
小弟弟！
　　感谢你付与我，
　　　　寂静里的光明。

一六三

片片的云影，
　　也似零碎的思想么？
然而难将记忆的本儿，
　　将它写起。

一六四

我的朋友！
　别了，
　　我把最后一页，
　　　留与你们！

春 水

自 序

"母亲呵！

　这零碎的篇儿，

　　你能看一看么？

这些字，

　在没有我以前，

　　已隐藏在你的心怀里。"

——录《繁星》一二〇

冰 心

一九二二年十一月二十一日

一

春水!

  又是一年了,

    还这般的微微吹动。

可以再照一个影儿么?

  春水温静的答谢我说:

"我的朋友!

    我从来未曾留下一个影子,

      不但对你是如此。"

二

四时缓缓的过去——

百花互相耳语说:

"我们都只是弱者!

  甜香的梦

    轮流着做罢,

  憔悴的杯

    也轮流着饮罢,

上帝原是这样安排的呵!

三

青年人！

  你不能像风般飞扬，

    便应当像山般静止。

浮云似的

  无力的生涯，

只做了诗人的资料呵！

四

芦荻，

  只伴着这黄波浪么？

趁风儿吹到江南去罢！

五

一道小河

  平平荡荡的流将下去，

只经过平沙万里——

  自由的，

    沉寂的，

它没有快乐的声音。

一道小河

　　曲曲折折的流将下去，
只经过高山深谷——
　　险阻的，
　　　挫折的，
它也没有快乐的声音。

我的朋友！
感谢你解答了
　　我久闷的问题，
平荡而曲折的水流里，
　　青年的快乐
　　　在其中荡漾着了！

六

诗人！
　　不要委屈了自然罢，
　　　"美"的图画，
　　　　要淡淡的描呵！

七

一步一步的扶走——

　半隐地青紫的山峰

　怎的这般高远呢？

八

月呵！

　什么做成了你的尊严呢？

深远的天空里，

　只有你独往独来了。

九

倘若我能以达到，

　上帝呵！

何处是你心的尽头，

　可能容我知道？

远了！

　远了！

我真是太微小了呵！

一〇

忽然了解是一夜的正中，
白日的心情呵！
　不要侵到这境界里来罢。

一一

南风吹了，
将春的微笑
　从水国里带来了！

一二

弦声近了，
　瞽目者来了；
弦声远了，
　无知的人的命运
　也跟了去么？

一三

白莲花！
　清洁拘束了你了——

但也何妨让同在水里的红莲

　　来参礼呢?

一四

自然唤着说:

　"将你的笔尖儿

　　浸在我的海里罢!

　　　人类的心怀太枯燥了。"

一五

沉默里,

　充满了胜利者的凯歌!

一六

心呵!

　什么时候值得烦乱呢?

　　为着宇宙,

　　为着众生。

一七

红墙衰草上的夕阳呵!

快些落下去罢，
　　你使许多的青年人颓老了！

一八

冰雪里的梅花呵！
　　你占了春先了。
看遍地的小花
　　随着你零星开放。

一九

诗人！
　　笔下珍重罢！
众生的烦闷
　　要你来慰安呢。

二〇

山头独立，
　　宇宙只一人占有了么？

二一

只能提着壶儿

看她憔悴——
同情的水

从何灌溉呢？

她原是栏内的花呵！

二二

先驱者！

你要为众生开辟前途呵，

束紧了你的心带罢！

二三

平凡的池水——

临照了夕阳，

便成金海！

二四

小岛呵！

何处显出你的挺拔呢？

无数的山峰

沉沦在海底了。

二五

吹就雪花朵朵——
　　朔风也是温柔的呵！

二六

我只是一个弱者！
光明的十字架
　　容我背上罢，
我要抛弃了性天里
　　暗淡的星辰！

二七

大风起了！
　　秋虫的鸣声都息了！

二八

影儿欺哄了众生了，
　　天以外——
　　　月儿何曾圆缺？

二九

一般的碧绿,

　　只多些温柔。

西湖呵,

　　你是海的小妹妹么?

三〇

天高了,

　　星辰落了。

　　晚风又与睡人为难了!

三一

诗人!

　　自然命令着你呢,

　　　　静下心潮

　　　　　　听它呼唤!

三二

渔舟归来了,

　　看江上点点的红灯呵!

三三

墙角的花!
你孤芳自赏时,
　天地便小了。

三四

青年人!
　从白茫茫的地上
　找出同情来罢。

三五

嫩绿的叶儿
　也似诗情么?
颜色一番一番的浓了。

三六

老年人的"过去",
　青年人的"将来",
在沉思里
　都是一样呵!

三七

太空！

揭开你的星网，

容我瞻仰你光明的脸罢。

三八

秋深了！

　树叶儿穿上红衣了！

三九

水向东流，

　月向西落——

诗人，

　你的心情

　　能将她们牵住了么？

四〇

黄昏——深夜

　槐花下的狂风，

　　藤萝上的密雨，

可能容我暂止你？

病的弟弟

　　刚刚睡浓了呵！

四一

小松树，

　　容我伴你罢，

　　山上白云深了！

四二

晚霞边的孤帆，

　　在不自觉里

　　完成了"自然"的图画。

四三

春何曾说话呢？

　　但她那伟大的潜隐的力量

　　　已这般的

　　温柔了世界了！

四四

旗儿举正了，
　　聪明的先驱者呵！

四五

山有时倾了，
　　海有时涌了。
一个庸人的心志
　　却终古竖立！

四六

不解放的行为，
　　造就了自由的思想！

四七

人在廊上，
　　书在膝上，
拂面的微风里
　　知道春来了。

四八

萤儿自由的飞走了，

　　无力的残荷呵！

四九

自然的微笑里，

　　融化了

　　　人类的怨嗔。

五〇

何用写呢？

　　诗人自己

便是诗了！

五一

鸡声——

　　鼓舞了别人了！

　　它自己可曾得到慰安么？

五二

微倦的沉思里——
　　鸽儿的弦风
　　将诗情吹破了!

五三

春从微绿的小草里
　　对青年说:
"我的光照临着你了,
　　从枯冷的环境中
创造你有生命的人格罢!"

五四

白昼从哪里长了呢?
　　远远墙边的树影
　　都困惭得不移动了。

五五

野地里的百合花,
　　只有自然

是你的朋友罢。

五六

狂风里——

　　远树都模糊了，

　　造物者涂抹了他黄昏的图画了。

五七

小蜘蛛！

　　停止你的工作罢，

　　只网住些儿尘土呵！

五八

冰似山般静寂，

　　山似水般流动，

诗人可以如此的支配它么？

五九

乘客呼唤着说：

　　"舵工！

　　　　小心雾里的暗礁罢。"

舵工宁静的微笑说：

　　"我知道那当行的水路，

　　　这就够了！"

六〇

流星——

　　只在人类的天空里是光明的；

它从黑暗中飞来，

　　又向黑暗中飞去，

　　　生命也是这般的不分明么？

六一

弟弟！

　　且喜又相见了，

　　我回忆中的你，

　　哪能象这般清晰？

六二

我要挽那"过去"的年光，

　　但时间的经纬里

已织上了"现在"的丝了！

六三

柳花飞时，

    燕子来了；

芦花飞时，

    燕子又去了；

但她们是一样的洁白呵！

六四

婴儿，

在他颤动的啼声中

    有无限神秘的言语，

从最初的灵魂里带来

    要告诉世界。

六五

只是一颗孤星罢了！

    在无边的黑暗里

        已写尽了宇宙的寂寞。

六六

清绝——

是静寂还是清明？

　只有凝立的城墙，

　　被雪的杨柳，

　冷又何妨？

白茫茫里走入画图中罢！

六七

信仰将青年人

　扶上"服从"的高塔以后，

　便把"思想"的梯儿撤去了。

六八

当我自己在黑暗幽远的道上

　当心的慢慢走着，

　我只倾听着自己的足音。

六九

沉寂的渊底，

却照着

　　永远红艳的春花。

七〇

玫瑰花的浓红

　　在我眼前照耀，

伸手摘将下来，

　　她却萎谢在我的襟上。

我的心低低的安慰我说：

　　"你隔绝了她的自然的连结，

　　　这浓红便归尘土；

青年人！

　　留意你枯燥的灵魂。"

七一

当我浮云般

　　自来自去的时候，

真觉得宇宙太寂寞了！

七二

郁倦的春风

只送些"不宁"来了!

城墙——

微绿的杨柳——

都隐没在飞扬的尘土里。

这也是人生断片的烦闷呵!

七三

我的朋友!

倘若春花自由的开放时,

无意中愁苦了你,

你当原谅它是受自然的指挥的。

七四

在模糊的世界中——

我忘记了最初的一句话,

也不知道最后的一句话。

七五

昨日游湖,

今夜听雨,

这雨点已落在我心中的湖上，

　　滴出无数的叠纹了！

七六

寂寞增加郁闷，

　　忙碌铲除烦恼——

我的朋友！

　　快乐在不停的工作里！

七七

只坐在阶边说笑——

山上的楼台

　　斜阳照着，

何曾不想一登临呢？

　　清福不要一日享尽了呵！

七八

可曾有过？

　　钓矶独坐——

满湖柔波

　　看人春泛。

七九

我愿意在离开世界以前
　　能低低告诉它说：
　　　"世界呵，
　　我彻底的了解你了！"

八〇

当我看见绿叶又来的时候，
　　我的心欣喜又感伤了。
勇敢的绿叶呵！
　　记否去秋黯淡的离别呢？

八一

我独自
　　经过了青青的松柏，
　　　上了层层的石阶。
祈年殿
　　庄严地立在黄尘里，
我——
我只能深深的低首了！

八二

我的朋友，

　　不要让春风欺哄了你，

　　花色原不如花香啊！

八三

微雨的山门下，

　　石阶湿着——

只有独立的我

　　和缕缕的游云，

这也是"同参密藏"么？

八四

灯下拔了剑儿出鞘，

　　细看——凝想

　　只有一腔豪气，

竟忘却

　　血珠鲜红

　　泪珠晶白。

八五

我的朋友！

　　倘若你忆起这一湖春水，

要记住

　　它原不是温柔，

　　只是这般冰冷。

八六

谈笑着走下层阶，

斜阳里——

　　偶然后顾红墙，

　　　　前瞻黄瓦，

霎时间我了解什么是"旧国"了，

　　我的心灵从此凄动了！

八七

青年人！

　　只是回顾么？

　　这世界是不住的前进呵。

八八

春徘徊着来到
　这庄严地坛上——
在无边的清冷里，
只能把一丝春意，
　交付与阶隙里
　　微小的草儿了。

八九

桃花无主的开了，
　小草无主的青了，
世人真痴呵！
　为何求自然的爱来慰安呢！

九〇

聪明人！
　在这漠漠的世界上，
只能提着"自信"的灯儿
　进行在黑暗里。

九一

对着幽艳的花儿凝望，

　　为着将来的果子

　　只得留它开在枝头了！

九二

星儿！

　　世人凝注着你了，

导引他们的眼光

　　超出太空以外罢！

九三

一阵风来——

　　湖水向后流了

　　　石矶向前走了，

迷惘里……

　　我——我胸中的海岳呵！

九四

什么是播种者的喜悦呢？

倚锄望——

到处有青春之痕了！

九五

月儿——

在天下的水镜里，

　　这边光明，

　　　那边黯淡。

　　但在天上却只有一个。

九六

"什么时候来赏雪呢？"

"来日罢，"

"来日"过去了。

"什么时候来游湖呢？"

"来年罢"

"来年"过去了。

"什么时候工作呢？

"来生么"

我微笑而又惊悚了！

九七

寥廓的黄昏，

　何处着一个彷徨的我？

母亲呵！

我只要归依你，

心外的湖山，

　容我抛弃罢！

九八

我不会弹琴，

　我只静默的听着；

我不会绘画，

　我只沉寂的看着；

我不会表现万全的爱，

我只虔诚的祷告着。

九九

"幽兰！

未免太寂寞了，

不愿意要友伴么？"

"我正寻求着呢！

但没有别的花儿

肯开在空谷里。"

一〇〇

当青年人肩上的重担

忽然卸去时，

他勇敢的心

便要因着寂寞而悲哀了！

一〇一

我的朋友！

最后的悲哀

还须禁受。

在地球粉碎的那一日，

幸福的女神，

要对绝望众生

作末一次凄感的微笑。

一〇二

我的问题——

　我的心

　　在光明中沉默不答。

我的梦

　却在黑暗里替我解明了！

一〇三

智慧的女儿！

在不住的抵抗里，

你永远不能了解

　什么是人类的同情。

一〇四

鱼儿上来了，

水面上一个小虫儿飘浮着——

在这小小的生死关头，

我微弱的心

　忽然颤动了！

一〇五

造物者——

　　倘若在永久的生命中

　　　　只容有一次极乐的应许。

　　我要至诚地求着：

　　　　"我在母亲的怀里，

　　　　母亲在小舟里，

　　　　小舟在月明的大海里。"

一〇六

诗人从他的心中

　　滴出快乐和忧愁的血。

在不知不觉里

　　已成了世界上同情的花。

一〇七

只是纸上纵横的字——

　　纵横的字，

　　　　哪有词句呢？

　　只重叠的墨迹里

已留下当初凝想之痕了！

一〇八

母亲呵！

　　乳娘不应诓弄脆弱的我，

谁最初的开了

　　我心宫里悲哀之门呢？

——你拭干我现在的

　　微笑中的泪珠罢——

楼外丐妇求乞的悲声，

　　将我的心从睡梦中

　　　　重重的敲碎了！

她将我的母亲带去了，

　　母亲不在摇篮边了。

这是我第一次感出

　　世界的虚空呵！

一〇九

夜正长呢！

　　能下些雨儿也好。

窗外果然滴沥了——
　　数着雨声罢！
　　只依旧是烦郁么？

　　　　一一〇

聪明人！
　　纤纤的月，
　　　　完满在后头呢！
　　姑且容淡淡的云影
　　　　遮蔽着她罢。

　　　　一一一

小麻雀！
　　休飞进田垄里。
　　垄里，
　　遍地弹机
　　正静静的等着你。

　　　　一一二

浪花愈大，
　　凝立的磐石

在沉默的持守里，
　　快乐也愈大了。

一一三

星星——
　　只能白了青年人的发，
　　不能灰了青年人的心。

一一四

我的朋友！
　　不要随从我。
我的心灵之灯
　　只照自己的前途呵！

一一五

两行的红烛燃起了——
　　堂下花阴里，
　　　隐着浅红的夹衣。
　髫年的欢乐
　　容她回忆罢！

一一六

山上的楼窗不见了，

　　灯花烬也！

天风里

　　危岩独倚，

　　便小草也是伴侣了！

一一七

梦未终——

　　窗外日迟迟，

　　　堂前又遇见伊！

牵牛花！

　　昨夜灵魂里攀摘的悲哀，

　　可曾身受么？

一一八

紫藤萝落在池上了，

花架下

　　长昼无人，

只有微风吹着叶儿响。

一一九

诗人的心灵，

　　只合颤动么？

平凡的急管繁弦，

　　已催他低首了！

一二〇

"祖父千秋，

　　同祝一杯酒！"

明灯下，

　　笑声里，

　　　面颊都晕红了！

姊妹们！

　　何必当初？

　　　到如今酒阑人散——

　　苦雨孤灯的晚上，

　　　只添我些凄清的回忆呵！

一二一

世人呵！
　　暂时的花儿
　　　原不配供在永久的瓶里，
　　这稚弱的生机，
　　　请你怜悯罢！

一二二

自然的话语
　　太深微了，
聪明人的心
　　却是如何的简单呵！

一二三

几天的微雨，
　　将春的消息隔绝了。
无聊里——
　　几朵枯花，
　　　只拈来凝想。
　　原是去年的言语呵，

也可作今日的慰安么？

一二四

黄昏了——

　　湖波欲睡了——

走不尽的长廊呵！

一二五

修养的花儿

　　在寂静中开过去了，

成功的果子

　　便要在光明里结实。

一二六

虹儿！

　　你后悔么？

雨后的天空，

　　偶然出现，

世间儿女

　　已画你的影儿在罗带上了。

一二七

清晓——
　　静悄悄地走入园里，
万有都在睡梦中呵！
　　除却零零的露珠
　　　谁是伴侣呢？

一二八

海洋将心情深深的分断了——
　　十字架下的婴儿呵！
隔着清波
　　只能有泛泛的微笑么？

一二九

朝阳下的鸟声清啭着，
　　窗帘吹卷了，
　　又听得叶儿细响——
　　无奈诗人的心灵呵！
　　　不许他拿起笔儿
　　　　却依旧这般凝想。

一三〇

这时又是谁在海舟上呢？
　水面黄昏
　　凭栏的凝眺，——
山中的我
　只合空想了。

一三一

青年人！
　觉悟后的悲哀
　　只深深的将自己葬了。
　原也是微小的人类呵！

一三二

花又在瓶里了，
　书又在手里了，
但——
　是今年的秋雨之夜！

一三三

只两朵昨夜襟上的玉兰，

　　便将晓风和朝阳

　　　　都深深地记在心里了。

一三四

命运如同海风——

吹着青春的舟，

　　飘摇的，

　　　　曲折的，

　　　　　　渡过了时光的海。

一三五

梦里采撷的天花，

　　醒来不见了——

我的朋友！

人生原有些愿望！

只能永久的寄在幻想里！

一三六

洞谷里的小花

　无力的开了，

　　又无力的谢了。

便是未曾领略过春光呵，

　却也应晓得！

一三七

沉默着罢！

　在这无穷的世界上，

弱小的我

　原只当微笑

　　不应放言。

一三八

幢幢的人影，

　沉沉的烛光——

都将永别的悲哀，

　和人生之谜语，

　　刻在我最初的回忆里了。

一三九

这奔涌的心潮

　　只索倩《楞严》来壅塞了。

无力的人呵!

　　究竟会悟到"空不空"么?

一四○

遨游于梦中罢!

　　在那里

　　　　只有自由的言笑,

　　　　　　率真的心情。

一四一

雨后——

　　随着蛙声,

荷盘上的水珠,

　　将衣裳溅湿了。

一四二

玫瑰开花了。

为着无聊的风，

　　小小的水边

　　　竟不想再去了。

诗人的生涯

　　只终于寂寞么？

一四三

揭开自然的帘儿罢！

　　艺术的婴儿，

　　　正卧在真理的娘怀里。

一四四

诗人也只是空写罢了！

　　一点心灵——

何曾安慰到

　　雨声里痛苦的征人？

一四五

我的心开始颤动了——

　　当我默默的

敞着楼窗，

　　对着大海，

自然无声的谢我说：

　　"我承认我们是被爱的了。"

一四六

经验的花

　　结了智慧的果，

智慧的果

　　却包着烦恼的核！

一四七

绿荫下

　　沉思的坐着——

游丝般的诗情呵！

迷蒙的春光

　　刚将你抽出来，

叶底园丁的剪刀声

　　又将你剪断了。

一四八

谢谢你！

　我的朋友！

这朵素心兰

　请你自己戴着罢。

我又何忍辞谢她？

但无论是玫瑰

　　　是香兰，

我都未曾放在发儿上。

一四九

上帝呵！

即或是天阴阴地，

　　　人寂寂地，

只要有一个灵魂

　守着你严静的清夜，

寂寞的悲哀，

　便从宇宙中消灭了。

一五〇

岩下

　缓缓的河流，

　　深深的树影——

指点着

　细语着，

许多诗意

　笼盖在月明中。

一五一

浪花后

　是谁荡桨？

这桨声

　侵入我深思的圈儿里了！

一五二

先驱者！

　绝顶的危峰上

　　可曾放眼？

　便是此身解脱，

也应念着山下

　　劳苦的众生！

一五三

笠儿戴着，

　　牛儿骑着，

　　　　眉宇里深思着——

小牧童！

　　一般的沐着大地上的春光呵，

　　　　完满的无声的赞扬，

　　诗人如何比得你！

一五四

柳条儿削成小桨，

莲瓣儿做了扁舟——

容宇宙中小小的灵魂，

　　轻柔地泛在春海里。

一五五

病后的树荫

也比从前浓郁了，
开花的枝头，

　却有小小的果儿结着。

　我们只是改个庞儿相见呵！

一五六

睡起——

　廊上黄昏，

　　薄袖临风；

　庭院水般清，

　　心地镜般明；

　是画意还是诗情？

一五七

姊姊！

　清福便独享了罢，

　何须寄我些春泛的新诗？

心灵里已是烦忙

又添了未曾相识的湖山，

　频来入梦。

一五八

先驱者!
　前途认定了
　切莫回头!
一回头——
　灵魂里潜藏的怯弱,
　要你停留。

一五九

凭栏久
　凉风渐生
何处是天家?
　真要乘风归去!
看——
　清冷的月
　　已化作一片光云
　轻轻地飞在海涛上。

一六〇

自然无声的

看着劳苦的诗人微笑：

　"想着罢！

　　写着罢！

　　无限的庄严，

　　　你可曾约略知道？"

诗人投笔了！

　微小的悲凉

永久遗留在心坎里了！

一六一

隔窗举起杯儿来——

落花！

　和你作别了！

　　原是清凉的水呵，

　　只当是甜香的酒罢。

一六二

崖壁阴阴处，

　海波深深处，

垂着丝儿独钓。
鱼儿！
　　不来也好，
我已从蔚蓝的水中
　　钓着诗趣了。

一六三

暮色苍苍——
　　远村在前，
　　山门在后。
黄土的小道曲折着，
　　蹒跚的我无心的走着。

宇宙昏昏——
　　表现在前，
　　消灭在后。
生命的小道曲折着
　　蹒跚的我不自主的走着。

一般的遥远的前途呵！

抬头见新月，

深深地起了

不可言说的感触！

一六四

将离别——

舟影太分明。

四望江山青；

微微的云呵！

怎只压着黯黯的情绪，

不笼住如梦的歌声？

一六五

我的朋友

坐下莫徘徊，

照影到水中，

累它游鱼惊起。

一六六

遥指峰尖上，

孤松峙立，

　　怎得倚着树根看落日？

已近黄昏，

　　算着路途罢！

衣薄风寒，

　　不如休去。

一六七

绿水边——

　　几双游鸭，

　　几个浣衣的女儿，

在诗人驴前

　　展开了一幅自然的图画。

一六八

朦胧的月下——

　　长廊静院里。

不是清磬破了岑寂，

　　便落花的声音，

也听得见了。

一六九

未生的婴儿，
　　从生命的球外
　　攀着"生"的窗户看时，
已隐隐地望见了
　　对面"死"的洞穴。

一七〇

为着断送百万生灵
　　不绝的炮声，
严静的夜里，
　　凄然的将捉在手里的灯蛾
　　放到窗外去了。

一七一

马蹄过处，
　　蹴起如云的尘土；
据鞍顾盼，

平野青青——

只留下无穷的怅惘罢了,

英雄梦哪许诗人做?

一七二

开函时——

正席地坐在花下,

一阵凉风

将看完的几张吹走了。

我只默默的望着,

听它吹到墙隅,

慰悦的心情

也和这纸儿一样的飞扬了!

一七三

明月下

绿叶如云

白衣如雪——

怎样的感人呵!

又况是别离之夜?

一七四

青年人，

　　珍重的描写罢，

时间正翻着书页，

　　请你着笔！

一七五

我怀疑的撒下种子去，

　　便闭上窗户默想着。

我又怀疑的开了窗，

　　岂止萌芽？

　　这青青之痕

　　　　还滋蔓到他人的园地里。

上帝呵！

　　感谢你"自然"的风雨！

一七六

战场上的小花呵！

　　赞美你最深的爱！

冒险的开在枪林弹雨中，

　　慰藉了新骨。

一七七

我的心忽然悲哀了！

　　昨夜梦见

　　　　独自穿着冰绡之衣，

　　从汹涌的波涛中

　　　　渡过黑海。

一七八

微阴的阶上，

　　只坐着自己——

　　绿叶呵！

　　玫瑰落尽，

诗人和你

　　一同感出寂寥了。

一七九

明月！

完成了你的凄清了！

银光的田野里，

　　是谁隔着小溪

　　吹起悠扬之笛？

一八〇

婴儿！

谁像他天真的颂赞？

　　当他呢喃的

　　　　对着天末的晚霞，

　　无力的笔儿，

　　　　真当抛弃了。

一八一

襟上摘下花儿来，

　　匆匆里

　　就算是别离的赠品罢！

马已到门前了，

　　要不是窗内听得她笑言，

　　　　错过也

116

又几时重见？

一八二

别了！
　春水，
感谢你一春潺潺的细流，
　带去我许多意绪。

向你挥手了，
　缓缓地流到人间去罢。
　我要坐在泉源边，
　静听回响。

　一九二二年三月五日——六月十四日

纸　船

——寄母亲

我从不肯妄弃了一张纸，

　　总是留着——留着，

叠成一只一只很小的船儿，

　　从舟上抛下在海里。

有的被天风吹卷到舟中的窗里，

　　有的被海浪打湿，沾在船头上。

我仍是不灰心的每天的叠着，

　　总希望有一只能流到我要它到的地方去。

母亲，倘若你梦中看见一只很小的白船儿，

　　不要惊讶它无端入梦。

这是你至爱的女儿含着泪叠的，

万水千山，求它载着她的爱和悲哀归去。

一九二三年八月二十七日

乡 愁

我们都是小孩子，

　偶然在海舟上遇见了。

谈笑的资料穷了之后，

　索然的对坐，

　　无言的各起了乡愁。

记否十五之夜，

　满月的银光，

　　射在无边的海上。

琴弦徐徐的拨动了

　生涩的不动人的调子，

天风里，

　居然引起了无限的凄哀？

记否十七之晨，

　浓雾塞窗，

　　冷寂无聊。

角儿里相挨的坐着——

不干己的悲剧之一幕，

　曼声低诵的时候，

　竟引起你清泪沾裳？

"你们真是小孩子，

　已行至此，

　何如作壮语？"

我的朋友！

前途只闪烁着不定的星光，

　后顾却望见了飘扬的爱帜。

为着故乡，

　我们原只是小孩子！

　　不能作壮语，

不忍作壮语，

也不肯作壮语了！

一九二三年八月二十七日

生　命

莫非你冷，
你怎秋叶似的颤抖；
这里风凉，
待我慢慢拉着你走。

你看天空多么清灵，
这滴滴皎洁的春星；
新月眉儿似的秀莹，
你头上有的是快乐，光明。

你看灯彩多么美妙，
纺窗内透出橘色的温柔；
这还不给你一些儿温暖？
纵然你有海样的深愁。

看温情到了你指尖，

看微笑到了你唇边——

你觉得生命投到你怀里不？

你寻找了这许多年。

一九四二年春月，歌乐山

诗的女神

她在窗外悄悄的立着呢！
帘儿吹动了——
窗内，
窗外，
在这一刹那顷，
忽地都成了无边的静寂。

看呵，
是这般的：
　满蕴着温柔，
　微带着忧愁，
欲语又停留。

夜已深了，
人已静了，

屋里只有花和我，
请进来罢！

只这般的凝立着么？
量我怎配迎接你？
诗的女神呵！
还求你只这般的，
经过无数深思的人的窗外。

一九二一年十二月九日

可爱的

除了宇宙，

最可爱的只有孩子。

和他说话不必思索，

态度不必矜持。

抬起头来说笑，

低下头去弄水。

任你深思也好，

微讴也好；

驴背上，

山门下，

偶一回头望时，

总是活泼泼地，

笑嘻嘻地。

　　　　一九二一年六月二十三日，在西山

雨　后

嫩绿的树梢闪着金光，
广场上成了一片海洋！
水里一群赤脚的孩子，
快乐得好像神仙一样。

小哥哥使劲地踩着水，
　　把水花儿溅起多高。
他喊："妹，小心，滑！"
　　说着自己就滑了一跤！

他拍拍水淋淋的泥裤子，
　　嘴里说："糟糕——糟糕！"
而他通红欢喜的脸上，
　　却发射出兴奋和骄傲。

128

小妹妹撅着两条短粗的小辫,

　　紧紧地跟在这泥裤子后面,

她咬着唇儿

　　提着裙儿

轻轻地小心地跑,

心里却希望自己

　　也摔这么痛快的一跤!

　　　　　　　　诗歌合集《小橘灯》

别踩了这朵花

小朋友，你看，
你的脚边，
一朵小小的黄花。
我们大家
　　绕着它走，
别踩了这朵花！

去年有一天：
　　秋空明朗，
　　秋风凉爽，
它妈妈给它披上
　　一件绒毛的大氅，
降落伞似地，
　　把它带到马路边上。

冬天的雪，给它

　　盖上厚厚的棉衣，

它静静地躺卧着，

　　等待着春天的消息。

这一天，它觉得

　　身上润湿了，

它闻见泥土的芬芳；

它快乐地站起身来，

　　伸出它金黄的翅膀。

你看，它多勇敢，

就在马路边上安家；

它不怕行人的脚步，

它不怕来往的大车。

春游的小朋友们

　　多么欢欣！

春风里飘扬着新衣

　　——新裙，

你们头抬得高，

脚下得重，

小心在你不知不觉中，

把小黄花的生机断送；

我的心思你们也懂，

在春天无边的快乐里，

这快乐也有它的一份！

本篇最初发表于《中国少年报》1957 年 4 月 25 日第 342 期。

玫瑰的荫下

衣裳上，

书页上，

都闪烁着

　叶底细碎的朝阳。

我折下一朵来，

等着——等着，

浓红的花瓣，

正好衬她雪白的衣裳。

冰凉的石阶上，

坐着——坐着，

等她不来，

只闻见手里

玫瑰的幽香！

一九二二年五月十八日

惊爱如同一阵风

惊爱如同一阵风，
在车中，他指点我看
　　西边，雨后，深灰色的天空，
　　有一片晚霞金红！

睡了的是我的诗魂，
　　再也叫不觉这死寂的朦胧，
我的心好比这深灰色的天空。
　　这一片晚霞，是一声钟！

这一片晚霞是一声钟，
　　敲进我死寂的心宫，
千门万户回响，隆——隆，
　　隆隆的洪响惊醒了我的诗魂。

惊爱如同一阵风，

在车中，他指点我看

西边，雨后，深灰色的天空，

有一片晚霞金红。

惆 怅

当岸上灯光,
　水上星光,
无声地遥遥相照。
苍茫里,
　倚着高栏,
只听见微击船舷的波浪。
我的心
　是如何的惆怅——无着!

梦里的母亲
　来安慰病中的我,
絮絮地温人的爱语——
几次醒来,
　药杯儿自不在手里。
海风压衾,

明灯依然，

我的心

　是如何的惆怅——无着！

循着栏杆来去，——

群中的欢笑，

掩不过静里的悲哀！

"我在海的怀抱中了，

　母亲何处？"

天高极，

　海深极，

月清极，

　人静极，

空泛的宇宙里，

我的心

　是如何的惆怅——无着！

一九二三年八月二十五日

假如我是个作家

假如我是个作家，
我只愿我的作品

　　入到他人脑中的时候，
平常的，不在意的，没有一句话说；
流水般过去了，
不值得赞扬，
更不屑得评驳；
然而在他的生活中

　　痛苦，或快乐临到时，
他便模糊的想起

　　好像这光景曾在谁的文字里描写过；
这时我便要流下快乐之泪了！

假如我是个作家，
我只愿我的作品

被一切友伴和同时有学问的人

　　轻藐——讥笑；

然而在孩子，农夫，和愚拙的妇人，

他们听过之后，

　　慢慢的低头，

　　深深的思索，

我听得见"同情"在他们心中鼓荡；

这时我便要流下快乐之泪了！

假如我是个作家，

我只愿我的作品，

　　在世界中无有声息，

没有人批评，

　　更没有人注意；

只有我自己在寂寥的白日，或深夜，

对着明明的月

　　　丝丝的雨

　　　飒飒的风，

低声念诵时，

能以再现几幅不模糊的图画；

这时我便要流下快乐之泪了！

假如我是个作家，
我只愿我的作品
在人间不露光芒，
　　没个人听闻，
　　没个人念诵，
只我自己忧愁，快乐，
或是独对无限的自然，
　　能以自由抒写，
当我积压的思想发落到纸上，
这时我便要流下快乐之泪了！

　　　　　　一九二二年一月十八日

小白鸽捎来的信

泰戈尔爷爷到过你们的首都北京，

他说在那里他留下了他的心。

这里也来过许多热情的中国朋友，

谈的也都是团结、友爱，与和平。

我多么想去中国看望你啊，

我知道你也想来印度看我。

但妈妈说我们还都是小孩子，

小孩子不能自己远出、旅行。

现在我请小白鸽

　　给你送去一串红花环，

请你也让它

给我带来一条红领巾。

虽然我们现在还不能相见握手谈心，

但这两件火红的礼物

会替我们说出我们的厚意和深情！

一九八三年十二月五日

解 脱

月明如水,

树下徘徊——

　　沉思——沉思。

沉思里拾起枯枝,

　慨然的鞭自己

　　　地上月中的影子。

"人生"——

世人都当它是一个梦,

　且是一个不分明的梦。

不分明里要它太分明,

我的朋友,

　一生的忧患

　　　从今起了!

珍惜她如雪的白衣，

　却仍须渡过

　　这无边的黑海。

我的朋友！

　世界既不舍弃你，

　　何如你舍弃了世界？

让她鹤一般的独立，

　云一般的自由，

　水一般的清静。

人生纵是一个梦呵，

　也做了一个分明的梦。

沉思——沉思，

　沉思里抛了枯枝，

悠然的看自己

　地上月中的影子。

一九二三年二月五日夜

信 誓

文艺好像射猎的女神，
　我是勇猛的狮子。
在我逾山越岭，
　寻觅前途的时候，
她——当胸一箭！
在她踌躇满志的笑声里，
我从万丈的悬崖上
　倏然奔坠于
　　她的光华轻软的罗网之中。

文艺好像游牧的仙子，
　我是温善的羔羊。
甘泉潺潺的流着，
　青草遍地的长着；
她慈怜的眼光俯视着，

我恬静无声地

    俯伏在她杖竿之下。

文艺好像海的女神，

    我是忠诚的舟子，

寄一叶的生涯于

    她起伏不定的波涛之上。

她的笑靥

    引导了我的前途，

她的怒颦

    指示了我的归路。

文艺好像花的仙子，

    我是勤慎的园丁。

她的精神由我护持，

    她的心言我须听取；

深夜——清晨，

    为她关心着

        无情的风雨。

彷徨里——

前无古人，

后无来者；

所言止此：

"为主为奴相终始！"

一九二三年三月十四日

天　籁

抱着琴儿，
弹一曲"秋风起"。
苦心孤诣，
鏦铮了半夜，
呀！温温的月儿，
薰薰的风儿，
哪里有一毫秋意！

还是住了琴儿罢——
凉云堆积了，
月儿没了，
风儿起了，
雨儿来了，
树叶儿籁籁响了，
秋意填满了宇宙——

还是住了琴儿罢……

自然呵！
你们繁枝密叶为琴弦，
雨丝风片为勾拨，
量够这小小琴儿，
如何比得你！

人间的弱者

本是顽石一般的人，

　为着宇宙的庄严，

　　竟做了人间的弱者。

本是顽石一般的人，

　为着自然的幽深，

　　竟做了人间的弱者。

本是顽石一般的人，

　为着母亲的温情，

　　竟做了人间的弱者。

顽石！

这般冰冷,

这样坚凝,

何尝不能在万有中建立自己?

宇宙——

　自然——

　　母亲——

这几重深厚的圈儿,

　便稍有些儿力量,

　也何忍将来抵抗!

"不能"——"何忍",

本是顽石一般的人,

竟低下头儿,

　做了人间的弱者。

　　　　　一九二二年六月二十一日

倦　旅

灯已灭了，
　　残花只管散着余香。
欹枕处——
　　只一两声飞雨
　　　　打着窗户。
听到此时，
　　一切的心都淡了！

新月未落，
　　朝霞已生，
濛濛里——
　　一颗曙星
　　躲避天光似的
　　　　穿着乱云飞走。
好辛苦的路途呵！
看到此时

一切的心都淡了!

银海般的雪地,
　　怒潮般的山风——
这样的别离!
山外隆隆的车声,
　　不知又送谁人远去。
听到此时,
　　一切的心都淡了!

鼓励的信,
　　寄与了倦惰的人!
事违初意皆如此!
一书在手,
　　湖光睡去,
　　星辰渐生——
看到此时
　　一切的心都淡了!

　　　　　　　一九二四年一月二日,青山沙穰

哀 词

他的周围只有"血"与"泪"——
　人们举着"需要"的旗子，
　　逼他写"血"和"爱"，
　他只得欲哭的笑了。

他的周围只有"光"和"爱"，
　人们举着"需要"的旗子，
　　逼他写"血"与"泪"，
　他只得欲笑的哭了。

欲哭的笑，
　欲笑的哭——
需要的旗儿举起了，
　真实已从世界上消灭了！

　　　　　　　一九二二年八月七日

冰心三部曲

寄小读者

冰心 ★ 著

冰心经典作品集

北方文艺出版社

图书在版编目（CIP）数据

冰心三部曲 / 冰心著 . -- 2 版 . -- 哈尔滨：北方
文艺出版社，2017.7（2018.8 重印）

（冰心经典作品集）

ISBN 978-7-5317-3899-2

Ⅰ . ①冰… Ⅱ . ①冰… Ⅲ . ①儿童文学 – 散文集 – 中
国 – 现代②诗集 – 中国 – 现代 Ⅳ . ① I216.2

中国版本图书馆 CIP 数据核字（2017）第 124306 号

冰心三部曲

Bingxin Sanbuqu

作　者 / 冰　心

责任编辑 / 张贺然　于若菊　　　　　　　封面设计 / 袁　洁　张继星

封面插图 / 张云鹤

出版发行 / 北方文艺出版社　　　　　　网　址 / www.bfwy.com

邮　编 / 150080　　　　　　　　　　　经　销 / 新华书店

地　址 / 黑龙江现代文化艺术产业园 D 栋 526 室

印　刷 / 北京诚信伟业印刷有限公司　　开　本 / 787×1092　1/32

字　数 / 334 千　　　　　　　　　　　印　张 / 14

版　次 / 2017 年 7 月第 2 版　　　　　印　次 / 2018 年 8 月第 3 次印刷

书　号 / ISBN 978-7-5317-3899-2　　　定　价 / 59.00 元（全三册）

目 录

寄小读者

再寄小读者

寄 / 小 / 读 / 者

JIXIAODUZHE

通讯一

似曾相识的小朋友们：

我以抱病又将远行之身，此三两月内，自分已和文字绝缘；因为昨天看见《晨报》副刊上已特辟了"儿童世界"一栏，欣喜之下，便借着软弱的手腕，生疏的笔墨，来和可爱的小朋友，作第一次的通讯。

在这开宗明义的第一信里，请你们容我在你们面前介绍我自己。我是你们天真队里的一个落伍者——然而有一件事，是我常常用以自傲的：就是我从前也曾是一个小孩子，现在还有时仍是一个小孩子。为着要保守这一点天真直到我转入另一世界时为止，我恳切的希望你们帮助我，提携我，我自己也要永远勉励着，做你们的一个最热情最忠实的朋友！

小朋友，我要走到很远的地方去。我十分的喜欢有这次的远行，因为或者可以从旅行中多得些材料，以后的通讯里，能告诉你们些略为新奇的事情。——我去的地方，是在地球的那一边。我有三个弟弟，最小的十三岁了。他念过地理，知道地球是圆的。他开玩笑的和我说："姊姊，你走了，我们想你的时候，可以拿一条很长的竹竿子，从我们的院子里，直穿到对面你们的院子去，穿成一个孔穴。我们从那孔穴里，可以彼此看见。我看看你别后是否胖了，或是瘦了。"小朋友想这是可能的事情么？——我又有一个小朋友，今年四岁了。他有一天问我说：“姑姑，你去的地方，是比前门还远么？”小朋友看是地球的那一边远呢？还是前门远呢？

我走了——要离开父母兄弟，一切亲爱的人。虽然是时期很短，我也已觉得很难过。倘若你们在风晨雨夕，在父亲母亲的膝下怀前，姊妹弟兄的行间队里，快乐甜柔的时光之中，能联想到海外万里有一个热情忠实的朋友，独在恼人凄清的天气中，不能享得这般浓福，则你们一瞥时的天真的怜念，从宇宙之灵中，已遥遥的付与我以极大无量的快乐与慰安！

小朋友，但凡我有工夫，一定不使这通讯有长期间的间断。若是间断的时候长了些，也请你们饶恕我。因为我若不是在童心来复的一刹那顷拿起笔来，我决不敢以成人烦杂之心，来写这通讯。这一层是要请你们体恤怜悯的。

这信该收束了，我心中莫可名状，我觉得非常的荣幸！

冰　心

一九二三年七月二十五日

通讯二

小朋友们：

　　我极不愿在第二次的通讯里，便劈头告诉你们一件伤心的事情。然而这件事，从去年起，使我的灵魂受了隐痛，直到现在，不容我不在纯洁的小朋友面前忏悔。

　　去年的一个春夜——很清闲的一夜，已过了九点钟了，弟弟们都已去睡觉，只我的父亲和母亲对坐在圆桌旁边，看书，吃果点，谈话。我自己也拿着一本书，倚在椅背上站着看。那时一切都很和柔，很安静的。

　　一只小鼠，悄悄地从桌子底下出来，慢慢的吃着地上的饼屑。这鼠小得很，它无猜的，坦然的，一边吃着，一边抬头看看我——我惊悦的唤起来，母亲和父亲都向下注视了。四面眼光之中，它仍是怡然的不走，灯影下照见它很小很小，浅灰色的嫩毛，灵便的小身体，一双闪烁的明亮的小眼睛。

　　小朋友们，请容我忏悔！一刹那顷我神经错乱的俯将下去，拿着手里的书，轻轻地将它盖上。——上帝！它竟然不走。隔着书页，我觉得它柔软的小身体，无抵抗的蜷伏在地上。

　　这完全出于我意料之外了！我按着它的手，方在微颤——母亲已连忙说："何苦来！这么驯良有趣的一个小活物……"话犹未了，小狗虎儿从帘外跳将进来。父亲也连忙说："快放手，虎儿要得着它了！"我又神经错乱的拿起书来，可恨呵！它仍是恰然的不动。——一声喜悦的微吼，虎儿已扑着它，不容我唤住，已衔着它从帘隙里又钻了出去。出到门外，只听得它在虎儿口里微弱凄苦的啾啾的叫了几声，此后便没有了声息。——前后不到一分钟，这温柔的小活物，使我心上飕的着了一箭！

我从惊惶中长吁了一口气。母亲慢慢也放下手里的书，抬头看着我说："我看它实在小得很，无机得很。否则一定跑了。初次出来觅食，不见回来，它母亲在窝里，不定怎样的想望呢。"

小朋友，我堕落了，我实在堕落了！我若是和你们一般年纪的时候，听得这话，一定要慢慢的挪过去，突然的扑在母亲怀中痛哭。然而我那时……小朋友们恕我！我只装作不介意的笑了一笑。

安息的时候到了，我回到卧室里去。勉强的笑，增加了我的罪孽，我徘徊了半天，心里不知怎样才好——我没有换衣服，只倚在床沿，伏在枕上，在这种状态之下，静默了有十五分钟——我至终流下泪来。

至今已是一年多了，有时读书至夜深，再看见有鼠子出来，我总觉得忧愧，几乎要避开。我总想是那只小鼠的母亲，含着伤心之泪，夜夜出来找它，要带它回去。

不但这个，看见虎儿时想起，夜坐时也想起，这印象在我心中时时作痛。有一次禁受不住，便对一个成人的朋友，说了出来；我拼着受她一场责备，好减除我些痛苦。不想她却失笑着说："你真是越来越孩子气了，针尖大的事，也值得说说！"她漠然的笑容，竟将我以下的话，拦了回去。从那时起，我灰心绝望，我没有向第二个成人，再提起这针尖大的事！

我小时曾为一头折足的蟋蟀流泪，为一只受伤的黄雀呜咽；我小时明白一切生命，在造物者眼中是一般大小的；我小时未曾做过不仁爱的事情，但如今堕落了……

今天都在你们面前陈诉承认了，严正的小朋友，请你们裁判罢！

冰 心

一九二三年七月二十八日，北京

通讯三

亲爱的小朋友:

昨天下午离开了家,我如同入梦一般。车转过街角的时候,我回头凝望着——除非是再看见这缘满豆叶的棚下的一切亲爱的人,我这梦是不能醒的了!

送我的尽是小孩子——从家里出来,同车的也是小孩子,车前车后也是小孩子。我深深觉得凄恻中的光荣。冰心何福,得这些小孩子天真纯洁的爱,消受这甚深而不牵累的离情。

火车还没有开行,小弟弟冰季别到临头,才知道难过,不住的牵着冰叔的衣袖,说:"哥哥,我们回去罢。"他酸泪盈眸,远远的站着。我叫过他来,捧住了他的脸,我又无力的放下手来,他们便走了。——我们至终没有一句话。

慢慢的火车出了站,一边城墙,一边杨柳,从我眼前飞过。我心沉沉如死,倒觉得廓然,便拿起国语文学史来看。刚翻到"卿云烂兮"一段,忽然看见书页上的空白处写着几个大字:"别忘了小小"。我的心忽然一酸,连忙抛了书,走到对面的椅子上坐下——这是冰季的笔迹呀! 小弟弟,如何还困弄我于别离之后?

夜中只是睡不稳,几次坐起,开起窗来,只有模糊的半圆的月,照着深黑无际的田野。——车在风驰电掣的,轮声轧轧里,奔向着无限的前途。明月和我,一步一步的离家远了!

今早过济南，我五时便起来，对窗整发。外望远山连绵不断，都没在朝霭里，淡到欲无。只浅蓝色的山峰一线，横亘天空。山坳里人家的炊烟，蒙蒙的屯在谷中，如同云起。朝阳极光明的照临在无边的整齐青绿的田畦上。我梳洗毕凭窗站了半点钟，在这庄严伟大的环境中，我只能默然低头，赞美万能智慧的造物者。

过泰安府以后，朝露还零。各站台都在浓阴之中，最有古趣，最清幽。到此我才下车稍稍散步，远望泰山，悠然神往。默诵"高山仰止，景行行止，虽不能至，心向往之"四句，反复了好几遍。

自此以后，站台上时闻皮靴拖踏声，刀枪相触声，又见黄衣灰衣的兵丁，成队的来往梭巡。我忽然忆起临城劫车的事，知道快到抱犊冈了，我切愿一见那些持刀背剑来去如飞的人。我这时心中只憧憬着梁山泊好汉的生活，武松林冲鲁智深的生活。我不是羡慕什么分金阁，剥皮亭，我羡慕那种激越豪放、大刀阔斧的胸襟！

因此我走出去，问那站在两车挂接处荷枪带弹的兵丁。他说快到临城了，抱犊冈远在几十里外，车上是看不见的。他和我说话极温和，说的是纯正的山东话。我如同远客听到乡音一般，起了无名的喜悦。——山东是我灵魂上的故乡，我只喜欢忠恳的山东人，听那生怯的山东话。

一站一站的近江南了，我旅行的快乐，已经开始。这次我特意定的自己一间房子，为的要自由一些，安静一些，好写些通讯。我靠在长枕上，近窗坐着。向阳那边的窗帘，都严严的掩上。对面一边，为要看风景，便开了一半。凉风徐来，这房里寂静幽阴已极。除了单调的轮声以外，与我家中的书室无异。窗内虽然没有满架的书，而窗外却旋转着伟大的自然。笔在手里，句在心里，只要我不按铃，便没有人进来搅我。龚定庵有句云："……都道西湖清怨极，谁分这般浓福？……"今早这样恬静喜悦的心境，是我所梦想不到的。书此不但自慰，并以慰弟弟们和记念我的小朋友。

冰 心

一九二三年八月四日，津浦道中

通讯四

小朋友:

好容易到了临城站，我走出车外。只看见一大队兵，打着红旗，上面写着"……第二营……"又放炮仗，又吹喇叭；此外站外只是远山田垄，更没有什么。我很失望，我竟不曾看见一个穿夜行衣服，带镖背剑，来去如飞的人。

自此以南，浮云蔽日。轨道旁时有小湫。也有小孩子，在水里洗澡游戏。更有小女儿，戴着大红花，坐在水边树底作活计，那低头穿线的情景，煞是温柔可爱。

过南宿州至蚌埠，轨道两旁，雨水成湖。湖上时有小舟来往。无际的微波，映着落日，那景物美到不可描画。——自此人民的口音，渐渐的改了，我也渐渐的觉得心怯，也不知道为什么。

过金陵正是夜间，上下车之顷，只见隔江灯火灿然。我只想象着城内的秦淮莫愁，而我所能看见的，只是长桥下微击船舷的黄波浪。

五日绝早过苏州。两夜失眠，烦困已极，而窗外风景，浸入我倦乏的心中，使我悠然如醉。江水伸入田垄，远远几架水车，一簇一簇的茅亭农舍，树围水绕，自成一村。水漾轻波，树枝低亚。当几个农妇挑着担儿，荷着锄儿，从那边走过之时，真不知是诗是画！

有时远见大江，江帆点点，在晓日之下，清极秀极。我素喜北方风物，至此也不得不倾倒于江南之雅澹温柔。

晨七时半到了上海，又有小孩子来接，一声"姑姑"，予我以无限的欢喜——到此已经四五天了，休息之后，俗事又忙个不了。今夜夜凉如水，灯下只有我自己。在此静夜极难得，许多姊妹兄弟，知道我来，多在夜间来找我乘凉闲话。我三次拿起笔来，都因门环响中止，凭阑下视，又是哥哥姊妹来看望我的。我慰悦而又惆怅，因为三次延搁了我所乐意写的通讯。

这只是沿途的经历，感想还多，不愿在忙中写过，以后再说。夜深了，容我说晚安罢！

　　　　　　　　　　　　　　　　冰　心

　　　　　　　　　　一九二三年八月九日，上海

通讯五

小朋友：

　　早晨五时起来，趁着人静，我清明在躬之时，来写几个字。

　　这次过蚌埠，有母女二人上车，茶房直引她们到我屋里来。她们带着好几个提篮，内中一个满圈着小鸡。那时车中热极，小鸡都纷纷的伸出头来喘气，那个女儿不住的又将它们按下去。她手脚匆忙，好似弹琴一般。那女儿二十上下年纪，穿着一套麻纱的衣服，一脸的麻子，又满扑着粉，头上手上戴满了簪子，耳珥，戒指，镯子之类，说话时善能作态。我那时也不知是因为天热，心中烦躁，还是什么别的缘故，只觉得那女孩儿太不可爱。我没有同她招呼，只望着窗外，一回头正见她们谈着话，那女孩儿不住撒娇撒痴的要汤要水；她母亲穿一套青色香云纱的衣服，五十岁上下，面目蔼然，和她谈话的态度，又似爱怜，又似斥责。我旁观忽然心里难过，趁有她们在屋，便走了出去——小朋友！我想起我的母亲，不觉凭在甬道的窗边，临风偷洒了几点酸泪。

　　请容我倾吐，我信世界上只有你们不笑话我！我自从去年得有远行的消息以后，我背着母亲，天天数着日子。日子一天一天的过了，我也渐渐的瘦了。大人们常常安慰我说："不要紧的，这是好事！"我何尝不知道是好事？叫我说起来，恐怕比他们说的还动听。然而我终竟是个弱者，弱者中最弱的一个。我时常暗恨我自己！临行之前，到姨母家里去，姨母一面张罗我就坐吃茶，一面笑问："你走了，舍得母亲么？"我也从容的笑说："那没有什么，日子又短，那边还有人照应。"——等到姨母出去，小表妹忽然走到我面前，两手按在我的膝上，仰着脸说："姊姊，是么？你真舍得母亲么？我那时忽然禁制不住，看着她那智慧诚挚的脸，眼泪直奔涌了出来。我好似要堕下深崖，求她牵援一般。我紧握着她的小手，低声说："不瞒你说，妹妹，我舍不得母亲，舍不得一切亲爱的人！"

小朋友！大人们真是可钦羡的，他们的眼泪是轻易不落下来的；他们又勇敢，又大方。在我极难过的时候，我的父亲母亲，还能从容不迫的劝我。虽不知背地里如何，那时总算体恤、坚忍，我感激至于无地！

我虽是弱者，我还有我自己的傲岸，我还不肯在不相干的大人前，披露我的弱点。行前和一切师长朋友的谈话，总是喜笑着说的。我不愿以我的至情，来受他们的讥笑。然而我却愿以此在上帝和小朋友面前乞得几点神圣的同情的眼泪！

窗外是斜风细雨，写到这时，我已经把持不住。同情的小朋友，再谈罢！

冰 心

一九二三年八月十二日，上海

通讯六

小朋友：

　　你们读到这封信时，我已离开了可爱的海棠叶形的祖国，在太平洋舟中了。我今日心厌凄恋的言词，再不说什么话，来撩乱你们简单的意绪。

　　小朋友，我有一个建议："儿童世界"栏，是为儿童辟的，原当是儿童写给儿童看的。我们正不妨得寸进寸、得尺进尺的，竭力占领这方土地。有什么可喜乐的事情，不妨说出来，让天下小孩子一同笑笑；有什么可悲哀的事情，也不妨说出来，让天下小孩子陪着哭哭。只管坦然公然的，大人前无须畏缩。——小朋友，这是我们积蓄的秘密，容我们低声匿笑的说罢！大人的思想，竟是极高深奥妙的，不是我们所能以测度的。不知道为什么，他们的是非，往往和我们的颠倒。往往我们所以为刺心刻骨的，他们却雍容谈笑的不理；我们所以为是渺小无关的，他们却以为是惊天动地的事功。比如说罢，开炮打仗，死了伤了几万几千的人，血肉模糊的卧在地上。我们不必看见，只要听人说了，就要心悸，夜里要睡不着，或是说呓语的；他们却不但不在意，而且很喜欢操纵这些事。又如我们觉得老大的中国，不拘谁做总统，只要他老老实实，治抚得大家平平安安的，不妨碍我们的游戏，我们就心满意足了；而大人们却奔走辛苦的谈论这件事，他举他，他推他，乱个不了，比我们玩耍时举"小人王"还难。总而言之，他们的事，我们不敢管，也不会管；我们的事，他们竟是不屑管。所以我们大可畅胆的谈谈笑笑，不必怕他们笑话。——我的话完了，请小朋友拍手赞成！

我这一方面呢，除了一星期后，或者能从日本寄回信来之外，往后两个月中，因为道远信件迟滞的关系，恐怕不能有什么消息。秋风渐凉，最宜书写，望你们努力！

在上海还有许多有意思的事要报告给你们，可惜我太忙，大约要留着在船上，对着大海，慢慢的写。请等待着。

小朋友！明天午后，真个别离了！愿上帝无私照临的爱光，永远包围着我们，永远温慰着我们。

别了，别了，最后的一句话，愿大家努力做个好孩子！

冰　心

一九二三年八月十六日，上海

通讯七

亲爱的小朋友：

八月十七的下午，约克逊号邮船无数的窗眼里，飞出五色飘扬的纸带，远远的抛到岸上，任凭送别的人牵住的时候，我的心是如何的飞扬而凄恻！

痴绝的无数的送别者，在最远的江岸，仅仅牵着这终于断绝的纸条儿，放这庞然大物，载着最重的离愁，飘然西去！

船上生活，是如何的清新而活泼。除了三餐外，只是随意游戏散步。海上的头三日，我竟完全回到小孩子的境地中去了，套圈子，抛沙袋，乐此不疲，过后又绝然不玩了。后来自己回想很奇怪，无他，海唤起了我童年的回忆，海波声中，童心和游伴都跳跃到我脑中来。我十分的恨这次舟中没有几个小孩子，使我童心来复的三天中，有无猜畅好的游戏！

我自少住在海滨，却没有看见过海平如镜。这次出了吴淞口，一天的航程，一望无际尽是粼粼的微波。凉风习习，舟如在冰上行。到过了高丽界，海水竟似湖光。蓝极绿极，凝成一片。斜阳的金光，长蛇般自天边直接到阑旁人立处。上自穹苍，下至船前的水，自浅红至于深翠，幻成几十色，一层层，一片片的漾开了来。……小朋友，恨我不能画，文字竟是世界上最无用的东西，写不出这空灵的妙景！

八月十八夜，正是双星渡河之夕。晚餐后独倚阑旁，凉风吹衣。银河一片星光，照到深黑的海上。远远听得楼阑下人声笑语，忽然感到家乡渐远。繁星闪烁着，海波吟啸着，凝立悄然，只有惆怅。

十九日黄昏，已近神户，两岸青山，不时的有渔舟往来。日本的小山多半是圆扁的，大家说笑，便道是"馒头山"。这馒头山沿途点缀，直到夜里，远望灯光灿然，已抵神户。船徐徐停住，便有许多人上岸去。我因太晚，只自己又到最高层上，初次看见这般璀璨的世界，天上微月的光，和星光，岸上的灯光，无声相映。不时的还有一串光明从山上横飞过，想是火车周行。……舟中寂然，今夜没有海潮音，静极心绪忽起："倘若此时母亲也在这里……"。我极清晰的忆起北京来。

小朋友，恕我，不能往下再写了。

冰　心

一九二三年八月二十日，神户

朝阳下转过一碧无际的草坡，穿过深林，已觉得湖上风来，湖波不是昨夜欲睡如醉的样子了。——悄然的坐在湖岸上，伸开纸，拿起笔，抬起头来，四围红叶中，四面水声里，我要开始写信给我久违的小朋友。小朋友猜我的心情是怎样的呢？

水面闪烁着点点的银光，对岸意大利花园里亭亭层列的松树，都证明我已在万里外。小朋友，到此已逾一月了，便是在日本也未曾寄过一字。说是对不起呢，我又不愿！

我平时写作，喜在人静的时候。船上却处处是公共的地方，舱面阑边，人人可以来到。海景极好，心胸却难得清平。我只能在晨间绝早，船面无人时，随意写几个字，堆积至今，总不能整理，也不愿草草整理，便迟延到了今日。我是尊重小朋友的，想小朋友也能尊重原谅我！

许多话不知从哪里说起，而一声声打击湖岸的微波，一层层的没上杂立的潮石，直到我蔽膝的毡边来，似乎要求我将她介绍给我的小朋友。小朋友，我真不知如何的形容介绍她！她现在横在我的眼前。湖上的月明和落日，湖上的浓阴和微雨，我都见过了，真是仪态万千。小朋友，我的亲爱的人都不在这里，便只有她——海的女儿，能慰安我了。Lake Waban，谐音会意，我便唤她做"慰冰"。每日黄昏的游泛，舟轻如羽，水柔如不胜桨。岸上四围的树叶，绿的，红的，黄的，白的，一丛一丛的倒影到水中来，覆盖了半湖秋水。夕阳下极其艳冶，极其柔媚。将落的金光，到了树梢，散在湖面。我在湖上光雾中，低低的嘱咐它，带我的爱和慰安，一同和它到远东去。

小朋友！海上半月，湖上也过半月了，若问我爱哪一个更甚，这却难说。——海好像我的母亲，湖是我的朋友。我和海亲近在童年，和湖亲近是现在。海是深阔无际，不着一字，她的爱是神秘而伟大的，我对她的爱是归心低首的。湖是红叶绿枝，有许多衬托，她的爱是温和妩媚的，我对她的爱是清淡相照的。这也许太抽象，然而我没有别的话来形容了！

小朋友，两月之别，你们自己写了多少，母亲怀中的乐趣，可以说来让我听听么？——这便算是沿途书信的小序。此后仍将那写好的信，按序寄上，日月和地方，都因其旧；"弱游"的我，如何自太平洋东岸的上海绕到大西洋东岸的波士顿来，这些信中说得很清楚，请在那里看罢！

不知这几百个字，何时方达到你们那里，世界真是太大了！

冰 心

一九二三年十月十四日，慰冰湖畔，威尔斯利

通讯八

亲爱的弟弟们：

波士顿一天一天的下着秋雨，好像永没有开晴的日子。落叶红的黄的堆积在小径上，有一寸来厚，踏下去又湿又软。湖畔是少去的了，然而还是一天一遭。很长很静的道上，自己走着，听着雨点打在伞上的声音。有时自笑不知这般独往独来，冒雨迎风，是何目的！走到了，石矶上，树根上，都是湿的，没有坐处，只能站立一会，望着蒙蒙的雾。湖水白极淡极，四围湖岸的树，都隐没不见，看不出湖的大小，倒觉得神秘。

回来已是天晚，放下绿帘，开了灯，看中国诗词，和新寄来的晨报副镌，看到亲切处，竟然忘却身在异国。听得敲门，一声"请进"，回头却是金发蓝睛的女孩子，笑颊粲然的立于明灯之下，常常使我猛觉，笑而吁气！

正不知北京怎样，中国又怎样了？怎么在国内的时候，不曾这样的关心？——前几天早晨，在湖边石上读华兹华斯（Wordsworth）的一首诗，题目是《我在不相识的人中间旅行》：

I Travelled Among Unknown Men

I travelled among unknown men,

In land beyond the sea,

Nor，England! did I know till then

What love I bore to thee.

大意是：

> 直至到了海外，
> 在不相识的人中间旅行；
> 英格兰！我才知道我付与你的
> 是何等样的爱。

　　读此使我恍然如有所得，又怅然如有所失。是呵，不相识的！湖畔归来，远远几簇楼窗的灯火，繁星般的灿烂，但不曾与我以丝毫慰藉的光气！

　　想起北京城里此时街上正听着卖葡萄，卖枣的声音呢！我真是不堪，在家时黄昏睡起，秋风中听此，往往凄动不宁。有一次似乎是星期日的下午，你们都到安定门外泛舟去了，我自己廊上凝坐，秋风侵衣。一声声卖枣声墙外传来，觉得十分黯淡无趣。正不解为何这般寂寞，忽然你们的笑语喧哗也从墙外传来，我的惆怅，立时消散。自那时起，我承认你们是我的快乐和慰安，我也明白只要人心中有了春气，秋风是不会引人愁思的。但那时却不曾说与你们知道。今日偶然又想起来，这里虽没有卖葡萄甜枣的声响，而窗外风雨交加。——为着人生，不得不别离，却又禁不起别离，你们何以慰我？……一天两次，带着钥匙，忧喜参半的下楼到信橱前去，隔着玻璃，看不见一张白纸。又近看了看，实在没有。无精打采的挪上楼来，不止一次了！明知万里路，不能天天有信，而这两次终不肯不走，你们何以慰我？

夜渐长了，正是读书的好时候，愿隔着地球，和你们一同勉励着在晚餐后一定的时刻用功。只恐我在灯下时，你们却在课室里——回家千万常在母亲跟前！这种光阴是贵过黄金的，不要轻轻抛掷过去，要知道海外的姊姊，是如何的羡慕你们！——往常在家里，夜中写字看书，只管漫无限制，横竖到了休息时间，父亲或母亲就会来催促的，搁笔一笑，觉得乐极。如今到了夜深人倦的时候，只能无聊的自己收拾收拾，去做那还乡的梦。弟弟！想着我，更应当尽量消受你们眼前欢愉的生活！

菊花上市，父亲又忙了。今年种得多不多？我案头只有水仙花，还没有开，总是含苞，总是希望，当常引起我的喜悦。

快到晚餐的时候了。美国的女孩子，真爱打扮，尤其是夜间。第一遍钟响，就忙着穿衣敷粉，纷纷晚妆。夜夜晚餐桌上，个个花枝招展的。"巧笑倩兮，美目盼兮，彼美人兮，西方之人兮。"我曾戏译这四句诗给她们听。横三聚五的凝神向我，听罢相顾，无不欢笑。

不多说什么了，只有"珍重"二字，愿彼此牢牢守着！

冰　心

一九二三年十月二十四日夜，闭壁楼

倘若你们愿意，不妨将这封信分给我们的小朋友看看。途中书信，正在整理，一两天内，不见得能写寄。将此塞责，也是慰情聊胜无呵！又书。

通讯九

这是我姊姊由病院寄给父亲的一封信，描写她病中的生活和感想，真是比日记还详。我想她病了，一定不能常写信给"儿童世界"的小读者。也一定有许多的小读者，希望得着她的消息。所以我请于父亲，将她这封信发表。父亲允许了，我就略加声明当作小引，想姊姊不至责我多事？

一九二四年一月二十二日，冰仲，北京交大

亲爱的父亲：

我不愿告诉我的恩慈的父亲，我现在是在病院里；然而尤不愿有我的任一件事，隐瞒着不叫父亲知道！横竖信到日，我一定已经痊愈，病中的经过，正不妨作记事看。

自然又是旧病了，这病是从母亲来的。我病中没有分毫不适，我只感谢上苍，使母亲和我的体质上，有这样不模糊的连结。血赤是我们的心，是我们的爱，我爱母亲，也并爱了我的病！

前两天的夜里——病院中没有日月，我也想不起来——S女士请我去晚餐。在她小小的书室里，灭了灯，燃着闪闪的烛，对着熊熊的壁炉的柴火，谈着东方人的故事。——回头我看见一轮淡黄的月，从窗外正照着我们；上下两片轻绡似的白云，将她托住。S女士也回头惊喜赞叹，匆匆的饮了咖啡，披上外衣，一同走了出去。——原来不仅月光如水，疏星也在天河边闪烁。

她指点给我看：那边是织女，那个是牵牛，还有仙女星，猎户星，孪生的兄弟星，王后星，末后她悄然的微笑说："这些星星方位和名字，我一一牢牢记住。到我衰老不能行走的时候，我卧在床上，看着疏星从我窗外度过，那时便也和同老友相见一般的喜悦。"她说着起了微喟。月光照着她飘扬的银白的发，我已经微微的起了感触：如何的凄清又带着诗意的句子呵！

我问她如何会认得这些星辰的名字，她说是因为她的弟弟是航海家的缘故，这时父亲已横上我的心头了！

记否去年的一个冬夜，我同母亲夜坐，父亲回来的很晚。我迎着走进中门，朔风中父亲带我立在院里，也指点给我看：这边是天狗，那边是北斗，那边是箕星。那时我觉得父亲的智慧是无限的，知道天空缥缈之中，一切微妙的事，——又是一年了！

月光中 S 女士送我回去，上下的曲径上，缓缓的走着。我心中悄然不怡——半夜便病了。

早晨还起来，早餐后又卧下。午后还上了一课，课后走了出来，天气好似早春，慰冰湖波光荡漾。我慢慢的走到湖旁，临流坐下，觉得弱又无聊。晚霞和湖波的细响，勉强振起我的精神来，黄昏时才回去。夜里九时，她们发觉了，立时送我入了病院。

医院是在小山上学校的范围之中，夜中到来看不真切。医生和看护妇在灯光下注视着我的微微的笑容，使我感到一种无名的感觉。——一夜很好，安睡到了天晓。

早晨绝早，看护妇抱着一大束黄色的雏菊，是闭壁楼同学送来的。

我忽然下泪忆起在国内病时床前的花了，——这是第一次。

这一天中睡的时候最多，但是花和信，不断的来，不多时便屋里满了清香。玫瑰也有，菊花也有，还有许多不知名的。每封信都很有趣味，但信末的名字我多半不认识。因为同学多了，只认得面庞，名字实在难记！

我情愿在这里病，饮食很精良，调理的又细心。我一切不必自己劳神，连头都是人家替我梳的。我的床一日推移几次，早晨便推近窗前。外望看见礼拜堂红色的屋顶和塔尖，看见图书馆，更隐隐的看见了慰冰湖对岸秋叶落尽，楼台也露了出来。近窗有一株很高的树，不知道是什么名字。昨日早上，我看见一只红头花翎的啄木鸟，在枝上站着，好一会才飞走。又看见一头很小的松鼠，在上面往来跳跃。

从看护妇递给我的信中，知道许多师长同学来看我，都被医生拒绝了。我自此便闭居在这小楼里，——这屋里清雅绝尘，有加无已的花，把我围将起来。我神志很清明，却又混沌，一切感想都不起，只停在"臣门如市，臣心如水"的状态之中。

何从说起呢？不时听得电话的铃声响：

"……医院……她么？……很重要……不许接见……眠食极好，最要的是静养，……书等明天送来罢，……花和短信是可以的……"

差不多都是一样的话，我倚枕模糊可以听见。猛忆起今夏病的时候，电话也一样的响，冰仲弟说：

"姊姊么——好多了，谢谢！"

觉得我真是多事，到处叫人家替我忙碌——这一天在半醒半睡中度过。

第二天头一句问看护妇的话，便是"今天许我写字么？"她笑说："可以的,但不要写的太长。"我喜出望外,第一封便写给家里,报告我平安。不是我想隐瞒,因不知从哪里说起。第二封便了闭璧楼九十六个"西方之人兮"的女孩子。我说:

"感谢你们的信和花带来的爱! ——我卧在床上,用悠暇的目光,远远看着湖水,看着天空。偶然也看见草地上,图书馆,礼堂门口进出的你们。我如何的幸福呢? 没有那几十页的诗,当功课的读。没有晨兴钟,促我起来。我闲闲的背着诗句,看日影渐淡,夜中星辰当着我的窗户;如不是因为想你们,我真不想回去了!"

信和花仍是不断的来。黄昏时看护妇进来,四顾室中,她笑着说:"这屋里成了花窖了。"我喜悦的也报以一笑。

我素来是不大喜欢菊花的香气的,竟不知她和着玫瑰花香拂到我的脸上时,会这样的甜美而浓烈! ——这时趁了我的心愿了! 日长昼永,万籁无声。一室之内,惟有花与我。在天然的禁令之中,杜门谢客,过我的清闲回忆的光阴。

把往事一一提起,无一不使我生美满的微笑。我感谢上苍:过去的二十年中,使我一无遗憾,只有这次的别离,忆起有些儿惊心!

B夫人早晨从波士顿赶来,只有她闯入这清严的禁地里。医生只许她说,不许我说。她双眼含泪,苍白无主的面颜对着我,说:"本想我们有一个最快乐的感恩节……然而不要紧的,等你好了,我们另有一个……"

我握着她的手,沉静的不说一句话。等她放好了花,频频回顾的出去之后,望着那"母爱"的后影,我潸然泪下——这是第二次。

夜中绝好,是最难忘之一夜。在众香国中,花气氤氲。我请看护妇将两盏明灯都开了,灯光下,床边四围,浅绿浓红,争妍斗媚,如低眉，如含笑。窗外严净的天空里，疏星炯炯，枯枝在微风中，颤摇有声。我凝然肃然，此时此心可朝天帝！

猛忆起两句：

消受白莲花世界，

风来四面卧中央。

这福是不能多消受的！果然，看护妇微笑的进来，开了窗，放下帘子，挪好了床，便一瓶一瓶的都抱了出去，回头含笑对我说："太香了，于你不宜，而且夜中这屋里太冷。"——我只得笑着点首，然终留下了一瓶玫瑰，放在窗台上。在黑暗中，她似乎知道现在独有她慰藉我，便一夜的温香不断——

"花怕冷，我便不怕冷么？"我因失望起了疑问，转念我原是不应怕冷的，便又寂然心喜。

日间多眠，夜里便十分清醒。到了连书都不许看时，才知道能背诵诗句的好处，几次听见车声隆隆走过，我忆起：

水调歌从邻院度，

雷声车是梦中过。

朋友们送来一本书，是

Student's Book of Inspiration

内中有一段恍惚说：

"世界上最难忘的是自然之美，……有人能增加些美到世上去，这人便是天之骄子。"

真的，最难忘的是自然之美！今日黄昏时，窗外的慰冰湖，银海一般的闪烁，意态何等清寒？秋风中的枯枝，丛立在湖岸上，何等疏远？秋云又是如何的幻丽？这广场上忽阴忽晴，我病中的心情，又是何等的飘忽无着？

沉黑中仍是满了花香，又忆起：

> 到死未消兰气息，
>
> 他生宜护玉精神！

父亲！这两句我不应写了出来，或者会使你生无谓的难过。但我欲其真，当时实是这样忽然忆起来的。

没有这般的孤立过，连朋友都隔绝了，但读信又是怎样的有趣呢？

一个美国朋友写着：

"从村里回来，到你屋去，竟是空空。我几乎哭了出来！看见你相片立在桌上，我也难过。告诉我，有什么我能替你做的事情，我十分乐意听你的命令！"

又一个写着说：

"感恩节近了，快康健起来罢！大家都想你，你长在我们的心里！"

但一个日本的朋友写着：

"生命是无定的，人们有时虽觉得很近，实际上却是很远。你和我隔绝了，但我觉得你是常常近着我！"

中国朋友说：

"今天怎么样，要看什么中国书么？"

都只寥寥数字，竟可见出国民性——一夜从杂乱的思想中度过。

清早的时候，扫除橡叶的马车声，辗破晓静。我又忆起：

> 马蹄隐隐声隆隆，
>
> 入门下马气如虹。

底下自然又连带到：

> 我今垂翅负天鸿，
>
> 他日不羞蛇作龙！

这时天色便大明了。

今天是感恩节，窗外的树枝都结上严霜，晨光熹微，湖波也凝而不流，做出初冬天气。——今天草场上断绝人行，个个都回家过节去了。美国的感恩节如同我们的中秋节一般，是家族聚会的日子。

父亲！我不敢说是"每逢佳节倍思亲"，因为感恩节在我心中，并没有什么甚深的观念。然而病中心情，今日是很惆怅的。花影在壁，花香在衣。镗镗的朝霭中，我默望窗外，万物无语，我不禁泪下。——这是第三次。

幸而我素来是不喜热闹的。每逢佳节，就想到幽静的地方去。今年此日避到这小楼里，也是清福。昨天偶然忆起辛幼安的《青玉案》：

> 众里寻他千百度——
>
> 蓦然回首，

那人却在

灯火阑珊处。

　　我随手便记在一本书上，并附了几个字：

　　"明天是感恩节，人家都寻欢乐去了，我却闭居在这小楼里。然而忆到这孤芳自赏，别有怀抱的句子，又不禁喜悦的笑了。"

　　花香缠绕笔端，终日寂然。我这封信时作时辍，也用了一天工夫。医生替我回绝了许多朋友，我恍惚听见她电话里说：

　　"她今天看着中国的诗，很平静，很喜悦！"

　　我便笑了，我昨天倒是看诗，今天却是拿书遮着我的信纸。父亲！我又淘气了！

　　看护妇的严净的白衣，忽然现在我的床前。她又送一束花来给我——同时她发觉了我写了许多，笑着便来禁止，我无法奈她何。她走了，她实是一个最可爱的女子，当她在屋里蹀躞之顷，无端有"身长玉立"四字浮上脑海。

　　当父亲读到这封信时，我已生龙活虎般在雪中游戏了，不要以我置念罢！——寄我的爱与家中一切的人！我记念着他们每一个！

　　这回真不写了，——父亲记否我少时的一夜，黑暗里跑到山上的旗台上去找父亲，一星灯火里，我们在山上下彼此唤着。我一忆起，心中就充满了爱感。如今是隔着我们挚爱的海洋呼唤着了！亲爱的父亲，再谈罢，也许明天我又写信给你！

女儿　莹倚枕

一九二三年十一月二十九日

通讯十

亲爱的小朋友：

我常喜欢挨坐在母亲的旁边，挽住她的衣袖，央求她述说我幼年的事。

母亲凝想地，含笑地，低低地说：

"不过有三个月罢了，偏已是这般多病。听见端药杯的人的脚步声，已知道惊怕啼哭。许多人围在床前，乞怜的眼光，不望着别人，只向着我，似乎已经从人群里认识了你的母亲！"

这时眼泪已湿了我们两个人的眼角！

"你的弥月到，穿着舅母送的水红绸子的衣服，戴着青缎沿边的大红帽子，抱出到厅堂前。因看你丰满红润的面庞，使我在姊妹妯娌群中，起了骄傲。

"只有七个月，我们都在海舟上，我抱你站在阑旁。海波声中，你已会呼唤'妈妈'和'姊姊'。"

对于这件事，父亲和母亲还不时的起争论。父亲说世上没有七个月会说话的孩子。母亲坚执说是的。在我们家庭历史中，这事至今是件疑案。

"浓睡之中猛然听得丐妇求乞的声音，以为母亲已被她们带去了。冷汗被面的惊坐起来，脸和唇都青了，呜咽不能成声。我从后屋连忙进来，珍重的揽住，经过了无数的解释和安慰。自此后，便是睡着，我也不敢轻易的离开你的床前。"

这一节，我仿佛记得，我听时写时都重新起了呜咽！

"有一次你病得重极了。地上铺着席子，我抱着你在上面膝行。正是暑月，你父亲又不在家。你断断续续说的几句话，都不是三岁的孩子所能够说的。因着你奇异的智慧，增加了我无名的恐怖。我打电报给你父亲，说我身体和灵魂上都已不能再支持。忽然一阵大风雨，深忧的我，重病的你，和你疲乏的乳母，都沉沉的睡了一大觉。这一番风雨，把你又从死神的怀抱里，接了过来。"

我不信我智慧，我又信我智慧！母亲以智慧的眼光，看万物都是智慧的，何况她的唯一挚爱的女儿？

"头发又短，又没有一刻肯安静。早晨这左右两个小辫子，总是梳不起来。没有法子，父亲就来帮忙：'站好了，站好了，要照相了！'父亲拿着照相匣子，假作照着。又短又粗的两个小辫子，好容易天天这样的将就的编好了。"

我奇怪我竟不懂得向父亲索要我每天照的相片！

"陈妈的女儿宝姐，是你的好朋友。她来了，我就关你们两个人在屋里，我自己睡午觉。等我醒来，一切的玩具，小人小马，都当做船，飘浮在脸盆的水里，地上已是水汪汪的。"

宝姐是我一个神秘的朋友，我自始至终不记得，不认识她。然而从母亲口里，我深深的爱了她。

"已经三岁了，或者快四岁了。父亲带你到他的兵舰上去，大家匆匆的替你换上衣服，你自己不知什么时候，把一只小木鹿，放在小靴子里。到船上只要父亲抱着，自己一步也不肯走。放到地上走时，只有一跛一跛的。大家奇怪了，脱下靴子，发现了小木鹿。父亲和他的许多朋友都笑了。——傻孩子！你怎么不会说？"

母亲笑了，我也伏在她的膝上羞愧的笑了。——回想起来，她的质问，和我的羞愧，都是一点理由没有的。十几年前事，提起当面前事说，真是无谓。然而那时我们中间弥漫了痴和爱！

"你最怕我凝神，我至今不知是什么缘故。每逢我凝望窗外，或是稍微的呆了一呆，你就过来呼唤我，摇撼我，说：'妈妈，你的眼睛怎么不动了？'我有时喜欢你来抱住我，便故意的凝神不动。"

我自己也不知道是什么缘故。也许母亲凝神，多是忧愁的时候，我要搅乱她的思路，也未可知。——无论如何，这是个隐谜！

"然而你自己却也喜凝神。天天吃着饭，呆呆的望着壁上的字画，桌上的钟和花瓶，一碗饭数米粒似的，吃了好几点钟。我急了，便把一切都挪移开。"

这件事我记得，而且很清楚，因为独坐沉思的脾气至今不改。

当她说这些事的时候，我总是脸上堆着笑，眼里满了泪，听完了用她的衣袖来印我的眼角，静静的伏在她的膝上。这时宇宙已经没有了，只母亲和我，最后我也没有了，只有母亲；因为我本是她的一部分！

这是如何可惊喜的事，从母亲口中，逐渐的发现了，完成了我自己！她从最初已知道我，认识我，喜爱我，在我不知道不承认世界上有个我的时候，她已爱了我了。我从三岁上，才慢慢的在宇宙中寻到了自己，爱了自己，认识了自己；然而我所知道的自己，不过是母亲意念中的百分之一，千万分之一。

小朋友！当你寻见了世界上有一个人，认识你，知道你，爱你，都千百倍的胜过你自己的时候，你怎能不感激，不流泪，不死心塌地的爱她，而且死心塌地的容她爱你？

有一次，幼小的我，忽然走到母亲面前，仰着脸问说："妈妈，你到底为什么爱我？"母亲放下针线，用她的面颊，抵住我的前额，温柔地，不迟疑地说："不为什么，——只因你是我的女儿！"

　　小朋友！我不信世界上还有人能说这句话！"不为什么"这四个字，从她口里说出来，何等刚决，何等无回旋！她爱我，不是因为我是"冰心"，或是其他人世间的一切虚伪的称呼和名字！她的爱是不附带任何条件的，唯一的理由，就是我是她的女儿。总之，她的爱，是屏除一切，拂拭一切，层层的麾开我前后左右所蒙罩的，使我成为"今我"的原素，而直接的来爱我的自身！

　　假使我走至幕后，将我二十年的历史和一切都更变了，再走出到她面前，世界上纵没有一个人认识我，只要我仍是她的女儿，她就仍用她坚强无尽的爱来包围我。她爱我的肉体，她爱我的灵魂，她爱我前后左右，过去，将来，现在的一切！

　　天上的星辰，骤雨般落在大海上，嘶嘶繁响。海波如山一般的汹涌，一切楼屋都在地上旋转，天如同一张蓝纸卷了起来。树叶子满空飞舞，鸟儿归巢，走兽躲到它的洞穴。万象纷乱中，只要我能寻到她，投到她的怀里……天地一切都信她！她对于我的爱，不因着万物毁灭而更变！

　　她的爱不但包围我，而且普遍的包围着一切爱我的人；而且因着爱我，她也爱了天下的儿女，她更爱了天下的母亲。小朋友！告诉你一句小孩子以为是极浅显，而大人们以为是极高深的话，"世界便是这样的建造起来的！"

　　世界上没有两件事物，是完全相同的，同在你头上的两根丝发，也不能一般长短。然而——请小朋友们和我同声赞美！只有普天下的母亲的爱，或隐或显，或出或没，不论你用斗量，用尺量，或是用心灵的度量衡来推测；我的母亲对于我，你的母亲对于你，她的和他的母亲对于她和他；她们的爱是一般的长阔高深，分毫都不差减。小朋友！我敢说，也敢信古往今来，没有一个敢来驳我这句话。当我发觉了这神圣的秘密的时候，我竟欢喜感动得伏案痛哭！

我的心潮，沸涌到最高度，我知道于我的病体是不相宜的，而且我更知道我所写的都不出乎你们的智慧范围之外。——窗外正是下着紧一阵慢一阵的秋雨，玫瑰花的香气，也正无声的赞美她们的"自然母亲"的爱！

我现在不在母亲的身畔，——但我知道她的爱没有一刻离开我，她自己也如此说！——暂时无从再打听关于我的幼年的消息；然而我会写信给我的母亲。我说："亲爱的母亲，请你将我所不知道的关于我的事，随时记下寄来给我。我现在正是考古家一般的，要从深知我的你口中，研究我神秘的自己。"

被上帝祝福的小朋友！你们正在母亲的怀里。——小朋友！我教给你，你看完了这一封信，放下报纸，就快快跑去找你的母亲——若是她出去了，就去坐在门槛上，静静的等她回来——不论在屋里或是院中，把她寻见了，你便上去攀住她，左右亲她的脸，你说："母亲！若是你有工夫，请你将我小时候的事情，说给我听！"等她坐下了，你便坐在她的膝上，倚在她的胸前，你听得见她心脉和缓的跳动，你仰着脸，会有无数关于你的，你所不知道的美妙的故事，从她口里天乐一般的唱将出来！

然后，——小朋友！我愿你告诉我，她对你所说的都是什么事。

我现在正病着，没有母亲坐在旁边，小朋友一定怜念我，然而我有说不尽的感谢！造物者将我交付给我母亲的时候，竟赋予了我以记忆的心才；现在又从忙碌的课程中替我匀出七日夜来，回想母亲的爱。我病中光阴，因着这回想，寸寸都是甜蜜的。

　　小朋友，再谈罢，致我的爱与你们的母亲！

你的朋友　冰　心

一九二三年十二月五日晨，圣卜生疗养院，威尔斯利

通讯十一

小朋友：

从圣卜生医院寄你们一封长信之后，又是二十天了。十二月十三之晨，我心酸肠断，以为从此要尝些人生失望与悲哀的滋味，谁知却有这种柳暗花明的美景。但凡有知，能不感谢！

小朋友们知道我不幸病了，我却没有想到这病是须休息的，所以当医生缓缓的告诉我的时候，我几乎神经错乱。十三、十四两夜，凄清的新月，射到我的床上，瘦长的载霜的白杨树影，参错满窗。——我深深的觉出了宇宙间的凄楚与孤立。一年来的计划，全归泡影，连我自己一身也不知是何底止。秋风飒然，我的头垂在胸次。我竟恨了西半球的月，一次是中秋前后两夜，第二次便是现在了，我竟不知明月能伤人至此！

昏昏沉沉的过了两日，十五早起，看见遍地是雪，空中犹自飞舞，湖上凝阴，意态清绝。我肃然倚窗无语，对着慰冰纯洁的钱筵，竟麻木不知感谢。下午一乘轻车，几位师长带着心灰意懒的我，雪中驰过深林，上了青山（The Blue Hills）到了沙穰疗养院。

如今窗外不是湖了，是四围山色之中，从密的松林，将这座楼圈将起来。清绝静绝，除了一天几次火车来往，一道很浓的白烟从两重山色中串过，隐隐的听见轮声之外，轻易没有什么声息。单弱的我，拼着颓然的在此住下了！

一天一天的过去觉得生活很特别。十二岁以前半玩半读的时候不算外，这总是第一次抛弃一切，完全来与"自然"相对。以读书，凝想，赏明月，看朝霞为日课。有时夜半醒来，万籁俱寂，皓月中天，悠然四顾，觉得心中一片空灵。我纵欲修心养性，哪得此半年空闲，幕天席地的日子，百忙中为我求安息，造物者！我对你安能不感谢？

日夜在空旷之中，我的注意就有了更动。早晨朝霞是否相同？夜中星辰曾否转移了位置？都成了我关心的事。在月亮左侧不远，一颗很光明的星，是每夜最使我注意的。自此稍右，三星一串，闪闪照人，想来不是"牵牛"就是"织女"。此外秋星窈窕，都罗列在我的枕前。就是我闭目宁睡之中，它们仍明明在上临照我，无声的环立，直到天明，将我交付与了朝霞，才又无声的历落隐入天光云影之中。

说到朝霞，我要搁笔，只能有无言的赞美。我所能说的就是朝霞颜色的变换，和晚霞恰恰相反。晚霞的颜色是自淡而浓，自金红而碧紫。朝霞的颜色是自浓而深，自青紫而深红，然后一轮朝日，从松岭捧将上来，大地上一切都从梦中醒觉。

便是不晴明的天气，夜卧听檐上夜雨，也是心宁气静。头两夜听雨的时候，忆起什么"……第一是难听夜雨！天涯倦旅，此时心事良苦……""洒空阶更阑未休……似楚江暝宿，风灯零乱，少年羁旅……""……可惜流年，忧愁风雨，树犹如此……""……细雨梦回鸡塞远，小楼吹彻玉笙寒……"等句，心中很惆怅的，现在已好些了。小朋友！我笔不停挥，无意中写下这些词句。你们未必看过，也未必懂得，然而你们尽可不必研究。这些话，都在人情之中，你们长大时，自己都会写的，特意去看，反倒无益。

山中虽不大记得日月，而圣诞的观念，却充满在同院二十二个女

038

孩的心中。二十四夜在楼前雪地中间的一棵松树上，结些灯彩，树巅一颗大星星，树下更挂着许多小的。那夜我照常卧在廊下，只有十二点钟光景，忽然柔婉的圣诞歌声，沉沉的将我从浓睡中引将出来。开眼一看，天上是月，地下是雪，中间一颗大灯星，和一个猛醒的人。这一切完全了一个透彻晶莹的世界！想起一千九百二十三年前，一个纯洁的婴孩，今夜出世，似他的完全的爱，似他的完全的牺牲，这个彻底光明柔洁的夜，原只是为他而有的。我侧耳静听，忆起旧作《天婴》中的两节：

　　马槽里可能睡眠？

　　　凝注天空——

　　这清亮的歌声，

　　　珍重的诏语，

　　　催他思索，

　　想只有泪珠盈眼，

　　　热血盈腔。

　　奔赴着十字架，

　　　奔赴着荆棘冠，

　　想一生何曾安顿？

　　　繁星在天，

　　　夜色深深，

　　开始的负上罪担千钧！

此时心定如冰，神清若水，默然肃然，直至歌声渐远，隐隐的只余山下孩童奔逐欢笑祝贺之声，我渐渐又入梦中。梦见冰仲肩着四弦琴，似愁似喜的站在我面前拉着最熟的调子是"我如何能离开你？"声细如丝，如不胜清怨，我凄惋而醒。天幕沉沉，正是圣诞日！

朝阳出来的时候，四围山中松梢的雪，都映出粉霞的颜色。一身似乎拥在红云之中，几疑自己已经仙去。正在凝神，看护妇已出来将我的床从廊上慢慢推到屋里，微笑着道了"圣诞大喜"，便捧进几十个红丝缠绕，白纸包裹的礼物来，堆在我的床上。一包一包的打开，五光十色的玩具和书，足足的开了半点钟。我喜极了，一刹那顷童心来复，忽然想要跑到母亲床前去，摇醒她，请她过目。猛觉一身在万里外！……只无聊的随便拿起一本书来，颠倒的，心不在焉的看。

这座楼素来没有火，冷清清的如同北冰洋一般。难得今天开了一天的汽管，也许人坐在屋里，觉得适意一点。果点和玩具和书，都堆叠在桌上，而弟弟们以及小朋友们却不能和我同乐。一室寂然，窗外微阴，雪满山中。想到如这回不病，此时正在纽约或华盛顿，尘途热闹之中，未必能有这般的清福可享，又从失意转成喜悦。

晚上院中也有一个庆贺的会，在三层楼下。那边露天学校的小孩子们也都来了，约有二十个。——那些孩子都是居此治疗的，那学校也是为他们开的。我还未曾下楼，不得多认识他们。想再有几天，许我游山的时候，一定去看他们上课游散的光景，再告诉你些西半球带病行乐的小朋友们的消息——厅中一棵装点的极其辉煌的圣诞树，上面系着许多的礼物。医生一包一包的带下去，上面注有各人的名字，附着滑稽诗一首，是互相取笑的句子，那礼物也是极小却极有趣味的东西。我得了一支五彩漆管的铅笔，一端有个橡皮帽子，那首诗是：

亲爱的，你天天在床上写字，写字，

　必有一日犯了医院的规矩，

墨水沾污了床单。

给你这一支铅笔，还有橡皮，

　好好的用罢，

可爱的孩子！

　　医生看护以及病人，把那厅坐满了。集合八国的人，老的少的，唱着同调的曲，也倒灯火辉煌，歌声嘹亮的过了一个完全的圣诞节。

　　二十六夜大家都觉乏倦了，鸦雀无声的都早去安息。雪地上那一颗灯星，却仍是明明远射。我关上了屋里的灯，倚窗而立，灯光入户，如同月光一般。忆起昨夜那些小孩子，接过礼物攒三集五，聚精凝神，一层层打开包裹的光景，正在出神。外间敲门，进来了一个希腊女孩子，她从沉黑中笑道，"好一个诗人呵！我不见灯光，以为你不在屋里呢！"我悄然一笑，才觉得自己是在山间万静之中。

　　自那时又起了乡愁——恕我不写了。此信到日，正是故国的新年，祝你们快乐平安！

冰　心

　　一九二三年十二月二十六日，沙穰疗养院

通讯十二

小朋友：

满廊的雪光，开读了母亲的来信，依然不能忍的流下几滴泪。——四围山上的层层的松枝，载着白绒般的很厚的雪，沉沉下垂。不时的掉下一两片手掌大的雪块，无声的堆在雪地上。小松呵！你受造物的滋润是过重了！我这过分的被爱的心，又将何处去交卸！

小朋友，可怪我告诉过你们许多事，竟不曾将我的母亲介绍给你。——她是这么一个母亲：她的话句句使做儿女的人动心，她的字，一点一划都使做儿女的人下泪！

我每次得她的信，都不曾预想到有什么感触的，而往往读到中间，至少有一两句使我心酸泪落。这样深浓，这般诚挚，开天辟地的爱情呵！愿普天下一切有知，都来颂赞！

以下节录母亲信内的话，小朋友，试当她是你自己的母亲，你和她相离万里，你读的时候，你心中觉得怎样？

我读你《寄母亲》的一首诗，我忍不住下泪，此后你多来信，我就安慰多了！

十月十八日

我心灵是和你相连的。不论在做什么事情，心中总是想起你来……

十月二十七日

我们是相依为命的。不论你在什么地方，做什么事情，你母亲的心魂，总绕在你的身旁，保护你抚抱你，使你安安稳稳一天一天的过去。

十一月九日

我每遇晚饭的时候，一出去看见你屋中电灯未息，就仿佛你在屋里，未来吃饭似的，就想叫你，猛忆你不在家，我就很难过！

十一月二十二日

你的来信和相片，我差不多一天看了好几次，读了好几回。到夜中睡觉的时候，自然是梦魂飞越在你的身旁，你想做母亲的人，哪个不思念她的孩子？……

十一月二十六日

经过了几次的酸楚我忽发悲愿，愿世界上自始至终就没有我，永减母亲的思念。一转念纵使没有我，她还可有别的女孩子做她的女儿，她仍是一般的牵挂，不如世界上自始至终就没有母亲。——然而世界上古往今来百千万亿的母亲，又当如何？且我的母亲已经彻底的告诉我："做母亲的人，哪个不思念她的孩子！"

为此我透澈地觉悟，我死心塌地的肯定了我们居住的世界是极乐的。"母亲的爱"打千百转身，在世上幻出人和人，人和万物种种一切的互助和同情。这如火如荼的爱力，使这疲缓的人世，一步一步的移向光明！感谢上帝！经过了别离，我反复思寻印证，心潮几番动荡起落，自我和我的母亲，她的母亲，以及他的母亲接触之间，我深深的证实了我年来的信仰，绝不是无意识的！

真的，小朋友！别离之前，我不曾懂得母亲的爱动人至此，使人一心一念，神魂奔赴……我不须多说，小朋友知道的比我更彻底，我只愿这一心一念，永住永存，尽我在世的光阴，来讴歌颂扬这神圣无边的爱！圣保罗在他的书信里说过一句石破天惊的话，是："我为这福音的奥秘，做了带锁链的使者。"一个使者，却是带着奥妙的爱的锁链的！小朋友，请你们监察我，催我自强不息的来奔赴这理想的最高的人格！

这封信不是专为介绍我母亲的自身，我要提醒的是"母亲"这两个字。谁无父母，谁非人子？母亲的爱，都是一般；而你们天真中的经验，却千百倍的清晰浓挚于我！母亲的爱，竟不能使我在人前有丝毫的得意和骄傲，因为普天下没有一个没有母亲的孩子。小朋友，谁道上天生人有厚薄？无贫富，无贵贱，造物者都预备一个母亲来爱他。又试问鸿镑初辟时，又哪里有贫富贵贱，这些人造的制度阶级？遂令当时人类在母亲的爱光之下，个个自由，个个平等！

你们有这个经验么？我往往有爱世上其他物事胜过母亲的时候。为着兄弟朋友，为着花鸟虫鱼，甚至于为着一本书一件衣服，和母亲违拗争执。当时只弄娇痴，就是母亲，也未曾介意。如今病榻上寸寸回想，使我有无限的惊悔。小朋友！为着我，你们自此留心，只有母亲是真爱你的。她的劝诫，句句有天大的理由。花鸟虫鱼的爱是暂时的，母亲的爱是永远的！

时至今日，我偶然觉悟到，因着母亲，使我承认了世间一切其他的爱，又冷淡了世间一切其他的爱。

青山雪霁，意态十分清冷。廊上无人，只不时的从楼下飞到一两声笑语，真是幽静极了。造物者的意旨，何等的深沉呵！把我从岁暮的尘嚣之中，提将出来，叫我在深山万静之中，来辗转思索。

说到我的病，本不是什么大症候，也就无所谓痊愈，现在只要慢慢的休息着。只是逃了几个月的学，其中也有幸有不幸。

这是一九二三年的末一日，小朋友，我祝你们的进步。

冰　心

一九二三年十二月三十一日，青山沙穰

通讯十三

亲爱的母亲：

这封信母亲看到时，不知是何情绪。——曾记得母亲有一个女儿，在母亲身畔二十年，曾招母亲欢笑，也曾惹母亲烦恼。六个月前，她竟横海去了。她又病了，在沙穰休息着。这封信便是她写的。

如今她自己寂然的在灯下，听见楼下悠扬凄婉的音乐，和阑旁许多女孩子的笑声，她只不出去。她刚复了几封国内朋友的信，她忽然心绪潮涌，是她到沙穰以来，第一次的惊心。人家问她功课如何？圣诞节曾到华盛顿纽约否？她不知所答。光阴从她眼前飞过，她一事无成，自己病着玩。

她如结的心，不知交给谁慰安好。——她倦弱的腕，在碎纸上纵横写了无数的"算未抵人间离别！"直到写了满纸，她自己才猛然惊觉，也不知这句从何而来！

母亲呵！我不应如此说，我生命中只有"花"，和"光"，和"爱"，我生命中只有祝福，没有咒诅。——但些时的怅惘，也该觉着罢！些时的悲哀而平静的思潮，永在祝福中度生活的我，已支持不住。看！小舟在怒涛中颠簸，失措的舟子，抱着樯竿，哀唤着"天妃"的慈号。我的心舟在起落万丈的思潮中震荡时，母亲！纵使你在万里外，写到"母亲"两个字在纸上时，我无主的心，已有了着落。

一月十日夜

046

昨夜写到此处，看护进来催我去睡。当时虽有无限的哀怨，而一面未尝不深幸有她来阻止我，否则尽着我往下写，不宁的思潮之中，不知要创造出怎样感伤的话来！

母亲！今日沙穰大风雨，天地为白，草木低头。晨五时我已觉得早霞不是一种明媚的颜色，惨绿怪红，凄厉得可怖！只有八时光景，风雨漫天而来，大家从廊上纷纷走进自己屋里，拼命的推着关上门窗。白茫茫里，群山都看不见了。急雨打进窗纱，直击着玻璃，从窗隙中溅进来。狂风循着屋脊流下，将水洞中积雨，吹得喷泉一般的飞洒。我的烦闷，都被这惊人的风雨，吹打散了。单调的生活之中，原应有个大破坏。——我又忽然想到此时如在约克逊舟上，太平洋里定有奇景可观。

我们的生活是太单词了，只天天随着钟声起卧休息。白日的生涯，还不如梦中热闹。松树的绿意总不改，四围山景就没有变迁了。我忽然恨松柏为何要冬青，否则到底也有个红白绿黄的更换点缀。

为着止水般无聊的生活，我更想弟弟们了！这里的女孩子，只低头刺绣。静极的时候，连针穿过布帛的声音都可以听见。我有时也绣着玩，但不以此为日课；我看点书，写点字，或是倚阑看村里的小孩子，在远处林外溜冰，或推小雪车。有一天静极忽发奇想，想买几挂大炮仗来放放，震一震这寂寂的深山，叫它发空前的回响。——这里，做梦也看不见炮仗。我总想得个发响的东西玩玩。我每每幻想有一管小手枪在手里，安上子弹，抬起枪来，一扳，砰的一声，从铁窗纱内穿将出去！要不然小汽枪也好，……但这至终都是潜伏在我心中的幻梦。世界不是我一个人的，我不能任意的破坏沙穰一角的柔静与和平。

母亲！我童心已完全来复了。在这里最适意的，就是静悄悄的过个性的生活。人们不能随便来看，一定的时间和风雪的长途都限制了他们。于是我连一天两小时的无谓的周旋，有时都不必作。自己在门窗洞开，阳光满照的屋子里，或一角回廊上，三岁的孩子似的，一边忙忙的玩，一边呜呜的唱，有时对自己说些极痴的话。休息时间内，偶然睡不着，就自己轻轻的为自己唱催眠的歌。——一切都完全了，只没有母亲在我旁边！

一切思想，也都照着极小的孩子的径路奔放发展：每天卧在床上，看护把我从屋里推出廊外的时候，我仰视着她，心里就当她是我的乳母，这床是我的摇篮。我凝望天空。有三颗最明亮的星星。轻淡的云，隐起一切的星辰的时候，只有这三颗依然吐着光芒。其中的一颗距那两颗稍远，我当他是我的大弟弟，因为他稍大些，能够独立了。那两颗紧挨着，是我的二弟弟和小弟弟，他两个还小一点，虽然自己奔走游玩，却时时注意到其他的一个，总不敢远远跑开，他们知道自己的弱小，常常是守望相助。

这三颗星总是第一班从暮色中出来，使我最先看见；也是末一班在晨曦中隐去，在众星之后，和我道声"暂别"；因此发起了我的爱怜系恋，便白天也能忆起他们来。起先我有意在星辰的书上，寻求出他们的名字，时至今日，我不想寻求了，我已替他们起了名字，他们的总名是"兄弟星"，他们各颗的名字，就是我的三个弟弟的名字。

> 小弟弟呵，
> 我灵魂里三颗光明喜乐的星。
> 温柔的，
> 无可言说的，

> 灵魂深处的孩子呵！

> ——《繁星》四

　　如今重忆起来，不知是说弟弟，还是说星星！——自此推想下去，静美的月亮，自然是母亲了。我半夜醒来，开眼看见她，高高的在天上，如同俯着看我，我就欣慰，我又安稳的在她的爱光中睡去。早晨勇敢的灿烂的太阳，自然是父亲了。他从对山的树梢，雍容尔雅的上来，他又温和又严肃的对我说："又是一天了！"我就欢欢喜喜的坐起来，披衣从廊上走到屋里去。

　　此外满天的星宿，那是我的一切亲爱的人。这样便同时爱了星星，也爱了许多姊妹朋友。——只有小孩子的思想是智慧的，我愿永远如此想；我也愿永远如此信！

　　窗外仍是狂风雨，我偶然忆起一首诗：题目是《小神秘家》是Louis Untermeyer做的，我录译于下；不知当年母亲和我坐守风雨的时候，我也曾说过这样如痴如慧的话没有？

The Young Mystic

We sat together close and warm,

My little tired boy and I—

Watching across the evening sky

The coming of the storm.

No rumblings rose, no thunders crashed,

The west-wind scarcely sang loud;

But from a huge and solid cloud

The summer lightning flashed,

And then he whispered "Father, Watch;

I think God's going to light His moon"

"And When, my boy" — "Oh very soon:

I saw Him strike a match!"

大意是：

我的困倦的儿子和我，

　很暖和的相挨的坐着，

　凝望着薄暮天空，

风雨正要来到。

没有隆隆的雷响，

　西风也不着意的吹；

　只在屯积的浓云中，

有电光闪烁。

这时他低声对我说："父亲，看看；

我想上帝要点上他的月亮了——"

"孩子，什么时候呢……""呀，快了。

我看见他划了取灯儿！"

风雨仍不止。山上的雪，雨打风吹，完全融化了。下午我还要写
点别的文字，我在此停住了。母亲，这封信我想也转给小朋友们看一
看，我每忆起他们，就觉得欠他们的债。途中通讯的碎稿，都在闭璧

楼的空屋里锁着呢。她们正百计防止我写字,我不敢去向她们要。我素不轻许愿,无端破了一回例,遗我以日夜耿耿的心;然而为着小孩子,对于这次的许愿,我不曾有半星儿的追悔。只恨先忙后病的我对不起他们。——无限的乡心,与此信一齐收束起,母亲,真个不写了,海外山上养病的女儿,祝你万万福!

冰 心

一九二四年一月十一日,青山沙穰

通讯十四

我的小朋友：

黄昏睡起，闲走着绕到西边回廊上，看一个病的女孩子。站在她床前说着话儿的时候，抬头看见松梢上一星朗耀，她说："这是你今晚第一颗见到的星儿，对它祝说你的愿望罢！"——同时她低低的度着一支小曲，是：

> Star light
>
> Star bright
>
> First star I see to-night
>
> Wish I may
>
> Wish I might
>
> Have the wish I wish to might

小朋友：这是一支极柔媚的儿歌。我不想翻译出来。因为童谣完全以音韵见长，一翻成中国字，念出来就不好听，大意也就是她对我说的那两句话。——倘若你们自己能念，或是姊姊哥哥，姑姑母亲，能教给你们念，也就更好。——她说到此，我略不思索，我合掌向天说："我愿万里外的母亲，不太为平安快乐的我忧虑！"

扣计今天或明天，就是我母亲接到我报告抱病入山的信之日，不知大家如何商量谈论，长吁短叹；岂知无知无愁的我，正在此过起止水浮云的生活来了呢！

去年十二月十九日，我寄给国内朋友一封信，我说："沙穰疗养院，冷冰冰如同雪洞一般。我又整天的必须在朔风里。你们围炉的人，怎知我正在冰天雪地中，与造化挣命！"如今想起，又觉得那话说得太无谓，太怨望了，未曾听见挣命有如今这般温柔的挣法！

生，老，病，死，是人生很重大而又不能避免的事。无论怎样高贵伟大的人，对此切己的事，也丝毫不能为力。这时节只能将自己当作第三者，旁立静听着造化的安排。小朋友，我凝神看着造化轻舒慧腕，来安排我的命运的时候，我忍不住失声赞叹他深思和玄妙。

往常一日几次匆匆走过慰冰湖，一边看晚霞，一边心里想着功课。偷闲划舟，抬头望一望滟滟的湖波，低头看滴答滴答消磨时间的手表，心灵中真是太苦了，然而万没有整天的放下正事来赏玩自然的道理。造物者明明在上，看出了我的隐情，眉头一皱，轻轻的赐与我一场病，这病乃是专以抛撇一切，游泛于自然海中为治疗的。

如今呢？过的是花的生活，生长于光天化日之下，微风细雨之中；过的是鸟的生活，游息于山巅水涯，寄身于上下左右空气环围的巢床里；过的是水的生活，自在的潺潺流走；过的是云的生活，随意的袅袅卷舒。几十页几百页绝妙的诗和诗话，拿起来流水般当功课读的时候，是没有的了。如今不再干那愚拙煞风景的事，如今便四行六行的小诗，也慢慢的拿起，反复吟诵，默然深思。

我爱听碎雪和微雨，我爱看明月和星辰，从前一切世俗的烦忧，占积了我的灵府。偶然一举目，偶然一倾耳，便忙忙又收回心来，没有一次任它奔放过。如今呢，我的心，我不知怎样形容它，它如蛾出茧，如鹰翔空……

碎雪和微雨在檐上，明月和星辰在阑旁，不看也得看，不听也得听，何况病中的我，应以它们为第二生命。病前的我，愿以它们为第二生命而不能的呢？

这故事的美妙，还不止此，——"一天还应在山上走几里路"，这句话从滑稽式的医士口中道出的时候，我不知应如何的欢呼赞美他！小朋友！漫游的生涯，从今开始了！

山后是森林仄径，曲曲折折的在日影掩映中引去，不知有多少远近。我只走到一端，有大岩石处为止。登在上面眺望，我看见满山高高下下的松树。每当我要缥缈深思的时候，我就走这一条路。独自低首行来，我听见干叶枯枝，喊喊喳喳在树巅相语。草上的薄冰，踏着沙沙有声，这时节，林影沉荫中，我凝然黯然，如有所戚。

山前是一层层的大山地，爽阔空旷，无边无限的满地朝阳。层场的尽处，就是一个大冰湖，环以小山高树，是此间小朋友们溜冰处。我最喜在湖上如飞的走过。每逢我要活泼天机的时候，我就走这一条路。我沐着微暖的阳光，在树根下坐地，举目望着无际的耀眼生花的银海。我想天地何其大，人类何其小。当归途中冰湖在我足下溜走的时候，清风过耳，我欣然超然，如有所得。

三年前的夏日在北京西山，曾写了一段小文字，我不十分记得了，大约是：

　　　只有早晨的深谷中

　　　可以和自然对语。

　　　　计划定了

岩石点头

草花欢笑。

造物者！

在我们星驰的前途

路站上

再遥遥的安置下

　几个早晨的深谷！

　　原来，造物者为我安置下的几个早晨的深谷，却在离北京数万里外的沙穰，我何其"无心"，造物者何其"有意"？——我还忆起，有"空谷足音"，和杜甫的"绝代有佳人，幽居在空谷"的一首诗，小朋友读过么？我翻来覆去的背诵，只忆得"绝代有佳人，幽居在空谷；自云良家子，零落依草木……摘花不插发，采柏动盈掬——天寒翠袖薄，日暮倚修竹。"这八句来。黄昏时又去了。那时想起的，有"前不见古人，后不见来者，念天地之悠悠，独怆然而涕下。"归途中又诵"云无心以出岫，鸟倦飞而知还。景翳翳以将入，抚孤松而盘桓。"小朋友，愿你们用心读古人书，他们常在一定的环境中，说出你心中要说的话！

　　春天已在云中微笑，将临到了。那时我更有温柔的消息，报告你们。我逐日远走开去，渐渐又发现了几处断桥流水。试想看，胸中无一事留滞，日日南北东西，试揭自然的帘幕，蹑足走入仙宫……

　　这样的病，这样的人生，小朋友，请为我感谢。我的生命中是只有祝福，没有咒诅！

　　安息的时候已到，卧看星辰去了。小朋友，我以无限欢喜的心，祝你们多福。

冰 心

一九二四年一月十五日夜，沙穰

　　广厅上，四面绿帘低垂。几个女孩子，在一角窗前长椅上，低低笑语。一角话匣子里奏着轻婉的提琴。我在当中的方桌上，写这封信。一个女孩子坐在对面为我画像，她时时唤我抬头看她。我听一听提琴和人家的笑语，一面心潮缓缓流动，一面时时停笔凝神。写完时重读一过，觉得太无次序了，前言不对后语的。然而的确是欢乐的心泉流过的痕迹，不复整理，即付晚邮。

通讯十五

仁慈的小朋友：

若是在你们天大的爱心里，还有空隙，我愿介绍几个可爱的女孩子，愿你们加以怜念！

M住在我的隔屋，是个天真漫烂又是完全神经质的女孩子。稍大的惊和喜，都能使她受极大的激刺和扰乱。她卧病已经四年半了，至今不见十分差减，往往刚觉得好些，夜间热度就又高起来，看完体温表，就听得她伏枕呜咽。她有个完全美满的家庭，却因病隔离了。——我的童心，完全是她引起的。她往往坐在床上自己喃喃的说："我父亲爱我，我母亲爱我，我爱……"我就倾耳听她底下说什么，她却是说"我爱自己"。我不觉笑了，她也笑了。她的娇憨凄苦的样子，得了许多女伴的爱怜。

R又在M的隔屋，她被一切人所爱，她也爱了一切的人。又非常的技巧，用针用笔，能做许多奇巧好玩的东西。这些日子，正跟着我学中国文字。我第一天教给她"天"、"地"、"人"三字。她说："你们中国人太玄妙了，怎么初学就念这样高大的字，我们初学，只是'猫'、'狗'之类"。我笑了，又觉得她说的有理。她学得极快，口音清楚，写的字也很方正。此外医院中天气表是她测量，星期日礼拜是她弹琴，病人阅看的报纸，是她照管，图书室的钥匙，也在她手里。她短发齐颈，爱好天然，她住院已经六个月了。

E只有十八岁，昨天是她的生日。她没有父母，只有哥哥。十九个月前，她病得很重，送到此处。现在可谓好一点，但还是很瘦弱。她喜欢叫人"妈妈"或"姊姊"。她急切的想望人家的爱念和同情，却又能隐忍不露，常常在寂寞中竭力的使自己活泼欢悦。然而每次在医生注射之后，屋门开处，看见她埋首在高枕之中，宛转流涕——这样的华年！这样的人生！

D是个爱尔兰的女孩子，和我谈话之间常常问我的家庭状况，尤其常要提到我的父亲，我只是无心的问答。后来旁人告诉我，她的父亲纵酒狂放，醉后时时虐待他的儿女。她的家庭生活，非常的凄苦不幸。她因躲避父亲，和祖母住在一处，听到人家谈到亲爱时，往往流泪。昨天我得到家书，正好她在旁边，她似羡似叹的问道："这是你父亲写的么，多么厚的一封信呵！"幸而她不认得中国字，我连忙说："不是，这是我母亲写的，我父亲很忙，不常写信给我"她脸红微笑，又似释然。其实每次我的家书，都是父母弟弟每人几张纸！我以为人生最大的不幸，就是失爱于父母。我不能闭目推想，也不敢闭目揣想。可怜的带病而又心灵负着重伤的孩子！

A住在院后一座小楼上，我先不常看见她。从那一次在餐室内偶然回首，无意中她顾我微微一笑，很长的睫毛之下，流着幽娴贞静的眼光，绝不是西方人的态度。出了餐室，我便访到她的名字，和住处。那天晚上，在她的楼里，谈了半点钟的话，惊心于她的腼腆与温柔；谈到海景，她竟赠我一张灯塔的图画。她来院已将两年，据别人说没有什么起色。她终日卧在一角小廊上，廊前是曲径深林，廊后是小桥流水。她告诉我每遇狂风暴雨，看着凄清的环境，想到"人生"，两字，辄惊动不怡。我安慰她，她也感谢，然而彼此各有泪痕！

痛苦的人，岂止这几个？限于精神，我不能多述了！

今早黎明即醒。晓星微光，万松淡雾之中，我披衣起坐。举眼望到廊的尽处，我凝注着短床相接，雪白的枕上，梦中转侧的女孩子。只觉得奇愁黯黯，横空而来。生命中何必有爱，爱正是为这些人而有！这些痛苦的心灵，需要无限的同情与怜念。我一人究竟太微小了，仰祷上天之外，只能求助于万里外的纯洁伟大的小朋友！

小朋友！为着跟你们通讯，受了许多友人严峻的责问，责我不宜只以悱恻的思想，贡献你们。小朋友不宜多看这种文字，我也不宜多写这种文字。为小朋友和我两方精神上的快乐与安平，我对于他们的忠告，只有惭愧感谢。然而人生不止欢乐滑稽一方面，病患与别离，只是带着酸汁的快乐之果。沉静的悲哀里，含有无限的庄严。伟大的人生中，是需要这种成分的。范仲淹说："先天下之忧而忧。"佛说："我不入地狱，谁入地狱？"何况这一切本是组成人生的原素，耳闻，眼见，身经，早晚都要了解知道的，何必要隐瞒着可爱的小朋友？我偶然这半年来先经历了这些事，和小朋友说说，想来也不是过分的不宜。

我比她们强多了，我有快乐美满的家庭，在第一步就没有摧伤思想的源路。我能自在游行，寻幽访胜，不似她们缠绵床褥，终日对着恹恹一角的青山。我横竖已是一身客寄，在校在山，都是一样；有人来看，自然欢喜，没有人来，也没有特别的失望与悲哀。她们乡关咫尺，却因病抛离父母，亲爱的人，每每因天风雨雪，山路难行，不能相见，于是怨嗟悲叹。整年整月，置身于怨望痛苦之中，这样的人生！

一而二，二而三的推想下去，世界上的幼弱病苦，又岂止沙穰一隅？小朋友，你们看见的，也许比我还多，扶持慰藉，是谁的责任？见此而不动心呵！空负了上天付与我们的一腔热烈的爱！

所以，小朋友，我们所能做到的，一朵鲜花，一张画片，一句温和的慰语，一回殷勤的访问，甚至于一瞥哀怜的眼光，在我们是不觉得用了多少心，而在单调的枯苦生活，度日如年的病者，已是受了如天之赐。访问已过，花朵已残，在我们久已忘却之后，他们在幽闲的病榻上，还有无限的感谢，回忆与低徊！

　　我无庸多说，我病中曾受过几个小朋友的赠与。在你们完全而浓烈的爱心中，投书馈送，都能锦上添花，做到好处。小朋友，我无有言说，我只合掌赞美你们的纯洁与伟大。

　　如今我请你们纪念的这些人，虽然都在海外，但你们忆起这许多苦孩子时，或能以意会意，以心会心的体恤到眼前的病者。小朋友，莫道万里外的怜悯牵萦，没有用处，"以伟大思想养汝精神"！日后帮助你们建立大事业的同情心，便是从这零碎的怜念中练达出来的。

　　风雪的廊上，写这封信，不但手冷，到此心思也冻凝了。无端拆阅了波士顿中国朋友的一封书，又使我生无穷的感慨。她提醒了我！今日何日，正是故国的岁除，红灯绿酒之间，不知有多少盈盈的笑语。这里却只有寂寂风雪的空山……不写了，你们的热情忠实的朋友，在此遥祝你们有个完全欢庆的新年！

冰　心

一九二四年二月四日，沙穰

通讯十六

二弟冰叔：

接到你两封冗长而恳挚的信，使我受了无限的安慰。是的！"从松树隙间穿过的阳光，就是你弟弟问安的使者；晚上清凉的风，就是骨肉手足的慰语！"好弟弟！我喜爱而又感激你的满含着诗意的慰安的话！

出乎意外的又收到你赠我的历代名人词选，我喜欢到不可言说。父亲说恐怕我已有了，我原有一部古今词选，放在闭璧楼的书架上了。可恨我一写信要中国书，她们便有百般的阻拦推托。好像凡是中国书都是充满着艰深的哲理，一看就费人无限的脑力似的。

不忍十分的违反她们的好意，我终于反复的只看些从病院中带来的短诗了。我昨夜收到词选，珍重的一页一页的看着，一面想，难得我有个知心的小弟弟。

这部词，选得似乎稍偏于纤巧方面，错字也时时发现。但大体说起来，总算很好。

你问我去国前后，环境中诗意哪处更足？我无疑地要说，"自然是去国后！"在北京城里，不能晨夕与湖山相对，这是第一条件。再一事，就是客中的心情，似乎更容易融会诗句。

离开黄浦江岸，在太平洋舟中，青天碧海，独往独来之间，我常常忆起"海水直下万里深，谁人不言此离苦"两句。因为我无意中看到同舟众人，当倚阑俯视着船头飞溅的浪花的时候，眉宇间似乎都含着轻微的凄恻的意绪。

到了威尔斯利，慰冰湖更是我的唯一的良友。或是水边，或是水上，没有一天不到的。母亲寿辰的前一日，又到湖上去了，临水起了乡思，忽然忆起左辅的《浪淘沙》词：

> 水软橹声柔，草绿芳洲，碧桃几树隐红楼；者是春山魂一片，招入孤舟。　　乡梦不曾休，惹甚闲愁？忠州过了又涪州：掷与巴江流到海，切莫回头！

觉得情景悉合，随手拾起一片湖石，用小刀刻上："乡梦不曾休，惹甚闲愁？"两句，远远地抛入湖心里，自己便头也不回的走转来。这片小石，自那日起，我信它永在湖心，直到天地的尽头。只要湖水不枯，湖石不烂，我的一片寄托此中的乡心，也永古不能磨灭的！

美国人家，除城市外，往往依山傍水，小巧精致，窗外篱旁，杂种着花草，真合"是处人家，绿深门户"词意。只是没有围墙，空阔有余，深邃不足。路上行人，隔窗可望见翠袖红妆，可听见琴声笑语。词中之"斜阳却照深深院"，"庭院深深深几许"，"不卷珠帘，人在深深处"，"墙内秋千墙外道"，"银汉是红墙，一带遥相隔"等句，在此都用不着了！

田野间林深树密，道路也依着山地的高下，曲折蜿蜒的修来，天趣盎然。想春来野花遍地之时，必是更幽美的。只是逾山越岭的游行，再也看不见一带城墙僧寺。"曲径通幽处，禅房草木深"，"花宫仙梵远微微，月隐高城钟漏稀"，"一片孤城万仞山"，"饮将闷酒城

062

头睡"，"长烟落日孤城闭"，"帘卷疏星庭户悄，隐隐严城钟鼓"等句，在此又都用不着了！

总之，在此处处是"新大陆"的意味，遍地看出鸿蒙初辟的痕迹。国内一片苍古庄严，虽然有的只是颓废剥落的城垣宫殿，却都令人起一种"仰首欲攀低首拜"之思，可爱可敬的五千年的故国呵！回忆去夏南下，晨过苏州，火车与城墙并行数里。城里湿烟濛濛，护城河里系着小舟，层塔露出城头，竟是一幅图画。那时我已想到出了国门，此景便不能再见了！

说到山中的生活，除了看书游山，与女伴谈笑之外，竟没有别的日课。我家灵运公的诗，如"寝瘵谢人徒，绝迹入云峰，岩壑寓耳目，欢爱隔音容"，以及"昔余游京华，未尝废丘壑，矧乃归山川，心迹双寂寞……卧疾丰暇豫，翰墨时间作，怀抱观古今，寝食展戏谑……万事难并欢，达生幸可托"等句，竟将我的生活描写尽了，我自己更不须多说！

又猛忆起杜甫的"思家步月清宵立，忆弟看云白日眠"和苏东坡的"因病得闲殊不恶，安心是药更无方"，对我此时生活而言，直是一字不可移易！青山满山是松，满地是雪，月下景物清幽到不可描画，晚餐后往往至楼前小立，寒光中自不免小起乡愁。又每日午后三时至五时是休息时间，白天里如何睡得着？自然只卧看天上云起，尤往往在此时复看家书，联带的忆到诸弟。——冰仲怕我病中不能多写通讯，岂知我病中较闲，心境亦较清，写的倒比平时多。又我自病后，未曾用一点药饵，真是"安心是药更无方"了。

多看古人句子，令自己少写好些。一面欣与古人契合，一面又有"恨不踊身千载上，趁古人未说吾先说"之叹。——说的已多了，都是你一部词选，引我掉了半天书袋，是谁之过呢？一笑！

青山真有美极的时候。二月七日，正是五天风雪之后，万株树上，都结上一层冰壳。早起极光明的朝阳从东方捧出，照得这些冰树玉枝，寒光激射。下楼微步雪林中曲折行来，偶然回顾，一身自冰玉丛中穿过。小楼一角，隐隐看见我的帘幕。虽然一般的高处不胜寒，而此琼楼玉宇，竟在人间，而非天上。

九日晨同女伴乘雪橇出游。双马飞驰，绕遍青山上下。一路林深处，冰枝拂衣，脆折有声。白雪压地，不见寸土，竟是洁无纤尘的世界。最美的是冰珠串结在野樱桃枝上，红白相间，晶莹向日，觉得人间珍宝，无此璀璨！

途中女伴遥指一发青山，在天末起伏。我忽然想真个离家远了，连青山一发，也不是中原了。此时忽觉悠然意远。——弟弟！我平日总想以"真"为写作的唯一条件，然而算起来，不但是去国以前的文字不"真"，就是去国以后的文字，也没有尽"真"的能事。

我深确的信不论是人情，是物景，到了"尽头"处，是万万说不出来，写不出来的。纵然几番提笔，几番欲说，而语言文字之间，只是搜寻不出配得上形容这些情绪景物的字眼，结果只是搁笔，只是无言。十分不甘泯没了这些情景时，只能随意描摹几个字，稍留些印象。甚至于不妨如古人之结绳记事一般，胡乱画几条墨线在纸上。只要他日再看到这些墨迹时，能在模糊缥缈的意境之中，重现了一番往事，已经是满足有余的了。

去国以前，文字多于情绪。去国以后，情绪多于文字。环境虽常是清丽可写，而我往往写不出。辛幼安的一支《罗敷媚》说：

少年不识愁滋味，爱上层楼；爱上层楼，为赋新词强说愁。

而今识尽愁滋味，欲说还休；欲说还休，却道天凉好个秋。

　　真看得我寂然心死。他虽只说"愁"字，然已盖尽了其他种种一切！——真不知文字情绪不能互相表现的苦处，受者只有我一个人，或是人人都如此？

　　北京谚语说："八月十五云遮月，正月十五雪打灯。"去年中秋，此地不曾有月。阴历十四夜，月光灿然。我正想东方谚语，不能适用于西方天象，谁知元宵夜果然雨雪霏霏。十八夜以后，夜夜梦醒见月。只觉空明的枕上，梦与月相续。最好是近两夜，醒时将近黎明，天色碧蓝，一弦金色的月，不远对着弦月凹处悬着一颗大星。万里无云的天上，只有一星一月，光景真是奇丽。

　　元夜如何？——听说醉司命夜，家宴席上，母亲想我难过，你们几个兄弟倒会一人一句的笑话慰藉，真是灯草也成了拄杖了！喜笑之余，并此感谢。

　　纸已尽，不多谈。——此信我以为不妨转小朋友一阅。

冰　心

一九二四年三月一日，青山沙穰

通讯十七

小朋友：

健康来复的路上，不幸多歧，这几十天来懒得很；雨后偶然看见几朵浓黄的蒲公英，在匀整的草坡上闪烁，不禁又忆起一件事。

一月十九晨，是雪后浓阴的天。我早起游山，忽然在积雪中，看见了七八朵大开的蒲公英。我俯身摘下握在手里，——真不知这平凡的草卉，竟与梅菊一样的耐寒。我回到楼上，用条黄丝带将这几朵缀将起来，编成王冠的形式。人家问我做什么，我说："我要为我的女王加冕。"说着就随便的给一个女孩子戴上了。

大家欢笑声中，我只无言的卧在床上——我不是为女王加冕，竟是为蒲公英加冕了。蒲公英虽是我最熟识的一种草花，但从来是被人轻忽，从来是不上美人头的。今日因着情不可却，我竟让她在美人头上，照耀了几点钟。

蒲公英是黄色，叠瓣的花，很带着菊花的神意，但我也不曾偏爱她。我对于花卉是普遍的爱怜。虽有时不免喜欢玫瑰的浓郁，和桂花的清远，而在我忧来无方的时候，玫瑰和桂花也一样的成粪土。在我心情怡悦的一刹那顷，高贵清华的菊花，也不能和我手中的蒲公英来占夺位置。

世上的一切事物，只是百千万面大大小小的镜子，重叠对照，反射又反射；于是世上有了这许多璀璨辉煌，虹影般的光彩。没有蒲公英，显不出雏菊，没有平凡，显不出超绝。而且不能因为大家都爱雏菊，世上便消灭了蒲公英；不能因为大家都敬礼超人，世上便消灭了庸碌。即使这一切都能因着世人的爱憎而生灭，只恐到了满山谷都是菊花和超人的时候，菊花的价值，反不如蒲公英，超人的价值，反不及庸碌了。

所以世上一物有一物的长处，一人有一人的价值。我不能偏爱，也不肯偏憎。悟到万物相衬托的理，我只愿我心如水，处处相平。我愿菊花在我眼中，消失了她的富丽堂皇，蒲公英也解除了她的局促羞涩，博爱的极端，翻成淡漠。但这种普遍淡漠的心，除了博爱的小朋友，有谁知道？

书到此，高天萧然，楼上风紧得很，再谈了，我的小朋友！

冰　心

一九二四年五月九日，沙穰疗养院

通讯十八

小朋友：

久违了，我亲爱的小朋友！记得许多日子不曾和你们通讯，这并不是我的本心。只因寄回的邮件，偶有迟滞遗失的时候。我觉得病中的我，虽能必写，而万里外的你们，不能必看。医生又劝我尽量休息，我索性就歇了下去。

自和你们通信，我的生涯中非病即忙。如今不得不趁病已去，忙未来之先，写一封长信给你们，补说从前许多的事。

愿意我从去年说起么？我知道小朋友是不厌听旧事的。但我也不能说得十分详细，只能就模糊记忆所及，说个大概，无非要接上这条断链。否则我忽然从神户飞到威尔斯利来，小朋友一定觉得太突兀了！

一九二三年八月二十日　神　户

二十早晨就同许多人上岸去。远远地看见锚山上那个青草栽成的大锚，压在半山，青得非常的好看。

神户街市和中国的差的不多。两旁的店铺，却比较的矮小。窗户间陈列的玩具和儿童的书，五光十色，极其夺目。许多小朋友围着看。日本小孩子的衣服，比我们的华灿，比较的引人注意。他们的圆白的小脸，乌黑的眼珠，浓厚的黑发，衬映着十分可爱。

几个山下的人家，十分幽雅，木墙竹窗，繁花露出墙头，墙外有小桥流水。——我们本想上山去看雌雄两谷，——是两处瀑布。往上走的时候，遇见奔走下山的船上的同伴，说时候已近了。我们恐怕船开，只得回到船上来。

上岸时大家纷纷到邮局买邮票寄信。神户邮局被中国学生塞满了。牵不断的离情！去国刚三日，便有这许多话要同家人朋友说么？

回来有人戏笑着说："白话有什么好处！我们同日本人言语不通，说英文有的人又不懂。写字罢，问他们'哪里最热闹？'他们瞪目莫知所答。问他们'何处最繁华？'却都恍然大悟，便指点我们以热闹的去处，你看！"我不觉笑了。

二十一日 横 滨

黄昏时已近横滨。落日被白云上下遮住，竟是朱红的颜色，如同一盏日本的红纸灯笼，——这原是联想的关系。

不断的山，倚阑看着也很美。此时我曾用几个盛快镜胶片的锡筒，装了几张小纸条，封了口，投下海去，任它飘浮。纸上我写着：

> **不论是哪个渔人捡着，都祝你幸运。我以东方人的至诚，祈神祝福你东方水上的渔人！**

以及"我欲乘风归去，又恐琼楼玉宇，高处不胜寒！"等等的话。

到了横滨，只算是一个过站，因为我们一直便坐电车到东京去。我们先到中国青年会，以后到一个日本饭店吃日本饭。那店名仿佛是"天香馆"，也记不清了。脱鞋进门，我最不惯，大家都笑个不住。侍女们都赤足，和她们说话又不懂，只能相视一笑。席地而坐，仰视墙壁窗户，都是木板的，光滑如拭。窗外荫（阴）沉，洁净幽雅得很。我们只吃白米饭，牛肉，干粉，小菜，很简单的。饭菜都很硬，我只吃一点就放下了。

饭后就下了很大的雨，但我们的游览，并不因此中止，却也不能从容，只汽车从雨中飞驰。如日比谷公园，靖国神社，博物馆等处，匆匆一过。只觉得游了六七个地方，都是上楼下楼，入门出门，一点印象也留不下。走马看花，雾里看花，都是看不清的，何况是雨中驰车，更不必说了。我又有点发热，冒雨更不可支，没有心力去浏览，只有两处，我记得很真切。

一是二重桥皇宫，隆然的小桥，白石的阑干，一带河流之后，立着宫墙。忙中的脑筋，忽觉清醒，我走出车来拍照，远远看见警察走来，知要干涉，便连忙按一按机，又走上车去。——可惜是雨中照的，洗不出风景来，但我还将这胶片留下。听说地震后皇宫也颓坏了，我竟得于灾前一瞥眼，可怜焦土！

还有是游就馆中的中日战胜纪念品和壁上的战争的图画，周视之下，我心中军人之血，如泉怒沸。小朋友，我是个弱者，从不会抑制我自己感情之波动。我是没有主义的人，更显然的不是国家主义者，我虽那时竟血沸头昏，不由自主的坐了下去。但在同伴纷纷叹恨之中，我仍没有说一句话。

我十分歉仄，因为我对你们述说这一件事。我心中虽丰富的带着军人之血，而我常是喜爱日本人，我从来不存着什么屈辱与仇视。只是为着"正义"，我对于以人类欺压人类的事，我似乎不能忍受！

我自然爱我的弟弟，我们原是同气连枝的。假如我有吃不了的一块糖饼，他和我索要时，我一定含笑的递给他。但他若逞强，不由分说的和我争夺，为着"正义"，为着要引导他走"公理"的道路，我就要奋然的，怀着满腔的热爱来抵御，并碎此饼而不惜！

请你们饶恕我，对你们说这些神经兴奋的话！让这话在你们心中旋转一周罢。说与别人我担着惊怕，说与你们，我却千放心万放心，因为你们自有最天真最圣洁的断定。

五点钟的电车，我们又回到横滨舟上。

二十三日　舟　中

发烧中又冒雨，今天觉得不舒服。同船的人大半都上岸去，我自己坐着守船。甲板上独坐，无头绪的想起昨天车站上的繁杂的木屐声，和前天船上礼拜，他们唱的"上帝保佑我母亲"之曲，心绪很杂乱不宁。日光又热，下看码头上各种小小的贸易，人声嘈杂，觉得头晕。

同伴们都回来了，下午船又启行。从此渐渐的不见东方的陆地了，再到海的尽头，再见陆地时，人情风土都不同了，为之怅然。

曾在此时，匆匆的写了一封信，要寄与你们，写完匆匆的拿着走出舱来，船已徐徐离岸。"此误又是十余日了！我黯然的将此信投在海里。

那夜梦见母亲来，摸我的前额，说："热得很，——吃几口药罢。"她手里端着药杯叫我喝，我看那药是黄色的水，一口气的喝完了，梦中觉得是橘汁的味儿。醒来只听得圆窗外海风如吼，翻身又睡着了。第二天热便退尽。

二十四日以后　舟　中

四围是海的舟岛生活，很迷糊恍惚的，不能按日记事了，只略略说些罢。

同行二等三等舱中，有许多自俄赴美的难民，男女老幼约有一百多人。俄国人是天然的音乐家，每天夜里，在最高层上，静听着他们在底下弹着琴儿。在海波声中，那琴调更是凄清错杂，如泣如诉。同是离家去国的人呵，纵使我们不同文字，不同言语，不同思想，在这凄美的快感里，恋别的情绪，已深深的交流了！

那夜月明，又听着这琴声，我迟迟不忍下舱去。披着毡子在肩上，聊御那泱泱的海风。船儿只管乘风破浪的一直的走，走向那素不相识的他乡。琴声中的哀怨，已问着我们这般辛苦的载着万斛离愁同去同逝，为名？为利？为着何来？"问君何事轻离别，一年能几团圆月？"我自问已无话可答了！若不是人声笑语从最高层上下来，搅碎了我的情绪，恐怕那夜我要独立到天明！

同伴中有人发起聚敛食物果品，赠给那些难民的孩子。我们从中国学生及别的乘客之中，收聚了好些，送下二等舱去。他们中间小孩子很多，女伴们有时抱几个小的上来玩，极其可爱。但有一次，因此我又感到哀戚与不平。

有一个孩子，还不到两岁光景，最为娇小乖觉。他原不肯叫我抱，好容易用糖和饼，和发响的玩具，慢慢的哄了过来。他和我熟识了，放下来在地下走，他从软椅中间，慢慢走去，又回来扑到我的膝上。我们正在嬉笑，一抬头他父亲站在广厅的门边。想他不能过五十岁，而他的白发和脸上的皱纹，历历的写出了他生命的颠顿与不幸，看去似乎不止六十岁了。他注视着他的儿子，那双慈怜的眼光中，竟若含着眼泪。小朋友，从至情中流出的眼泪，是世界上最神圣的东西。晶莹的含泪的眼，是最庄严尊贵的画图！每次看见处女或儿童，悲哀或义愤的泪眼，妇人或老人，慈祥和怜悯的泪眼，两颗莹莹欲坠的泪珠之后，竟要射出凛然的神圣的光！小朋友，我最敬畏这个，见此时往往使我不敢抬头！

这一次也不是例外，我只低头扶着这小孩子走。头等舱中的女看护——是看护晕船的人们的——忽然也在门边发见了。她冷酷的目光，看着那俄国人，说："是谁让你到头等舱里来的，走，走，快下去！"

这可怜的老人踉跄了。无主仓皇的脸，勉强含笑，从我手中接过小孩子来，以屈辱抱谦的目光，看一看那看护，便抱着孩子疲缓的从扶梯下去。

是谁让他来的？任一个慈爱的父亲，都不肯将爱子交付一个陌生人，他是上来照看他的儿子的。我抱上这孩子来，却不能护庇他的父亲！我心中忽然非常的抑塞不平。只注视着那个胖大的看护，我脸上定不是一种怡悦的表情，而她却服罪的看我一笑。我四顾这厅中还有许多人，都像不在意似的。我下舱去，晚餐桌上，我终席未曾说一句话！

中国学生开了两次的游艺会，都曾向船主商量要请这些俄国人上来和我们同乐，都被船主拒绝了。可敬的中国青年，不愿以金钱为享受快乐的界限，动机是神圣的。结果虽毫不似预想，而大同的世界，原是从无数的尝试和奋斗中来的！

约克逊船中的侍者，完全是中国广东人。这次船中头等乘客十分之九是中国青年，足予他们以很大的喜悦。最可敬的是他们很关心于船上美国人对于中国学生的舆论。船抵西雅图之前一两天，他们曾用全体名义，写一篇勉励中国学生为国家争气的话，揭帖在甲板上。文字不十分通顺，而词意真挚异常，我只记得一句，是什么："飘洋过海广东佬"，是诉说他们自己的飘流，和西人的轻视。中国青年自然也很恳挚的回了他们一封信。

海上看不见什么，看落日其实也够有趣的了，不过这很难描写。我看见飞鱼，背上两只蝗虫似的翅膀。我看见两只大鲸鱼，看不见鱼身，只远远看见它们喷水。

此外还有什么可说的呢，船上生活，只像聚什么冬令会，夏令会一般，许多同伴在一起，走来走去，总走不出船的范围。除了几个游艺会演说会之外，谈谈话，看看海，写写信，一天一天的渐渐过尽了。

横渡太平洋之间，平空多出一日，就是有两个八月二十八日。自此以后，我们所度的白日，和故国的不同了！乡梦中的乡魂，飞回故国的时候，我们的家人骨肉，正在光天化日之下，忙忙碌碌。别离的人！连魂来魂往，都不能相遇么？

九月一日之后

早晨抵维多利亚（Victoria），又看见陆地了。感想纷起！那日早晨的海上日出，美到极处。沙鸥群飞，自小岛边，绿波之上，轻轻的荡出小舟来。一夜不曾睡好，海风一吹，觉得微微怅惘。船上已来了摄影的人，逼我们在烈日下坐了许久，又是国旗，又是国歌的闹了半日。到了大陆上，就又有这许多世事！

船徐徐泛入西雅图（Seattle）。码头上许多金发的人，来回奔走，和登舟之日，真是不同了！大家匆匆的下得船来，到扶桥边，回头一望，约克逊号邮船凝默的泊在岸旁。我无端黯然！从此一百六十几个青年男女，都成了飘泊的风萍。也是一番小小的酒阑人散！

西雅图是三山两湖围绕点缀的城市。连街衢的首尾，都起伏不平，而景物极清幽。这城五十年前还是荒野，如今竟修整得美好异常，可觇国民元气之充足。

匆匆的游览了湖山，赴了几个欢迎会，三号的夜车，便向芝加哥进发。

这串车是专为中国学生预备的，车上没有一个外人，只听得处处乡音。

九月三日以后

最有意思的是火车经过落基山，走了一日。四面高耸的乱山，火车如同一条长蛇，在山半徐徐蜿蜒。这时车后挂着一辆敞车，供我们坐眺。看着巍然的四围青郁的崖石，使人感到自己的渺小。我总觉得看山比看水滞涩些，情绪很抑郁的。

途中无可记，一站一站风驰电掣的过去，更留不下印象。只是过米西西比（Mississippi）河桥时，微月下觉得很玲珑伟大。

七日早到芝加哥（Chicago），从车站上就乘车出游。那天阴雨，只觉得满街汽油的气味。街市繁盛处多见黑人。经过几个公园和花屋，是较清雅之处，绿意迎人。我终觉得芝加哥不如西雅图。而芝加哥的空旷处，比北京还多些青草！

夜住女青年会干事舍。夜中微雨，落叶打窗，令我抚然，寄家一片，我说：

"几片落叶，报告我以芝加哥城里的秋风！今夜曾到电影场去，灯光骤明时，大家纷纷立起。我也想回家去，猛觉一身万里，家还在东流的太平洋之外呢！"

八日晨又匆匆登车，往波士顿进发。这时才感到离群。这辆车上除了我们三个中国女学生外，都是美国人了。

仍是一站一站匆匆的过去，不过此时窗外多平原，有时看见山畔的流泉，穿过山石野树之间，其声潺潺。

九日近午，到了春野（Spring field）时，连那两个女伴也握手下车去。小朋友，从太平洋西岸，绕到大西洋西岸的路程之末。女伴中只剩我一人了。

九月九日以后

九日午到了所谓美国文化中心的波士顿（Boston）。半个多月的旅行，才略告休息。

在威尔斯利大学（Wellesley College）开学以前，我还旅行了三天，到了绿野（Green field）春野等处，参观了几个男女大学，如侯立欧女子大学（Holyoke College），斯密司女子大学（Smith College），依默和司德大学（Amberst College）等，假期中看不见什么，只看了几座伟大的学校建筑。

途中我赞美了美国繁密的树林，和平坦的道路。

麻撒出色省（Massachusetts）多湖，我尤喜在湖畔驰车。树影中湖光掩映，极其明媚。又有一天到了大西洋岸，看见了沙滩上游戏的孩子和海鸥，回来做了一夜的童年的梦。的确的，上海登舟，不见沙岸，神户横滨停泊，不见沙岸，西雅图终止，也不见沙岸。这次的海上，对我终是陌生的。反不如大西洋岸旁之一瞬，层层卷荡的海波，予我以最深的回忆与伤神！

九月十七日以后　威尔斯利

从此过起了异乡的学校生活。虽只过了两个多月，而慰冰湖有新的环境和我静中常起的乡愁，将我两个多月的生涯，装点得十分浪漫。

　　说也凑巧，我住在闭璧楼（Beebe Hall），闭璧楼和海竟有因缘！这座楼是闭璧约翰船主（Captain John Beebe）捐款所筑。因此厅中，及招待室，甬道等处，都悬挂的是海的图画。初到时久不得家书，上下楼之顷，往往呆立平时堆积信件的桌旁，望了无风起浪的画中的海波，聊以慰安自己。

　　学校如同一座花园，一个个学生便是花朵。美国女生的打扮，确比中国的美丽。衣服颜色异常的鲜艳，在我这是很新颖的。她们的性情也活泼好交，不过交情更浮泛一些，这些天然是"西方的"！

　　功课的事，对你们说很无味。其余的以前都说过了。

　　小朋友，忽忽又已将周年，光阴过得何等的飞速？明知追写这些事时，要引起我的惆怅，但为着小朋友，我是十分情愿。而且不久要离此，在重受功课的束缚以前，我想到别处山陬海角，过一过漫游流转的生涯，以慰我半年闭居的闷损。趁此宁静的山中，只凭回忆，理清了欠你们的信债。叙事也许不真不详，望你们体谅我是初愈时的心思和精神，没有轻描淡写的力量。

　　此外曾寄《山中杂记》十则，与我的弟弟，想他们不久就转给你们。再见了，故国故乡的小朋友！再给你们写信的时候，我想已不在青山了。

　　愿你们平安！

冰　心

一九二四年六月二十八日，沙穰

通讯十九

小朋友：

离青山已将十日了，过了这些天湖海的生涯，但与青山别离之情，不容不告诉你。

美国的佳节，被我在病院中过尽了！七月四号的国庆日，我还想在山中来过。山中自然没有什么，只儿童院中的小朋友，于黄昏时节，曾插着红蓝白三色的花，戴着彩色的纸帽子，举着国旗，整队出到山上游行，口里唱着国歌，从我们楼前走过的时候，我们曾鼓掌欢迎他们。

那夜大家都在我楼上话别，只是黯然中的欢笑。——睡下的时候，我忽然觉得上下的衾单上，满了石子似的多刺的东西，拿出一看，却是无数新生的松子，幸而针刺还软，未曾伤我，我不觉失笑。我们平时，戏弄惯了，在我行前之末一夜，她们自然要尽量的使一下促狭。

大家笑着都奔散了。我已觉倦，也不追逐她们！只笑着将松子纷纷的都掠在地下。衾枕上有了松枝的香气！怪不得她们促我早歇，原来还有这一出喜剧！我卧下，只不曾睡，看着沙穰村中喷起一丛一丛的烟火，红光烛天。今天可听见鞭炮了，我为之怡然。

第二天早起，天气微阴。我绝早起来，悄然的在山中周行。每一棵树，每一丛花，每一个地方，有我埋存手泽之处，都予以极诚恳爱怜之一瞥。山亭及小桥流水之侧，和万松参天的林中，我曾在此流过乡愁之泪，曾在此有清晨之默坐与诵读，有夫人履——（Lady Slipper）和露之采撷，曾在此写过文章与书函。沙穰在我，只觉得弥漫了闲散天真的空气。

黄昏时之一走，又赚得许多眼泪。我自己虽然未曾十分悲惨，也不免黯然。女伴们雁行站在门边，一一握手，纷纷飞扬的白巾之中，听得她们摇铃送我，我看得见她们依稀的泪眼，人生奈何到处是离别？

　　车走到山顶，我攀窗回望，绿丛中白色的楼屋，我的雪宫，渐从斜阳中隐过。病因缘从今斩断，我倏忽的生了感谢与些些"来日大难"的悲哀！

　　我曾对朋友说，沙穰如有一片水，我对她的留恋，必不止此。而她是单纯真朴，她和我又结的是护持调理的因缘，仿佛说来，如同我的乳母。我对她之情，深不及母亲，柔不及朋友，但也有另一种自然的感念。

　　沙穰还彻底的予我以几种从前未有的经验如下：

　　第一是"弱"。绝对的静养之中，眠食稍一反常，心理上稍有刺激，就觉得精神全隳，温度和脉跃都起变化。我素来不十分信"健康之精神寓于健康之身体"，尤往往从心所欲，过度劳乏了我的身躯。如今理会得身心相关的密切，和病弱扰乱了心灵的安全，我便心诚悦服的听从了医士的指挥。结果我觉得心力之来复，如水徐升。小朋友中有偏重心灵方面之发展与快意的么？望你听我，不蹈此覆辙！

　　第二是"冷"。冷得真有趣！更有趣的是我自己毫不觉得，只看来访的朋友们的瑟缩寒战，和他们对于我们风雪中户外生活之惊奇，才知道自己的"冷"。冷到时只觉得一阵麻木，眼珠也似乎在冻着，双手互握，也似乎没有感觉。然而我愿小朋友听得见我们在风雪中的欢笑！冻凝的眼珠，还是看书，没有感觉的手，还在写字。此外雪中的拖雪橇，逆风的游行，松树都弯曲着俯在地下，我们的脸上也戴上一层雪面具；自膝以下埋在雪里。四望白茫茫之中，我要骄傲的说，"好的呀！三个月绝冷的风雪中的驱驰，我比你们温炉暖屋，'雪深三尺不知寒'的人，多练出一些勇敢！"

夜中月明，寒光浸骨，双颊如抵冰块。月下的景物都如凝住，不能转移。天上的冷月冻云，真冷得璀璨！重衾如铁，除自己骨和肉有暖意外，天上人间四围一切都是冷的。我何等的愿在这种光景之中呵，我以为惟有鱼在水里可以比拟。睡到天明，衾单近呼吸呵气处都凝成薄冰。掀衾起坐，雪纷纷坠，薄冰也迸折有声。真有趣呵，我了解"红泪成冰"的词句了。

第三是"闲"。闲得却有时无趣，但最难得的是永远不预想明日如何。我们的生活如印板文字，全然相同的一日一日的悠然过去。病前的苦处，是"预定"，往往半个月后的日程，早已安排就。生命中，岂容有这许多预定，乱人心曲？西方人都永远在预定中过生活，终日匆匆忙忙的，从容宴笑之间，往往有"心焉不属"的光景。我不幸也曾陷入这种旋涡！沙穰的半年，把"预定"两字，轻轻的从我的字典中删去，觉得有说不出的愉快。

"闲"又予我以写作的自由，想提笔就提笔，想搁笔就搁笔。这种流水行云的写作态度，是我一生所未经，沙穰最可纪念处也在此！

第四是"爱"与"同情"。我要以最庄肃的态度来叙述此段。同情和爱，在疾病忧苦之中，原来是这般的重大而慰藉！我从来以为同情是应得的，爱是必得的，便有一种轻藐与忽视。然而此应得与必得，只限于家人骨肉之间。因为家人骨肉之爱，是无条件的，换一句话说，是以血统为条件的。至于朋友同学之间，同情是难得的，爱是不可必得的，幸而得到，那是施者自己人格之伟大！此次久病客居，我的友人的馈送慰问，风雪中殷勤的来访，显然的看出不是敷衍，不是勉强。至于泛泛一面的老夫人们，手抱着花束，和我谈到病情，谈到离家万里，我还无言，她已坠泪。这是人类之所以为人类，世界之所以成世界呵！我一病何足惜？病中看到人所施于我，病后我知何以施于人。一病换得了"施于人"之道，我一病真何足惜！

"同病相怜"这一句话何等真切？院中女伴的互相怜惜，互相爱护的光景，都使人有无限之赞叹！一个女孩子体温之增高，或其他病情上之变化，都能使全院女伴起了吁嗟。病榻旁默默的握手，慰言已尽，而哀怜的眼里，盈盈的含着同情悲悯的泪光！来从四海，有何亲眷？只一缕病中爱人爱己，知人知己之哀情，将过些异国异族的女孩儿亲密的联在一起。

谁道爱和同情，在生命中是可轻藐的呢？

爱在右，同情在左，走在生命路的两旁，随时撒种，随时开花，将这一径长途，点缀得香花弥漫，使穿枝拂叶的行人，踏着荆棘，不觉得痛苦，有泪可落，也不是悲凉。

初病时曾戏对友人说："假如我的死能演出一出悲剧，那我的不死，我愿能演一出喜剧！"在众生的生命上，撒下爱和同情的种子，这是否演出喜剧呢，我将于此下深思了！

总之，生命路愈走愈远，所得的也愈多。我以为领略人生，要如滚针毡，用血肉之躯去遍挨遍尝，要它针针见血！离合悲欢，不尽其致时，觉不出生命的神秘和伟大。我所经历真不足道！且喜此关一过，来日方长，我所能告诉小朋友的，将来或不止此。

屋中有书三千卷，琴五六具，弹的拨的都有，但我至今未曾动它一动。与水久别，此十日中我自然尽量的过湖畔海边的生活。水上归来，只低头学绣，将在沙穰时淘气的精神，全部收起。我原说过，只有无人的山中，容得童心的再现呵！

大西洋之游，还有许多可纪。写的已多了，留着下次说罢。祝你们安乐！

冰　心

一九二四年七月十四日，默特佛

通讯二十

小朋友：

　　水畔驰车，看斜阳在水上泼散出的闪烁的金光，晚风吹来，春衫嫌薄。这种生涯，是何等的宜于病后呵！

　　在这里，出游稍远便可看见水。曲折行来，道滑如拭。重重的树荫之外，不时倏忽的掩映着水光。我最爱的是玷池（Spot pond），称她为池真委屈了，她比小的湖还大呢！——有三四个小鸟在水中央，上面随意地长着小树。池四围是丛林，绿意浓极。每日晚餐后我便出来游散，缓驰的车上，湖光中看遍了美人芳草！——真是"水边多丽人"。看三三两两成群携手的人儿，男孩子都去领卷袖，女孩子穿着颜色极明艳的夏衣，短发飘拂，轻柔的笑声，从水面，从晚风中传来，非常的浪漫而潇洒。到此猛忆及曾皙对孔子言志，在"暮春者"之后，"浴乎沂风乎舞雩"之前，加上一句"春服既成"，遂有无限的飘扬态度，真是千古隽语！

　　此外的如玄妙湖（Mystic Lake），侦池（Spy pond），角池（Horn pond）等处，都是很秀丽的地方。大概湖的美处在"明媚"。水上的轻风，皱起万叠微波，湖畔再有芊芊的芳草，再有青青的树林，有平坦的道路，有曲折的白色阑干，黄昏时便是天然的临眺乘凉的所在。湖上落日，更是绝妙的画图。

　　夜中归去，长桥上两串徐徐互相往来移动的灯星，颗颗含着凉意。

若是明月中天，不必说，光景尤其宜人了！

前几天游大西洋滨岸（Revere Beach），沙滩上游人如蚁。或坐或立，或弄潮为戏，大家都是穿着泅水衣服。沿岸两三里的游艺场，乐声汹汹，人声嘈杂。小孩子们都在铁马铁车上，也有空中旋转车，也有小飞艇，五光十色的。机关一动，都纷纷奔驰，高举凌空。我看那些小朋友们都很欢喜得意的！

这里成了"人海"，如蚁的游人，盖没了浪花。我觉得无味。我们掀转车来，直到娜罕（Nahant）去。

渐渐的静了下来。还在树林子里，我已迎到了冷意侵人的海风。再三四转，大海和岩石都横到了眼前！这是海的真面目呵。浩浩万里的蔚蓝无底的洪涛，壮厉的海风，蓬蓬的吹来，带着腥咸的气味。在闻到腥咸的海味之时，我往往忆及童年拾卵石贝壳的光景，而惊叹海之伟大。在我抱肩迎着吹人欲折的海风之时，才了解海之所以为海，全在乎这不可御的凛然的冷意！

在嶙峋的大海石之间，岩隙的树荫之下，我望着卵岩（Egg Rock），也看见上面白色的灯塔。此时静极，只几处很精致的避暑别墅，悄然的立在断岩之上。悲壮的海风，穿过丛林，似乎在奏"天风海涛"之曲。支颐凝坐，想海波尽处，是群龙见首的欧洲，我和平的故乡，比这可望不可即的海天还遥远呢！

故乡没有这明媚的湖光，故乡没有汪洋的大海，故乡没有葱绿的树林，故乡没有连阡的芳草。北京只是尘土飞扬的街道，泥泞的小胡同，灰色的城墙，流汗的人力车夫的奔走，我的故乡，我的北京，是一无所有！

小朋友，我不是一个乐而忘返的人，此间纵是地上的乐园，我却仍是"在客"。我寄母亲信中曾说：

……北京似乎是一无所有！——北京纵是一无所有，然已有了我的爱。有了我的爱，便是有了一切！灰色的城围里，住着我最宝爱的一切的人。飞扬的尘土呵，何时容我再嗅着我故乡的香气……

易卜生曾说过："海上的人，心潮往往和海波一般的起伏动荡。"而那一瞬间静坐在岩上的我的思想，比海波尤加一倍的起伏。海上的黄昏星已出，海风似在催我归去。归途中很怅惘。只是还买了一筐新从海里拾出的蛤蜊。当我和车边赤足捧筐的孩子问价时，他仰着通红的小脸笑向着我。他岂知我正默默的为他祝福，祝福他终身享乐此海上拾贝的生涯！

谈到水，又忆起慰冰来。那天送一位日本朋友回南那铁（South Natick）去，道经威尔斯利。车驰穿校址，我先看见圣卜生疗养院，门窗掩闭的凝立在山上。想起此中三星期的小住，虽仍能微笑，我心实凄然不乐。再走已见了慰冰湖上闪烁的银光，我只向她一瞥眼。闭璧楼塔院等等也都从眼前飞过。年前的旧梦重寻，中间隔以一段病缘，小朋友当可推知我黯然的心理！

又是在行色匆匆里，一两天要到新汉寿（New Hampshire）去。似乎又是在山风松涛之中，到时方可知梗概。

晚风中先草此，暑天宜习静，愿你们多写作！

冰　心

一九二四年七月二十二日，默特佛

通讯二十一

冰仲弟：

　　到自由（Freedom）又五六日了，高处于白岭（The White Mountains）之上，华盛顿（Mount washington），戚叩落亚（Chocorua）诸岭都在几席之间。这回真是入山深了！此地高出海面一千尺，在北纬四十四度，与吉林同其方位。早晚都是凉飙袭人，只是树枝摇动，不见人影。

　　K教授邀我来此之时，她信上说："我愿你知道真正新英格兰的农家生活。"果然的，此老屋中处处看出十八世纪的田家风味。古朴砌砖的壁炉，立在地上的油灯，粗糙的陶器，桌上供养着野花，黄昏时自提着罐儿去取牛乳，采葚果佐餐。这些情景与我们童年在芝罘所见无异。所不同的就是夜间灯下，大家拿着报纸，纵谈共和党和民主党的总统选举竞争。我觉得中国国民最大的幸福，就是能居然脱离政府而独立。不但农村，便是去年的北京，四十日没有总统，而万民乐业。言之欲笑，思之欲哭！

　　屋主人是两个姊妹，是K教授的好友，只夏日来居在山上。听说山后只有一处酿私酒的相与为邻，足见此地之深僻了。屋前后怪石嶙峋。黑压压的长着丛树的层岭，一望无际。林影中隐着深谷。我总不敢太远走开去，似乎此山有藏匿虎豹的可能。千山草动，猎猎风生的时候，真恐自暗黑的林中，跳出些猛兽。虽然屋主人告诉我说，山中只有一只箭猪，和一只小鹿，而我终是心怯。

于此可见白岭与青山之别了。白岭妩媚处雄伟处都较胜青山，而山中还处处有湖，如银湖（Silver Lake），戚叩落亚湖（Lake Chocorua），洁湖（Purity Lake）等，湖山相衬，十分幽丽。那天到戚叩落亚湖畔野餐，小桥之外，是十里如镜的湖波，波外是突起矗立的戚叩落亚山。湖畔徘徊，山风吹面，情景竟是皈依而不是赏玩！

除了屋主人和 K 教授外，轻易看不见别一个人，我真是寂寞。只有阿历（Alex）是我唯一的游伴了！他才五岁，是纽芬兰的孩子。他母亲在这里佣工。当我初到之夜，他睡时忽然对他母亲说："看那个姑娘多可怜呵，没有她母亲相伴，自己睡在大树下的小屋里！"第二天早起，屋主人笑着对我述说的时候，我默默相感，微笑中几乎落下泪来。我离开母亲将一年了，这般彻底的怜悯体恤的言词，是第一次从人家口里说出来的呵！

我常常笑对他说："阿历，我要我的母亲。"他凝然的听着，想着，过了一会说："我没有看见过你的母亲，也不知道她在哪里——也许她迷了路走在树林中。"我便说："如此我找她去。"自此后每每逢我出到林中散步，他便遥遥的唤着问："你找你的母亲么？"

这老屋中仍是有琴有书，原不至太阌，而我终感着寂寞，感着缺少一种生活，这生活是去国以后就丢失了的。你要知道么？就是我们每日一两小时傻顽痴笑的生活！

飘浮着铁片做的战舰在水缸里，和小狗捉迷藏，听小弟弟说着从学校听来的童稚的笑话，围炉说些"乱谈"，敲着竹片和铜茶盘，唱"数了一个一，道了一个一"的山歌，居然大家沉酣的过一两点钟。这种生活，似乎是痴顽，其实是绝对的需要。这种完全释放身心自由的一两小时，我信对于正经的工作有极大的辅益，使我解愠忘忧，使我活泼，使我快乐。去国后在学校中，病院里，与同伴谈笑，也有极不拘之时，只是终不能痴傻到绝不用点思想的地步。——何况我如今多居于教授，长者之间，往往是终日矜持呢！

真是说不尽怎样的想念你们！幻想山野是你们奔走的好所在，有了伴侣，我也便不怯野游。我何等的追羡往事！"当时语笑浑闲事，过后思量尽可怜。"这两语真说到入骨。但愿经过两三载的别离之后，大家重见，都不失了童心，傻顽痴笑，还有再现之时，我便万分满足了。

山中空气极好，朝阳晚霞都美到极处。身心均舒适，只昨夜有人问我："听说泰戈尔到中国北京，学生们对他很无礼，他躲到西山去了。"她说着一笑。我淡淡的说，"不见得罢。"往下我不再说什么——泰戈尔只是一个诗人，迎送两方，都太把他看重了。……

于此收住了。此信转小朋友一阅。

冰　心

一九二四年七月二十日，自由，新汉寿

通讯二十二

亲爱的小读者：

　　每天黄昏独自走到山顶看日落，便看见戚叩落亚的最高峰。全山葱绿，而峰上却稍赤裸，露出山骨。似乎太高了，天风劲厉，不容易生长树木。天边总统山脉（Presidential Range）中诸岭蜿蜒，华盛顿、麦迭生（Madison）众山重叠相映。不知为何，我只爱看戚叩落亚。

　　餐桌上谈起来了，C夫人告诉我戚叩落亚是个美洲红人酋长，因情不遂，登最高峰上坠崖自杀。戚叩落亚山便因他命名。她说着又说她记忆不真，最好找一找书看看。我也以山势"英雄"而戚叩落亚死的太"儿女"为恨。今天从书架上取下一本书叫《白岭》（The White Mountains）的，看了一遍。关于戚叩落亚的死因，与C夫人说的不同。我觉得这故事不妨说给小朋友听听！

　　书上说："戚叩落亚可称为新英格兰一带最秀丽最堪入画之高山。"——新英格兰系包括美东Maine，N.H，Mass，R.I.，Vermont，Coun.，六省而言，是英国殖民初登岸处，故名。——"高三千五百四十尺，山上有泉，山间有河，山下有湖。新汉寿诸山之中，没有比它再含有美术的和诗的意味的了。

　　"戚叩落亚山是从一个红人酋长得名。这个酋长被白人杀死于是山的最高峰下。传说不一，一说在罗敷窝（Lovewell）一战之后，红人都向坎拿大退走，只有戚叩落亚留恋故乡和他祖宗的坟墓，不

088

肯与族人同去。他和白人友善，特别的与一个名叫康璧（Campbell）的交好。戚叩落亚只有一个儿子，他一生的爱恋和希望，都倾注在这儿子身上。偶然有一次因着族人会议的事，他须到坎拿大去。他不忍使这儿子受长途风霜之苦，便将他交托给康璧，自己走了。他的儿子在康璧家中，备受款待。只一天，这孩子无意中寻到一瓶毒狐的药，他好奇心盛，一口气喝了下去。等到戚叩落亚回来，只得到他儿子死了葬了的消息！这误会的心碎的酋长，在他负伤的灵魂上，深深刻下了复仇的誓愿。这一天康璧从田间归来，看见他妻和子的尸身，纵横的倒在帐篷的内外。康璧狂奔出去寻觅戚叩落亚，在山巅将他寻见了。正在他发狂似的向白人诅咒的时候，康璧将他射死于最高峰下。

"又一说，戚叩落亚是红人族中的神觋。他的儿子与康璧相好，不幸以意外之灾死在康璧家里。以下的便与上文相同。

"又一说，戚叩落亚是个无罪无猜的红酋，对白人尤其和蔼。只因那时麻撒出色（Massachusetts）百姓，憎恶红人，在波士顿征求红人之酋，每头颅报以百金。于是有一群猎者，贪图巨利，追逐这无辜的红酋，将他乱枪射死于最高峰下！

"英雄的戚叩落亚，在他将死未绝之时，张目扬齿，狂呼的诅咒说：'灾祸临到你们了，白人呵！我愿巨灵在云间发声，其言如火，重重的降罚给你们。我戚叩落亚有一个儿子，而你们在光天化日之下，将他杀死！我愿闪电焚灼你们的肉体，愿暴风与烈火扫荡你们的居民！愿恶魔吹死气在你们的牛羊身上！愿你们的坟墓沦为红人的战场！愿虎豹狼虫吞噬你们的骨殖！我戚叩落亚如今到巨灵那里去，而我的诅咒却永远的追随着你们！'"

这故事于此终止了。书上说："此后续来的移民，都不能安生居住，天灾人祸，相继而来；暴风雨，瘟疫，牛羊的死亡，红人的侵袭，岁岁不绝。然而在事实上，近山一带的居民，并未曾受红人之侵迫，只在此数十年中不能牧养牲畜，牛羊死亡相继。大家都归咎于戚叩落亚的诅词。后经科学者的试验，乃是他们饮用的水中，含有石灰质的缘故。

"戚叩落亚的坟墓，传说是在东南山脚下，但还没有确实寻到。"

每天黄昏独自走到山顶看日落，看夕阳自戚叩落亚的最高峰尖下坠，其红如火！连那十八世纪的老屋都隐在丛林之中时，大地上只山岭纵横，看不出一点文化文明之踪迹！这时我往往神游于数百年前，想此山正是束额插羽，奔走如飞的红人的世界。我微微的起了悲哀。红人身躯壮硕，容貌黝红而伟丽，与中国人种相似，只是不讲智力，受制被驱于白人，便沦于万劫不复之地！……

那天到康卫（Conway）去，在村店中买了一个小红泥人，金冠散发，首插绿羽，头上围着五色丝绦，腰间束带。我放他在桌上，给他起名叫戚叩落亚，纪念我对于戚叩落亚之追慕，及此次白岭之游。等到年终时节，我拟请他到中国一行，代我贺我母亲新春之喜。——匆此。

冰 心

一九二四年八月六日，白岭

通讯二十三

冰季小弟：

这是清晨绝早的时候，朝日未出，朝露犹零，早餐后便又须离此而去。我以黯然的眼光望着白岭，却又不能不偷这匆匆言别的一早晨，写几个字给你。

只因昨夜在迢迢银河之侧，看见了织女星，猛忆起今天是故国的七月七夕，无数最甜柔的故事，最凄然轻婉的诗歌，以及应景的赏心乐事，都随此佳节而生。我远客他乡，把这些都睽违了，……这且不必管他。

我所要写的，是我们大家太缺少娱乐了。无精打采的娱乐，绝不能使人生润泽，事业进步。娱乐至少与工作有同等的价值，或者说娱乐是工作之一部分！

娱乐不是"消遣"。"消遣"两字的背后，隐隐的站着"无聊"。百无聊赖的时候，才有消遣；镂瘵疾病的时候，才有消遣！对于国事，对于人生，灰心丧志的时候，才有消遣！试看如今一般人所谓的娱乐，是如何的昏乱，如何的无精打采？我决不以这等的娱乐为娱乐！真正的娱乐是应着真正的工作的要求而发生的，换言之，打起精神做真正的工作的人，才热烈的想望，或预备真正的娱乐！

当然的，中国人要有中国人的娱乐，我们有四千多年的故事，传说和历史。我们娱乐的时地和依据，至少比人家多出一倍。从新年说起罢，新年之后，有元宵。这千千万万的繁灯，作树下廊前的点缀，何等灿烂？舞龙灯更是小孩子最热狂最活泼的游戏。三月三日是古人修禊节，也便是我们绝好的野餐时期，流觞曲水，不但仿古人余韵，而且有趣。清明扫墓，虽不焚化纸钱，也可训练小孩子一种恭肃静默的对先人的敬礼；假如清明植树能名实相副，每人每年在祖墓旁边，种一棵小树，不到十年，我们中国也到处有了葱蔚的山林。五月五是特别为小孩子的节期，花花绿绿的香囊，五色丝，大家打扮小孩子。一年中只是这几天，觉得街头巷尾的小孩子，加倍喜欢！这天又是龙舟节，出去泛舟，或是两个学校间的竞渡，也是极好的日子。七月七，是女儿节，只这名字已有无限的温柔！凉夜风静，秋星灿然。庭中陈设着小几瓜果，遍延女伴，轻悄谈笑，仰看双星缓缓渡桥。小孩子满握着煮熟的蚕豆，大家互赠，小手相握，谓之"结缘"。这两字又何其美妙？我每以为"缘"之意想，十分精微，"缘"之一字，十分难译，有天意，有人情，有死生流转，有地久天长。苏子瞻赠他的弟弟子由诗，有"与君世世为兄弟，更结来生未了因。"小弟弟，我今天以这两语从万里外遥赠你！

八月十五中秋节，满月的银光之下，说着蟾蜍玉兔的故事，何其清切？九月九重阳节，古人登高的日子，我们正好有远足旅行，游览名胜。国庆日不必说，尤须庆祝一下子，只因我觉得除却政治机关及商店悬旗外，家庭中纪念这节期的，似乎没有！

往下不再细说了。翻开古书看一看，如《帝京景物志》之类，还可找出许多有意思可纪念的娱乐的日子来。我觉得中国的节期，都比人家的清雅，每一节期都附以温柔，高洁的故事，惊才绝艳的诗歌，甚至于集会时的食品用器，如五月五的龙舟，粽子，七月七的蚕豆，八月十五的月饼，以及各节期的说不尽的等等一切……我们是一点不必创造。招集小孩子，故事现成，食品现成，玩具现成，要编制歌曲，供小孩的戏唱，也有数不尽的古诗，古文，古词为蓝本。古人供给我们这许多美好的材料，叫我们有最高尚的娱乐，如我们仍不知领略享受，真是太对不起了！

破除迷信，是件极好的事。最可惜的是迷信破除了以后，这些美好的节期，也随着被大家冷淡了下去。我当然不是提倡迷信，偶像崇拜和小孩子扮演神仙故事，截然的是两件事！

不能多写了。朝日已出，厨娘已忙着预备早餐。在今晚日落之前，我便可在一个小海岛之上，你可猜想我是如何的喜欢！我看《诗经》，最爱的是："蒹葭苍苍，白露为霜，所谓伊人，在水一方……溯洄从之，宛在水中央。"我最喜在"水中央"三字，觉得有说不出的飘荡与萦回！——自我开始旅行，除了日记及纸笔之外，半本书也没有带，引用各诗，也许错误，请你找找看。

预算在海上住到月圆时节。"海上生明月"的光景，我已预备下全副心情，供它动荡，那时如写得出，再写些信寄你。

你的姊姊

一九二四年八月七日，白岭

通讯二十四

我的双亲：

　　窗外涛声微撼，是我到伍岛（Five Islands）之第一夜。我已睡下，B女士进坐在我的床前，说了许多别后的话。她又说："可惜我不能将你母亲的微笑带来呵！"夜深她出去。我辗转不寐。一年中隔着海洋，我们两地的经过，在生命的波澜又归平靖之后，忽忽追思，竟有无限的感慨！

　　在新汉寿之末一夜，竟在白岭上过了瓜果节。说起也真有意思。那天白日偶然和众人谈起，黄昏时节，已自忘怀。午睡起后，C夫人忽请我换了新衣。K教授也穿上由中国绣衣改制的西服出来。其余众人，或挂中国的玉佩，或着中国的绸衣。在四山暮色之中，团团坐在屋前一棵大榆树下，端出茶果来，告诉我今夜要过中国的瓜果节。我不禁怡然一笑。我知道她们一来自己寻乐，二来与我送别。我是在家十年未过此节，却在离家数万里外，孤身作客，在绵亘雄伟的白岭之巅，与几位教授长者，过起软款温柔的女儿节来，真是突兀！

　　那夜是阴历初六，双星还未相迓，银汉间薄雾迷锵。我竟成了这小会的中心！大家替我斟上蒲公英酒，K教授举杯起立，说："我为全中国的女儿饮福！"我也起来笑答："我代全中国的女儿致谢你们！"大家笑着起立饮尽。

　　第二巡递过茶果，C夫人忽又起立举杯说："我饮此酒，祝你健康！"

于是大家又纷然离座。K教授和F女士又祝福我的将来，杂以雅谑。一时杯声铿然相触，大家欢呼，我笑了，然而也只好引满——

谈至夜阑，谈锋渐趋于诗歌方面。席散后，我忽忆未效穿针乞巧故事，否则也在黑暗中撮弄她们一下子，增些欢笑！

如今到伍岛已逾九日，思想顿然的沉肃了下来。我大错了！十年不近海，追证于童年之乐，以为如今又晨夕与海相处，我的思想，至少是活泼飞扬的。不想她只时时与我以惊跃与凄动！……

九日之中，荡小舟不算外，泛大船出海，已有三次。十三日泛舟至海上聚餐，共载者十六人。乘风扯起三面大帆来，我起初只坐近阑旁，听着水手们扯帆时的歌声，真切的忆起海上风光来。正自凝神，一回头，B博士笑着招我到舟尾去，让我去把舵，他说："试试看，你身中曾否带着航海家之血！"舱面大家都笑着看我。我竟接过舵轮来，一面坐下，凝眸前望，俯视罗盘正在我脚前。这船较小些，管轮和驾驶，只须一人。我握着轮齿，觉得桅杆与水平纵横之距离，只凭左右手之转动而推移。此时我心神倾注，海风过耳而不闻。渐渐驶到叔本葛大河（Sheepcult River）入海之口。两岸较逼，波流汹涌。我扶轮屏息，偶然侧首看见阑旁士女，容色暇豫，言笑宴宴，始恍然知自己一身责任之重大，说起来不值父亲之一笑！比起父亲在万船如蚁之中，将载着数百军士的战舰，驶进广州湾，自然不可同日语，而在无情的波流上，我初次尝试的心，已有无限的惶恐。说来惭愧，我觉得我两腕之一移动，关系着男女老幼十六人性命的安全！

B博士不离我座旁，却不多指示，只凭我旋转自如。停舟后，大家过来笑着举手致敬，称我为船主，称我为航海家的女儿。

这只是玩笑的事，没有说的价值。而我因此忽忽忆起我所未想见的父亲二十年海上的生涯。我深深的承认直接觉着负责任的，无过于舟中的把舵者。一舟是一世界，双手轮转着顷刻间人们的生死，操纵着众生的欢笑与悲号。几百个乘客在舟上，优游谈笑，说着乘风破浪，以为人人都过着最闲适的光阴。不知舱面小室之中，独有一个凝眸望远的船主，以他倾注如痴的辛苦的心目，保持佑护着这一段数百人闲适欢笑的旅途！

我自此深思了！海岛上的生涯，使我心思昏忽。伍岛后有断涧两处，通以小桥。涧深数丈，海波冲击，声如巨雷。穿过松林，立在磐石上东望，西班牙与我之间，已无寸土之隔。岛的四岸，在清晨，在月夜，我都坐过，凄清得很。——每每夜醒，正是潮满时候，海波直到窗下。淡雾中，灯塔里的雾钟续续的敲着。有时竟还听得见驾驶的银钟，在水面清彻四闻。雪鸥的鸣声，比孤雁还哀切，偶一惊醒，即不复寐……

实在写不尽，我已决意离此。我自己明白知道，工作在前，还不是我回肠荡气的时候！

明天八月十七，邮船便佳城号（City of Bangor）自泊斯（Bath）开往波士顿。我不妨以去年渡太平洋之日，再来横渡大西洋之一角。我真是弱者呵，还是愿意从海道走！

你海上的女儿

一九二四年八月十六夜，伍岛

通讯二十五

亲爱的小朋友：

海滨归来，又到了湖上。中间虽游了些地方，但都如过眼云烟。半年来的生活，如同缓流的水，无有声响；又如同带上衔勒的小马，负重的，目不旁视的走向前途。童心再也不能唤醒，几番提笔，都觉出了隐微的悲哀。这样一次一次的消停，不觉又将五个月了！

小朋友！饶是如此，还有许多人劝我省了和小孩子通信之力，来写些更重大，更建设的文字。我有何话可说，我爱小孩子。我写儿童通讯的时节，我似乎看得见那天真纯洁的对象，我行云流水似的，不造作，不矜持，说我心中所要说的话。纵使这一切都是虚无呵，也容我年来感着劳顿的心灵，不时的有自由的寄托！

昨夜梦见堆雪人，今晨想起要和你们通信。我梦见那个雪人，在我刚刚完工之后，她忽然蹁跹起舞。我待要追随，霎时间雪花乱飞。我旁立掩目，似乎听得小孩子清脆的声音，在云中说："她走了——完了！"醒来看见半圆的冷月，从云隙中窥人，叶上的余雪，洒上窗台，沾着我的头面。我惘然的忆起了一篇匆草的旧稿，题目是《赞美所见》，没有什么意思，只是充一充篇幅。课忙思涩，再写信义不知是何日了！愿你们安好！

冰 心

一九二五年二月一日，娜安辟迦楼

赞美所见

湖上晚晴，落霞艳极。与秀在湖旁并坐，谈到我生平宗教的思想，完全从自然之美感中得来。不但山水，看见美人也不是例外！看见了全美的血肉之躯，往往使我肃然的赞叹造物。一样的眼、眉、腰，在万千形质中，偏她生得那般软美！湖山千古依然，而佳人难再得。眼波樱唇，瞬归尘土。归途中落叶萧萧，感叹无尽，忽然作此。

假如古人曾为全美的体模，
　赞美造物，
我就愿为你的容光膜拜。
你——
樱唇上含蕴着天下的温柔，
眼波中凝聚着人间的智慧。
倘若是那夜我在星光中独泛，
　你羽衣蹁跹，
　飞到我的舟旁——
倘若是那晚我在枫林中独步，
　你神光离合
临到我的身畔！
我只有合掌低头，
　不能惊叹，
因你本是个女神
　本是个天人……
……

如今哪堪你以神仙的丰姿，
　寄托在一般的血肉之躯。

俨然的，
　　和我对坐在银灯之下！

我默然瞻仰，
　　隐然生慕，
慨然兴嗟，
嗟呼，粲者！
我因你赞美了万能的上帝，
嗟呼，粲者！
你引导我步步归向于信仰的天家。
我默然瞻仰，
　　隐然生慕，
　　　　慨然兴嗟，
嗟呼，粲者！
你只须转那双深澈智慧的眼光下望，
看萧萧落叶遍天涯，
明年春至，
　　还有新绿在故枝上萌芽，
嗟呼，粲者！
　　青春过了，
　　你知道你不如他！
……

樱唇眼波，终是梦痕，
温柔智慧中，愿你永存，
阿们！

通讯二十六

小朋友：

　　病中，静中，雨中，是我最易动笔的时候；病中心绪惆怅，静中心绪清新，雨中心绪沉潜，随便的拿起笔来，都能写出好些话。

　　一夏的"云游"，刚告休息。此时窗外微雨，坐守着一炉微火。看书看到心烦，索性将立在椅旁的电灯也捻灭了下去。

　　炉里的木柴，爆裂得息息的响着，火花飞上裙缘。——小朋友！就是这百无聊赖，雨中静中的情绪，勉强了久不修书的我，又来在纸上和你们相见。

　　暑前六月十八晨，阴，匆匆的将屋里几盆花草，移栽在树下。殷勤拜托了自然的风雨，替我将护着这一年来案旁伴读的花儿。安顿了惜花心事之后，一天一夜的火车，便将我送到银湾（Silver Bay）去。

　　银湾之名甚韵！往往使我忆起纳兰成德"盈盈从此隔银湾，便无风风雪也摧残"之句。入湾之顷，舟上看乔治湖（Lake George）两岸青山，层层转翠。小岛上立着丛树，绿意将倦人唤醒起来。银湾渐渐来到了眼前！黑岭（Black Mountains）高得很，乔治湖又极浩大，山脚下涛声如吼之中，银湾竟有芝罘的风味。

　　到后寄友人书，曾有"盛名之下，其实难副，人犹如此，地何以堪？你们将银湾比了乐园，周游之下，我只觉索然！"之语。致她来信说我"诗人结习未除，幻想太高"。实则我曾经沧海，银湾似芝罘，而伟大不足，反不如慰冰及绮色佳，深幽妩媚，别具风格，能以动我之爱悦与恋慕。

且将"成见"撒在一边，来叙述银湾的美景。河亭（Brook Pavilion）建在湖岸远伸处，三面是水。早起在那里读诗，水声似乎和着诗韵。山雨欲来，湖上漫漫飞卷的白云，亭中尤其看得真切。大雨初过，湖净如镜，山青如洗。云隙中霞光灿然四射，穿入水里，天光水影，一片融化在彩虹里，看不分明。光景的奇丽，是诗人画工，都不能描写得到的！

在不系舟上作书，我最喜爱，可惜并没有工夫做。只二十六日下午，在白浪推拥中，独自泛舟到对岸，写了几行。湖水泱泱，往返十里。回来风势大得很，舟儿起落之顷，竟将写好的一张纸，吹没在湖中。迎潮上下时，因着能力的反应，自己觉得很得意，而运桨的两臂，回来后隐隐作痛。

十天之后，又到了绮色佳（Ithaca）。

绮色佳真美！美处在深幽。喻人如隐士，喻季候如秋，喻花如菊。与泉相近，是生平第一次，新颖得很！林中行来，处处傍深涧。睡梦里也听着泉声！六十日的寄居，无时不有"百感都随流水去，一身还被浮名束"这两句，萦回于我的脑海！

在曲折跃下层岩的泉水旁读子书。会心处，悦意处，不是人世言语所能传达。——此外替美国人上了一夏天的坟，绮色佳四五处坟园我都游遍了！这种地方，深沉幽邃，是哲学的，是使人勘破生死观的。我一星期中至少去三次，抚着碑碣，摘去残花，我觉得墓中人很安适的，不知墓中人以我为如何？

刻尤佳湖（Lake Cauaga）为绮色佳名胜之一，也常常在那里泛月。湖大得很，明媚处较慰冰不如，从略。

八月二十八日，游尼革拉大瀑布（Niagara Falls）。三姊妹岩旁，银涛卷地而来，奔下马蹄岩，直向涡池而去。汹涌的泉涛，藏在微波缓流之下。我乘着小船雾姝号（The Maid of Mist）直到瀑底。仰望美利坚坎拿大两片大泉，坠云搓絮般的奔注！夕阳下水影深蓝，岩石碎进，水珠打击着头面。泉雷声中，心神怵动！绮色佳之深邃温柔，幸受此万丈冰泉，洗涤冲荡。月下夜归，恍然若失！

九月二日，雨中到雪拉鸠斯（Syracuse），赴美东中国学生年会。本年会题，是"国家主义与中国"，大家很鼓吹了一下。

年会中忙过十天，又回到波士顿来。十四夜心随车驰，看见了波士顿南站灿然的灯光，九十日的幻梦，恍然惊觉……

夜已深，楼上主人促眠。窗外雨仍不止。异乡的虫声在凄凄的叫着。万里外我敬与小朋友道晚安！

冰 心

一九二五年九月十七日夜，默特佛

通讯二十七

小读者：

无端应了惠登大学（Wheaton College）之招，前天下午到梦野（Mansfield）去。

到了车站，看了车表，才知从波士顿到梦野是要经过沙穰的，我忽然起了无名的怅惘！

我离院后回到沙穰去看病友已有两次。每次都是很惘然，心中很怯，静默中强作微笑。看见道旁的落叶与枯枝，似乎一枝一叶都予我以"转战"的回忆！这次不直到沙穰去，态度似乎较客观些，而感喟仍是不免！我记得以前从医院的廊上，遥遥的能看见从林隙中穿过的白烟一线的火车。我记住地点，凝神远望，果然看见雪白的楼瓦，斜阳中映衬得如同琼宫玉宇一般……

清晨七时从梦野回来，车上又瞥见了！早春的天气，朝阳正暖，候鸟初来。我记得前年此日，山路上我的飘扬的春衣！那时是怎样的止水停云般的心情呵！

小朋友！一病算得什么？便值得这样的惊心？我常常这般的问着自己。然而我的多年不见的朋友，都说我改了。虽说不出不同处在哪里，而病前病后却是迥若两人。假如这是真的呢？是幸还是不幸，似乎还值得低徊罢！

昨天回来后，休息之余，心中只怅怅的，念不下书去。夜中灯下翻出病中和你们通讯来看。小朋友，我以一身兼作了得胜者与失败者，两重悲哀之中，我觉得我禁不住有许多欲说的话！

看见过力士搏狮么？当他屏息负隅，张空拳于狰狞的爪牙之下的时候，他虽有震恐，虽有狂傲，但他决不暇有萧瑟与悲哀。等到一阵神力用过，倏忽中掷此百兽之王于死的铁门之内以后，他神志昏聩的抱头颓坐。在春雷般的欢呼声中，他无力的抬起眼来，看见了在他身旁鬣毛森张，似余残喘的巨物。我信他必忽然起了一阵难禁的战栗，他的全身没在微弱与寂寞的海里！

一败涂地的拿破仑，重过滑铁卢，不必说他有无限的忿激，太息与激昂！然而他的激感，是狂涌而不是深微，是一个人都可抵挡得住。而建了不世之功，退老闲居的惠灵吞，日暮出游，驱车到此战争旧地，他也有一番激感！他仿佛中起了苍茫的怅惘，无主的伤神。斜阳下独立，这白发盈头的老将，在百番转战之后，竟受不住这闲却健儿身手的无边萧瑟！悲哀，得胜者的悲哀呵！

小朋友，与病魔奋战期中的我，是怎样的勇敢与喜乐！我作小孩子，我作 Eskimo，我"足踏枯枝，静听着树叶微语"，我"试揭自然的帘幕，跟足走入仙宫"。如今呢，往事都成陈迹！我"终日矜持"，我"低头学绣"，我"如同缓流的水，半年来无有声响"。是的呵，"一回到健康道上，世事已接踵而来"！虽然我曾应许"我至爱的母亲"说："我既绝对的认识了生命，我便愿低首去领略。我便愿遍尝了人生中之各趣；人生中之各趣，我便愿遍尝！——我甘心乐意以别的泪与病的血为贽，推开了生命的宫门。"我又应许小朋友说："领略人生，要如滚针毡，用血肉之躯去遍挨遍尝，要它针针见血！……来日方长，我所能告诉小朋友的，将来或不止此。"而针针见血的生命中之各趣，是须用一片一片天真的童心去换来的。互相叠积传递之间，我还不知要预备下多少怯弱与惊惶的代价！我改了，为了小朋友与我至爱的母亲，我十分情愿屈服于生命的权威之下。然而我愿小朋友倾耳听一听这弱者，失败者的悲哀！

在我热情忠实的小朋友面前，略消了我胸中块垒之后，我愿报告小朋友一个大家欢喜的消息。这时我的母亲正在东半球数着月亮呢！再经过四次月圆，我又可在母亲怀里，便是小朋友也不必耐心的读我一月前，明日黄花的手书了！我是如何的喜欢呵！

小朋友，我觉得对不起！我又以悱恻的思想，贡献给你们。然而我的"诗的女神"只是一个"满蕴着温柔，微带着忧愁"的，就让她这样的抒写也好。

敬祝你们的喜乐与健康！

冰　心

一九二六年三月十二日，娜安辟迦楼

通讯二十八

亲爱的娘:

今晨得到冰仲弟自北京寄来的《寄小读者》,匆匆的翻了一过,我止水般的热情,重复荡漾了起来!亲爱的母亲!我的脚已踏着了祖国的田野,我心中复杂的蕴结着欢慰与悲凉!

念七日的黄昏,三年前携我远游的约克逊号,徐徐的驶进吴淞口岸的时候,我抱柱而立。迎着江上吹面不寒的和风,我心中只掩映着母亲的慈颜。三年之别,我并不曾改,我仍是三年前母亲的娇儿,仍是念余年前母亲怀抱中的娇儿!

上海苦热,回忆船上海风中看明月的情景,真是往事都成陈迹!念六夜海波如吼,水影深黑,只在明月与我之间,在水上铺成一条闪烁碎光的道路。看着船旁哗然飞溅的浪花,这一星星都进碎了我远游之梦!母亲,你是大海,我只是刹那间溅跃的浪花。虽暂时在最低的空间上,幻出种种的闪光,而在最短的时间中,即又飞进母亲的怀里。母亲!我美游之梦,已在欠伸将觉之中。祖国的海波,一声声的洗淡了我心中个个的梦中人影。母亲!梦中人只是梦中人,除了你,谁是我永久灵魂之归宿?

念七晨我未明即起,望见了江上片片祖国的帆影之后,我已不能再睡觉!我俯在圆窗上看满月西落,紫光欲退,而东方天际的明霞,又已报我以天光的消息!母亲,为了你,万里归来的女儿,都觉得这些国外也常常看见的残月朝晖，这时却都予我以极浓热的慕恋的情意。

母亲，我只是一个山陬海隅的孩子，一个北方乡野的孩子。上海实在住不了！长裙短衫，蝶翅般的袖子，油光的头，额上不自然的剪下三四缕短发。这般千人一律，不个性的打扮，我觉得心烦而又畏怯。这里热得很，哥哥姊姊们又喜欢灌我酒。前晚喝的是"大宛香"，还容易下咽，今夜是"白玫瑰露"，真把我吃醉了。匆匆的走上楼来和衣而卧。酒醒已是中夜，明月正当着我的窗户。朦胧中记得是离家已近，才免去那"杨柳岸晓风残月"的悲哀。

母亲！你看我写的歪斜的字，嫂嫂笑说我仍在病酒！我定八月二夜北上了。我爱母亲！我怕热，我不会吃酒，还是回家好！

这封信转小朋友看看不妨事罢?

还家的女儿

七月卅日上海

通讯二十九

最亲爱的小读者：

我回家了！这"回家"二字中我迸出了感谢与欢欣之泪！三年在外的光阴，回想起来，曾不如流波之一瞥。我写这信的时候，小弟冰季守在旁边。窗外，红的是夹竹桃，绿的是杨柳枝，衬以北京的蔚蓝透彻的天。故乡的景物，一一回到眼前来了！

小朋友！你若是不曾离开中国北方，不曾离开到三年之久，你不会赞叹欣赏北方蔚蓝的天！清晨起来，揭帘外望，这一片海波似的青空，有一两堆洁白的云，疏疏的来往着，柳叶儿在晓风中摇曳，整个的送给你一丝丝凉意。你觉得这一种"冷处浓"的幽幽的乡情，是异国他乡所万尝不到的！假如你是一个情感较重的人，你会兴起一种似欢喜非欢喜，似怅惘非怅惘的情绪。站着痴望了一会子，你也许会流下无主，皈依之泪！

在异国，我只遇见了两次这种的云影天光。一次是前年夏日在新汉寿（New Hampshire）白岭之巅。我午睡乍醒，得了英伦朋友的一封书，是一封充满了友情别意，并描写牛津景物写到引人入梦的书。我心中杂糅着怅惘与欢悦，带着这信走上山巅去，猛然见了那异国的蓝海似的天！四围山色之中，这油然一碧的天空，充满了一切。漫天匝地的斜阳，酿出西边天际一两抹的绛红深紫。这颜色须臾万变，而银灰，而鱼肚白，倏然间又转成灿然的黄金。万山沉寂，因着这奇丽的天末的变幻，似乎太空有声！如波涌，如鸟鸣，如风啸，我似乎听到了那夕阳下落的声音。这时我骤然间觉得弱小的心灵被这伟大的印象，升举到高空，又倏然间被压落在海底！我觉出了造化的庄严，一身之幼稚，病后的我，在这四周艳射的景象中，竟伏于纤草之上，呜咽不止！

还有一次是今年春天，在华京（Washington D.C.）之一晚。我从枯冷的纽约城南行，在华京把"春"寻到！在和风中我坐近窗户，那时已是傍晚，这国家妇女会（National Women's Party）舍，正对着国会的白楼。半日倦旅的眼睛，被这楼后的青天唤醒！海外的小朋友！请你们饶恕我，在我倏忽的惊叹了国会的白楼之前，两年半美国之寄居，我不曾觉出她是一个庄严的国度！

这白楼在半天矗立着，如同一座玲珑洞开的仙阁。被楼旁的强力灯逼射着，更显得出那楼后的青空。两旁也是伟大的白石楼舍。楼前是极宽阔的白石街道。雪白的球灯，整齐的映照着。路上行人，都在那伟大的景物中，寂然无声。这种天国似的静默，是我到美国以来第一次寻到的。我寻到了华京与北京相同之点了！

我突起的乡思，如同一个波澜怒翻的海！把椅子推开，走下这一座万静的高楼，直向大图书馆走去。路上我觉得有说不出的愉快与自由。杨柳的新绿，摇曳着初春的晚风。熟客似的，我走入大阅书室，在那里写着日记。写着忽然忆起陆放翁的"唤作主人原是客，知非吾土强登楼"的两句诗来。细细咀嚼这"唤"字和"强"字的意思，我的意兴渐渐的萧索了起来！

我合上书，又洋洋的走了出去。出门来一天星斗。我长吁一口气。——看见路旁一辆手推的篷车，一个黑人在叫卖炒花生栗子。我从病后是不吃零食的，那时忽然走上前去，买了两包。那灯下黝黑的脸,向我很和气的一笑,又把我强寻的乡梦搅断!我何尝要吃花生栗子?无非要强以华京作北京而已!

写到此我腕弱了,小朋友,我觉得不好意思告诉你们,我回来后又一病逾旬,今晨是第一次写长信。我行程中本已憔悴困顿,到家后心里一松,病魔便乘机而起。我原不算是十分多病的人,不知为何,自和你们通讯,我生涯中便病忙相杂,这是怎么说的呢!

故国的新秋来了。新愈的我,觉得有喜悦的萧瑟!还有许多话,留着以后说罢,好在如今我离着你们近了!

你热情忠实的朋友,在此祝你们的喜乐!

冰 心

一九二六年八月三十一日,圆恩寺

山中杂记

——遥寄小读者

　　大夫说是养病，我自己说是休息，只觉得在拘管而又浪漫的禁令下，过了半年多。这半年中有许多在童心中可惊可笑的事，不足为大人道。只盼他们看到这几篇的时候，唇角下垂，鄙夷的一笑，随手的扔下。而有两三个孩子，拾起这一张纸，渐渐的感起兴味，看完又彼此嬉笑，讲说，传递；我就已经有说不出的喜欢！本来我这两天有无限的无聊。天下许多事都没有道理，比如今天早起那样的烈日，我出去散步的时候，热得头昏。此时近午，却又阴云密布，大风狂起。廊上独坐，除了胡写，还有什么事可作呢？

一九二四年六月二十三日，沙穰

（一）我怯弱的心灵

　　我小的时候，也和别的孩子一样，非常的胆小。大人们又爱逗我，我的小舅舅说什么《聊斋》，什么《夜谈随录》，都是些僵尸、白面的女鬼等等。在他还说着的时候，我就不自然的惴惴的四顾，塞坐在大人中间，故意的咳嗽。睡觉的时候，看着帐门外，似乎出其不意的也许伸进一只鬼手来。我只这样想着，便用被将自己的头蒙得严严地，结果是睡得周身是汗！

十三四岁以后，什么都不怕了。在山上独自中夜走过丛冢，风吹草动，我只回头凝视。满立着狰狞的神像的大殿，也敢在阴暗中小立。母亲屡屡说我胆大，因为她像我这般年纪的时候，还是怯弱的很。

我白日里的心，总是很宁静，很坚强，不怕那些看不见的鬼怪。只是近来常常在梦中，或是在将醒未醒之顷，一阵悚然，从前所怕的牛头马面，都积压了来，都聚围了来。我呼唤不出，只觉得怕得很，手足都麻木，灵魂似乎蜷曲着。挣扎到醒来，只见满山的青松，一天的明月。洒然自笑，——这样怯弱的梦，十年来已绝不做了，做这梦时，又有些悲哀！童年的事都是有趣的，怯弱的心情，有时也极其可爱。

（二）埋存与发掘

山中的生活，是没有人理的。只要不误了三餐和试验体温的时间，你爱做什么就做什么，医生和看护都不来拘管你。正是童心乘时再现的时候，从前的爱好，都拿来重温一遍。

美国不是我的国，沙穰不是我的家。偶以病因缘，在这里游戏半年，离此后也许此生不再来。不留些纪念，觉得有点过意不去，于是我几乎每日做埋存与发掘的事。

我小的时候，最爱做这些事：墨鱼脊骨雕成的小船，五色纸粘成的小人等等，无论什么东西，玩够了就埋起来。树叶上写上字，掩在土里。石头上刻上字，投在水里。想起来时就去发掘看看，想不起来，也就让它悄悄的永久埋存在那里。

病中不必装大人，自然不妨重做小孩子！游山多半是独行，于是随时随地留下许多纪念，名片，西湖风景画，用过的纱巾等等，几乎满山中星罗棋布。经过芍药花下，流泉边，山亭里，都使我微笑，这其中都有我的手泽！兴之所至，又往往去掘开看看。

有时也遇见人，我便扎煞着泥污的手，不好意思的站了起来。本来这些事很难解说。人家问时，说又不好，不说又不好，迫不得已只有一笑。因此女伴们更喜欢追问，我只有躲着她们。

那一次一位旧朋友来，她笑说我近来更孩子气，更爱脸红了。童心的再现，有时使我不好意思是真的，半年的休养，自然血气旺盛，脸红那有什么爱不爱的可言呢？

（三）古国的音乐

去冬多有风雪。风雪的时候，便都坐在广厅里，大家随便谈笑，开话匣子，弹琴，编绒织物等等，只是消磨时间。荣是希腊的女孩子，年纪比我小一点，我们常在一处玩。

她以古国国民自居，拉我作伴，常常和美国的女孩子戏笑口角。

我不会弹琴，她不会唱，但闷来无事，也就走到琴边胡闹。翻来覆去的只是那几个简单的熟调子。于是大家都笑道："趁早停了罢，这是什么音乐？"她傲然的叉手站在琴旁说："你们懂得什么？这是东西两古国，合奏的古乐，你们哪里配领略！"琴声仍旧不断，歌声愈高，别人的对话，都不相闻。于是大家急了，将她的口掩住，推到屋角去，从后面连椅子连我，一齐拉开，屋里已笑成一团！

最妙的是连"印第阿那的月"等等的美国调子，一经我们用过，以后无论何时，一听得琴声起，大家都互相点头笑说："听古国的音乐呵！"

（四）雨雪时候的星辰

寒暑表降到冰点下十八度的时候，我们也是在廊下睡觉。

每夜最熟识的就是天上的星辰了。也不过只是点点闪烁的光明，而相看惯了，偶然不见，也有些想望与无聊。

连夜雨雪，一点星光都看不见。荷和我拥衾对坐，在廊子的两角，遥遥谈话。

荷指着说："你看维纳司（Venus）升起了！"我抬头望时，却是山路转折处的路灯。我怡然一笑，也指着对山的一星灯火说："那边是周彼得（Jupiter）呢！"

愈指愈多，松林中射来零乱的风灯，都成了满天星宿。真的，雪花隙里，看不出天空和山林的界限，将繁灯当作繁星，简直是抵得过。

一念至诚的将假作真，灯光似乎都从地上飘起。这幻成的星光，都不移动，不必半夜梦醒时，再去追寻它们的位置。

于是雨雪寂寞之夜，也有了慰安了！

（五）她得了刑罚了

休息的时间，是万事不许作的。每天午后的这两点钟，乏倦时觉得需要，睡不着的时候，觉得白天强卧在床上，真是无聊。

我常常偷着带书在床上看，等到看护妇来巡视的时候，就赶紧将书压在枕头底下，闭目装睡。——我无论如何淘气，也不敢大犯规矩，只到看书为止。而璧这个女孩子，往往悄悄的起来，抱膝坐在床上，逗引着别人谈笑。

这一天她又坐起来，看看无人，便指手画脚的学起医生来。大家

114

正卧着看着她笑，看护妇已远远的来了。她的床正对着甬道，卧下已来不及，只得仍旧皱眉的坐着。

看护妇走到廊上。我们都默然，不敢言语。她问璧说，"你怎么不躺下？"璧笑说："我胃不好，不住的打呃，躺下就难受。"看护妇道："你今天饭吃得怎样？"璧慊慊的忍笑的说："还好！"看护妇沉吟了一会便走出去。璧回首看着我们，抱头笑说："你们等着，这一下子我完了！"

果然看见看护妇端着一杯药进来，杯中泡泡作声。璧只得接过，皱眉四顾。我们都用毡子藏着脸，暗暗的笑得喘不过气来。

看护妇看着她一口气喝完了，才又慢慢的出去。璧颓然的两手捧着胸口卧了下去，似哭似笑的说："天呵！好酸！"

她以后不再胡说了，无病吃药是怎样难堪的事。大家谈起，都快意，拍手笑说："她得了刑罚了！"

（六）Eskimo

沙穰的小朋友替我上的 Eskimo 的徽号，是我所喜爱的，觉得比以前的别的称呼都有趣！

Eskimo 是北美森林中的蛮族。黑发披裘，以雪为屋。过的是冰天雪地的渔猎生涯。我哪能像他们那样的勇敢？

只因去冬风雪无阻的林中游戏行走。林下冰湖正是沙穰村中小朋友的溜冰处。我经过，虽然我们屡次相逢，却没有说话。我只觉得他们往往的停了游走，注视着我，互相耳语。

以后医生的甥女告诉我，沙穰的孩子传说林中来了一个 Eskimo。问他们是怎样说法，他们以黑发披裘为证。医生告诉他们说不是

Eskimo，是院中一个养病的人，他们才不再惊说了。

假如我是真的 Eskimo 呢，我的思想至少要简单了好些，这是第一件可羡的事。曾看过一本书上说："近代人五分钟的思想，够原始人或野蛮人想一年的。"人类在生理上，五十万年来没有进步，而劳心劳力的事，一年一年的增加，这是疾病的源泉，人生的不幸！

我愿终身在森林之中，我足踏枯枝，我静听树叶微语。清风从林外吹来，带着松枝的香气。白茫茫的雪中，除我外没有行人。我所见所闻，不出青松白雪之外，我就似可满意了！

出院之期不远，女伴戏对我说："出去到了车水马龙的波士顿街上，千万不要惊倒，这半年的闭居，足可使你成个痴子！"

不必说，我已自惊悚，一回到健康道上，世事已接踵而来……我倒愿做 Eskimo 呢。黑发披裘，只是外面的事！

（七）说几句爱海的孩气的话

白发的老医生对我说："可喜你已大好了，城市与你不宜，今夏海滨之行，也是取消了为妙。"

这句话如同平地起了一个焦雷！

学问未必都在书本上。纽约、康桥、芝加哥这些人烟稠密的地方，终身不去也没有什么，只是说不许我到海边去，这却太使我伤心了。

我抬头张目的说："不，你没有阻止我到海边去的意思！"

他笑道："是的，我不愿意你到海边去，太潮湿了，于你新愈的身体没有好处。"

我们争执了半点钟，至终他说："那么你去一个礼拜罢！"他又笑说："其实秋后的湖上，也够你玩的了！"

我爱慰冰，无非也是海的关系。若完全的叫湖光代替了海色，我似乎不大甘心。

可怜，沙穰的六个多月，除了小小的流泉外，连慰冰都看不见！山也是可爱的，但和海比，的确比不起，我有我的理由！

人常常说："海阔天空。"只有在海上的时候，才觉得天空阔远到了尽量处。在山上的时候，走到岩壁中间，有时只见一线天光。即或是到了山顶，而因着天末是山，天与地的界线便起伏不平，不如水平线的齐整。

海是蓝色灰色的。山是黄色绿色的。拿颜色来比，山也比海不过，蓝色灰色含着庄严淡远的意味，黄色绿色却未免浅显小方一些。固然我们常以黄色为至尊，皇帝的龙袍是黄色的，但皇帝称为"天子"，天比皇帝还尊贵，而天却是蓝色的。

海是动的，山是静的；海是活泼的，山是呆板的。昼长人静的时候，天气又热，凝神望着青山，一片黑郁郁的连绵不动，如同病牛一般。而海呢，你看她没有一刻静止！从天边微波粼粼的直卷到岸边，触着崖石，更欣然的溅跃了起来，开了灿然万朵的银花！

四围是大海，与四围是乱山，两者相较，是如何滋味，看古诗便可知道。比如说海上山上看月出，古诗说："南山塞天地，日月石上生。"细细咀嚼，这两句形容乱山，形容得极好，而光景何等臃肿，崎岖，僵冷，读了不使人生快感。而"海上生明月，天涯共此时"，也是月出，光景却何等妩媚，遥远，璀璨！

原也是的，海上没有红白紫黄的野花，没有蓝雀红襟等等美丽的小鸟。然而野花到秋冬之间，便都萎谢，反予人以凋落的凄凉。海上的朝霞晚霞，天上水里反映到不止红白紫黄这几个颜色。这一片花，却是四时不断的。说到飞鸟，蓝雀红襟自然也可爱，而海上的沙鸥，白胸翠羽，轻盈的飘浮在浪花之上，"凌波微步，罗袜生尘"。看见蓝雀红襟，只使我联忆到"山禽自唤名"，而见海鸥，却使我联忆到千古颂赞美人，颂赞到绝顶的句子，是"婉若游龙，翩若惊鸿"！

在海上又使人有透视的能力，这句话天然是真的！你倚阑俯视，你不由自主的要想起这万顷碧琉璃之下，有什么明珠，什么珊瑚，什么龙女，什么鲛纱。在山上呢，很少使人想到山石黄泉以下，有什么金银铜铁。因为海水透明，天然的有引人们思想往深里去的趋向。

简直越说越没有完了，总而言之，统而言之，我以为海比山强得多。说句极端的话，假如我犯了天条，赐我自杀，我也愿投海，不愿坠崖！

争论真有意思！我对于山和海的品评，小朋友们愈和我辩驳愈好。"人心之不同，各如其面"，这样世界上才有个不同和变换。假如世界上的人都是一样的脸，我必不愿见人。假如天下人都是一样的嗜好，穿衣服的颜色式样都是一般的，则世界成了一个大学校，男女老幼都穿一样的制服。想至此不但好笑，而且无味！再一说，如大家都爱海呢，大家都搬到海上去，我又不得清静了！

（八）他们说我幸运

山做了围墙，草场成了庭院，这一带山林是我游戏的地方。早晨朝露还颗颗闪烁的时候，我就出去奔走，鞋袜往往都被露水淋湿了。黄昏睡起，短裙卷袖，微风吹衣，晚霞中我又游云似的在山路上徘徊。

固然的，如词中所说："落日解鞍芳草岸，花无人戴，酒无人劝，醉也无人管！"不是什么好滋味；而"无人管"的情景，有时却真难得。你要以山中蹒跚的态度，移在别处，可就不行。在学校中，在城市里，是不容你有行云流水的神意的。只因管你的人太多了！

我们楼后的儿童院，那天早晨我去参观了。正值院里的小朋友们在上课，有的在默写生字，有的在做算学。大家都有点事牵住精神，而忙中偷闲，还暗地传递小纸条，偷说偷玩，小手小脚，没有安静的时候。这些孩子我都认得，只因他们在上课，我只在后面悄悄的坐着，不敢和他们谈话。

不见黑板六个月了，这倒不觉得怎样。只是看见教员桌上那个又大又圆的地球仪，满屋里矮小的桌子椅子，字迹很大的卷角的书：倏时将我唤回到十五年前去。而黑板上写着的

$$\begin{array}{cccc} 35 & 21 & 18 & 64 \\ -15 & +10 & -\ 9 & \times 69 \\ \hline \end{array}$$

方程式。以及站在黑板前扶头思索，将粉笔在手掌上乱画的小朋友，我看着更觉得有一种说不出的怅惘。窗外日影徐移，虽不是我在上课，而我呆呆的看着壁上的大钟，竟有急盼放学的意思！

放学了，我正和教员谈话，小朋友们围拢来将我拉开了。保罗笑问我说："你们那楼里也有功课么？"我说："没有，我们天天只是玩！"彼得笑叹道："你真是幸运！"

他们也是休养着，却每天仍有四点钟的功课。我出游的工夫，只在一定的时间里，才能见着他们。

唤起我十五年前的事，惭愧"三七二十一，四七二十八"的背乘数表等等，我已算熬过去，打过这一关来了！而回想半年前，厚而大的笔记本，满屋满架的参考书，教授们流水般的口讲，……如今病好了，这生活还必须去过，又是怃然。

这生活还必须去过。不但人管，我也自管。"哀莫大于心死"，被人管的时候，传递小纸条偷说偷玩等事，还有工夫做。而自管的时候，这种动机竟绝然没有。十几年的训练，使人绝对的被书本征服了！

小朋友，"幸运"这两字又岂易言？

（九）机器与人类幸福

小朋友一定知道机器的用处和好处，就是省人力，能在很短的时间内做很重大的工作。

在山中闲居，没有看见别的机器的机会。而山右附近的农园中的机器，已足使我赞叹。

他们用机器耕地，用机器撒种，以至于刈割等等，都是机器一手经理。那天我特地走到山前去，望见农人坐在汽机上，开足机力，在田地上突突爬走。很坚实的地土，汽机过处，都水浪似的，分开两边，不到半点钟工夫，很宽阔一片地，都已耕松了。

农人从衣袋里掏出表来一看，便缓缓的捩转汽机，回到园里去。我也自转身。不知为何，竟然微笑。农人运用大机器，而小机器的表，又指挥了农人。我觉得很滑稽！

我小的时候，家园墙外，一望都是麦地。耕种收割的事，是最熟见不过的了。农夫农妇，汗流浃背的蹲在田里，一锄一锄的掘，一镰刀一镰刀的割。我在旁边看着，往往替他们吃力，又觉得迟缓的可怜！

两下里比起来，我确信机器是增进人类幸福的工具。但昨天我对于此事又有点怀疑。

昨天一下午，楼上楼下几十个病人都没有睡好！休息的时间内，山前耕地的汽机，轧轧的声满天地。酷暑的檐下，蒸炉一般热的床上，听着这单调而枯燥，震耳欲聋的铁器声，连续不断，脑筋完全跟着他颠簸了。焦躁加上震动，真使人有疯狂的倾向！

楼上下一片喃喃怨望声，却无法使这机器止住，结果我自己头痛欲裂。楼下那几个日夜发烧到一百零三，一百零四度的女孩子，我真替她们可怜，更不知她们烦恼到什么地步！农人所节省的一天半天的工夫，和这几十个病人，这半日精神上所受的痛苦和损失，比较起来，相差远了！机器又似乎未必能增益人类的幸福。

想起幼年，我的书斋，只和麦地隔一道墙。假如那时的农人也用机器，简直我的书不用念了！

这声音直到黄昏才止息。我因头痛，要出去走走，顺便也去看看那害我半日不得休息的汽机。——走到田边，看见三四个农人正站着踌躇，手臂都叉在腰上，摇头叹息，原来机器坏了！这座东西笨重的很，十个人也休想搬得动。只得明天再开一座汽机来拉它。

我一笑就回来了。

（十）鸟兽不可与同群

女伴都笑莆玲是个傻子，而她并没有傻子的头脑，她的话有的我很喜欢。她说："和人谈话真拘束，不如同小鸟小猫去谈。它们不扰乱你，而且温柔的静默的听你说。"

我常常看见她坐在樱花下，对着小鸟，自说自笑。有时坐在廊上，抚着小猫，半天不动。这种行径，我并不觉得讨厌。也许就因此，女伴才赠她以傻子的徽号，也未可知。

和人谈话未必真拘束，但如同生人，大人先生等等，正襟危坐的谈起来，却真不能说是乐事。十年来正襟危坐谈话的时候。一天比一天的多。我虽也做惯了，但偶有机会，我仍想释放我自己。这半年我就也常常做傻子了！

第一乐事，就是拔草喂马。看着这庞然大物，温驯的磨动他的松软的大口，和齐整的大牙，在你手中吃嚼青草的时候，你觉得它有说不尽的妩媚。

每日山后牛棚，拉着满车的牛乳罐的那匹斑白大马，我每日喂它。乳车停住了，驾车人往厨房里搬运牛乳，我便慢慢的过去。在我跪伏在樱花底下，拔那十样锦的叶子的时候，它便倒转那狭长而良善的脸来看我，表示它的欢迎与等待。我们渐渐熟识了。远远的看见我，它便抬起头来，我相信我离开之后，它虽不会说话，它必每日的怀念我。

还有就是小狗了。那只棕色的，在和我生分的时候，曾经吓过我。那一天雪中游山，出其不意在山顶遇见它。它追着我狂吠不止，我吓得走不动。它看我吓怔了，才住了吠，得了胜利似的，垂尾下山而去。我看它走了，一口气跑了回来。一夜没有睡好，心脉每分钟跳到一百十五下。

女伴告诉我，它是最可爱的狗，从来不咬人的。以后再遇见它，我先呼唤它的名字，它竟摇尾走了过来。自后每次我游山，它总是前前后后的跟着走。山林中雪深的时候，光景很冷静。它总算助了我不少的胆子。

此外还有一只小黑狗，尤其跳荡可爱。一只小白狗，也很驯良。

我从来不十分爱猫。因为小猫很带狡猾的样子，又喜欢抓人。医院中有一只小黑猫，在我进院的第二天早起刚开了门，它已从门隙塞进来，一跃到我床上，悄悄的便伏在我的怀前，眼睛慢慢的闭上，很安稳的便要睡着。我最怕小猫睡时呼吸的声音！我想推它，又怕它抓我。

那几天我心里又难过，因此愈加焦躁。幸而看护妇不久便进来！我皱眉叫她抱出这小猫去。

以后我渐渐的也爱它了。它并不抓人。当它仰卧在草地上。用前面两只小爪，拨弄着玫瑰花叶，自惊自跳的时候，我觉得它充满了活泼和欢悦。

小鸟是怎样的玲珑娇小呵！在北京城里，我只看见老鸦和麻雀。有时也看见啄木鸟。在此却是雪未化尽，鸟儿已成群的来了。最先的便是青鸟。西方人以青鸟为快乐的象征，我看最恰当不过。因为青鸟的鸣声中，婉转的报着春的消息。

知更雀的红胸，在雪地上，草地上站着，都极其鲜明。小蜂雀更小到无可苗条。从花梢飞过的时候，竟要比花还小。我在山亭中有时抬头瞥见，只屏息静立，连眼珠都不敢动。我似乎恐怕将这弱不禁风的小仙子惊走了。

此外还有许多毛羽鲜丽的小鸟，我因找不出它们的中国名字，只得阙疑。早起朝日未出，已满山满谷的起了轻美的歌声。在朦胧的晓风之中，欹枕倾听，使人心魂俱静。春是鸟的世界，"以鸟鸣春"和"春眠不觉晓，处处闻啼鸟"这两句话，我如今彻底的领略过了！

我们幕天席地的生涯之中，和小鸟最相亲爱。玫瑰和丁香丛中更有青鸟和知更雀的巢。那巢都是筑得极低，一伸手便可触到。我常常去探望小鸟的家庭，而我却从不做偷卵捉雏等，破坏它们家庭幸福的事。我想到我自己不过是暂时离家，我的母亲和父亲已这样的牵挂。假如我被人捉去，关在笼里，永远不得回来呢，我的父亲母亲岂不心碎？我爱自己，也爱雏鸟；我爱我的双亲，我也爱雏鸟的双亲！

而且是怎样有趣的事，你看小鸟破壳出来，很黄的小口，毛羽也很稀疏，觉得很丑。它们又极其贪吃，终日张口在巢里啾啾的叫，累得它母亲飞去飞回的忙碌。渐渐的长大了，它母亲领它们飞到地上。它们的毛羽很蓬松，两只小腿蹒跚地走，看去比它们的母亲还肥大。它们很傻的样子，茫然的只跟着母亲乱跳。母亲偶然啄得了一条小虫，它们便纷然的过去，啾啾的争着吃。早起母亲教给它们歌唱，母亲的声音极婉转，它们的声音，却很憨涩。这几天来，它们已完全的会飞了，会唱了，也知道自己觅食，不再累它们的母亲了。前天我去探望它们时，这些雏鸟已不在巢里，它们已筑起新的巢了，在离它们的父母的巢不远的枝上。它们常常来看它们的父母的。

还有虫儿也是可爱的。藕荷色的小蝴蝶，背着圆壳的小蜗牛，嗡嗡的蜜蜂，甚至于水里海夜乱唱的青蛙，在花丛中闪烁的萤虫，都是极温柔，极其孩气的。你若爱它，它也爱你们。因为它们太喜爱小孩子。大人们太忙，没有工夫和它们玩。

再 / 寄 / 小 / 读 / 者

ZAIJIXIAODUZHE

通讯一

似曾相识的小朋友们：

先感谢《人民日报》副刊编辑的一封信，再感谢中国作协的号召，把我的心又推进到我的心窝里来了！

二十几年来，中断了和你们的通讯，真不知给我自己带来了多少的惭愧和烦恼。我有许多话，许多事情，不知从何说起，因为那些话，那些事情，虽然很有趣，很动人，但却也很零乱，很片断，写不出一篇大文章，就是写了，也不一定就是一篇好文章，因此这些年来，从我心上眼前掠过的那些感受，我也就忍心地让它滑出我的记忆之外，淡化入模糊的烟雾之中。

在这不平常的春天里，我又极其真切，极其炽热地想起你们来了。我似乎看见了你们漆黑发光的大眼睛，笑嘻嘻的通红而略带腼腆的小脸。你们是爱听好玩有趣的事情的，不管它多么零碎，多么片断。你们本来就是我写作的对象，这一点是异常地明确的！好吧，我如今再拿起这支笔来，给你们写通讯。不论我走到哪里，我要把热爱你们的心，带到那里！我要不断地写，好好地写，把我看到听到想到的事情，只要我觉得你们会感到兴趣，会对你们有益的，我都要尽量地对你们倾吐。安心地等待着吧，我的小朋友！

自从决心再给你们写通讯，我好几夜不能安眠。今早四点钟就醒了，睁开眼来是满窗的明月！我忽然想起不知是哪位古诗人写的一首词的下半阕，是："卷地西风天欲曙，半帘残月梦初回，十年消息上心来。"就是说：在天快亮的时候，窗外刮着卷地的西风，从梦中醒来看见了淡白的月光照着半段窗帘；这里"消息"两个字，可以当作"事情"讲，就是说，把十年来的往事，一下子都回忆起来了！

小朋友，从我第一次开始给你们写通讯算起，不止十年，乃是三十多年了。这三十多年之中，我们亲爱的祖国，经过了多大的变迁！这变迁是翻天覆地的，从地狱翻上了天堂，而且一步一步地更要光明灿烂。我们都是幸福的！我总算赶上了这个时代，而最幸福的还是你们，有多少美好的日子等着你们来过，更有多少伟大的事业等着你们去作呵！

我在枕上的心境，和这位诗人是迥不相同的！虽然也有满窗的明月，而窗外吹拂的却是和煦的东风。一会儿朝阳就要升起，祖国方圆九百多万平方公里的土地上，将要有六亿人民满怀愉快和信心，开始着和平的劳动。小朋友们也许觉得这是日常生活，但是在三十年前，这种的日常生活，是我所不能想象的！

我鼻子里有点发辣，眼睛里有点发酸，但我绝不是难过。你们将来一定会懂得我这时这种兴奋的心情的——这篇通讯就到此为止吧，让我再重复初寄小读者通讯一的末一句话：

"我心中莫可名状，我觉得非常的荣幸！"

你的朋友　冰　心

一九五八年三月十一日，北京

通讯二

亲爱的小朋友：

今年一月，我刚从埃及归来，趁我记忆犹新，来对小朋友说一些埃及的印象。

我们到埃及去，走的是北路，就是从北京坐飞机，经过蒙古人民共和国、苏联、捷克斯洛伐克，最后到达埃及的首都开罗。——在这里我想插一句话，世界局势发展得多快，在我回来后不到三个星期，埃及和叙利亚，已经联合组织了一个横跨亚非两洲的新国家阿拉伯联合共和国了！这是中东阿拉伯人民，在反对殖民主义、争取民族独立的愿望上，有了进一步的团结，这也是世界和平力量进一步发展的里程碑！

我们一路从机窗下望，都是冰天雪地莹白照眼，可是一到达开罗的上空，就是晴天万里，下面是长长的河道，支流四出，两旁是整齐翠绿的田野，一簇簇的密集的淡灰色的农舍，田垄上排列着一行一行的高大的枣椰树。但是在这河畔地区以外，就是茫茫无际的黄沙，浓绿淡黄，成一个鲜明的对照！

这一条长长的河道，就是世界闻名的尼罗河，是埃及境内的唯一的天然河流。埃及在非洲的东北角，在北纬二十二度至三十二度，东经二十四度至三十七度之间，气候炎热，雨量极少，所以尼罗河也是他们唯一的灌溉泉源。埃及人民亲切地称尼罗河为"尼罗河爸爸"就是这个缘故。

这使我想起二十几年前，我在意大利首都罗马的梵蒂冈——教皇城——的博物馆里，看见了一座尼罗河的雕像。在这里，尼罗河是一位慈祥的老人，他右臂斜倚着人面狮身像，侧卧在地上，旁边堆着一垛高高的麦穗和葡萄。最生动的是他的身上，身边，爬满围满了许多活泼嬉笑的、赤裸裸的小孩子！有的站在他的肩上，有的骑在他的臂上，有的坐在他身旁的麦堆上，有的三三两两地和他身边河水里的鳄鱼，撩拨嬉戏。这雕像给我的印象很深，但我绝没有意识到，埃及的沙漠地区，占到全国境的百分之九十六，也不知道埃及的雨量少到：简单的农舍，不用盖屋顶，只用高粱秆蓝遮遮就行。当我看到听到这些现象的时候，我对于尼罗河，也不禁热爱了！

我们在埃及境内，曾作过短期的旅行，就是坐火车往南走，一路沿着尼罗河，溯流而上。眼前旋转过去的，是润湿的田地，茂盛的庄稼，和裹着头巾穿着长袍的男男女女，锄地的，车水的，放羊的，赶驴的……同时也看见了道旁的农舍，屋子都像我们南方的"天井"一样，有窗有门，却没有屋顶。那时正是冬天，白日阳光满室，夜里顶着月亮和星星睡觉，空气清新，一定是十分舒畅的。

这在我是极其新鲜的事，但心里还转不过弯来，我问同行的埃及朋友："夏天在屋顶盖上高粱秆，当然可以挡住炎热的太阳，但是恐怕挡不着大雨和久雨；万一，万一要下大雨，下久雨呢？"她笑了，说："你过虑了，我们这里除了沿地中海一带，雨量较多之外，就是一万个，一万个也不下大雨和久雨！"

聪明勇敢的埃及人民，知道除了倚靠他们的"尼罗河爸爸"之外，还得不断地和气候土壤作艰苦的斗争，向大自然索取粮食。现在他们

130

的兴修水利，开发沙漠的工作，正在广泛地展开。祝福他们吧，可爱的尼罗河的优秀儿女！

别的下封信再谈，祝你们三好！

你的朋友　冰　心

一九五八年三月十五日，北京

通讯三

亲爱的小朋友：

　　三月八日那一天，我到十三陵水库工地上，参加了几个小时的劳动，觉得有说不尽的兴奋和愉快。

　　十三陵在京郊昌平县的东北边，是明朝京都北迁以后的十三代帝王的陵墓所在地，南面有温榆河穿过，三面是山，风景优美。但是每到夏雨时节，山洪就顺着这个大山环里的几条山沟，奔腾下泄，势如巨涛。温榆河两岸的人家和田地，常常被大水淹没。从前的统治王朝，只顾给自己在半山坳里，盖起高大的陵墓祭殿，也只在这些陵墓祭殿的四围，种起葱茏的树木，对于山下人家，蒙受水患的疾苦，是漠不关心的！

　　人民做了自己的主人，一切都变了！昌平人民在政府的补助下，群众的支援下，从今年一月二十一日开始，自己动手来修建十三陵水库。他们计划在大山环的出口——东山口，修起一道拦河坝，把山洪蓄在七丈多深的水湖里。这水湖的面积，相当于颐和园昆明湖的三倍。在大坝的西边，还要盖一座水力发电站，在每年灌溉的时期，可以用水力发电。将来这里是：良田千顷，绿树成荫，水面鸭游，水中鱼跃，小朋友们还可以成群结队地到这里来露营，爬山，游览；这生活该是何等的快乐美好！

　　这座水库必须在六月雨季以前完工，因此，这工地上，每天每夜都有几万人在流汗苦干,和洪水赛跑,而且人流已经赶在河流的前头! 我在这里,只做一点轻微的劳动,但是往前望,往后看,三面山腰和一望无际的沙地上,都有一群一群的人们,在紧张地推车挑土,远远地一面一面小小的红旗,在和风中飘扬! 想到三个月后,这里将是水湖的中心,在这万马奔腾的劳动干劲里,我也能尽到自己微薄的一分,使我惭愧而又喜悦。我要暂时离开祖国,为期大概两三个月,等到我归来时节,这里已是一片湖光了。听说小朋友们最近也要到湖边去种树,我想那时你们种的树木,也已经绿叶扶疏了。集体的劳动,创造出多么美丽快乐的一个世界呵!

这两天来,风柔云薄,这种酿花天气,中国话叫做"春阴",日本话叫做"花昙"。花昙一过,日本各处就开遍了樱花。我们这里也是漾出晴光,就是柳叶舒青,杏花怒放了! 春阴的天气,总使我有说不出的期待的欢乐,如同坐在舞台前面,电灯熄灭的一刹那顷,我们满怀快乐地在等待,等待这幕布一开,台上现出神话般五彩辉煌的仙境……你们也有这样的感觉吗?

你们看到这封信的时候,我已经在风光明媚的意大利了,旅途中如有工夫,一定再给你们写信。祝你们春天快乐!

你的朋友　冰　心

一九五八年三月二十日,北京

通讯四

亲爱的小朋友：

自从三月二十一日离开祖国，时间不过十多天，在我仿佛已经过了多少年月！一来是这十多天之中，我们已经飞跃过好几个亚洲和欧洲的国家；二来是祖国的进步，一日千里。这十多天之中，不知又发现了多少新的资源，增多了多少个发明创造！这一切，都使国外的"游子"，不论何时想起，都有无限的兴奋！

欧洲本是我旧游之地，没有什么特别新鲜的感觉，现在只挑出途中最突出的奇丽的景物，来对小朋友们说一说。

首先是三月二十四日黄昏，从瑞士坐火车到意大利的一段，一路沿着阿尔卑斯山脚蜿蜒行来，山高接天，白雪皑皑，山顶上悬着一钩淡黄色的新月。火车飞速前进，窗外转过的一座雪山接着一座雪山，如同一架长长的大理石的屏风，横列在我们的眼前！天色渐渐地暗了下来，高高的雪山上，零乱地出现了星星点点的橘红色的灯光，一片清凉之中，给人以无限的温暖的感觉。

二十五日一觉醒来，我们已深入意大利的国境了。

意大利是南欧一个富有文化而又美丽的国家，它的地形，像一只伸入地中海的靴子，三面临海，气候温和。在瑞士山中还是雪深数寸的时候，这里的田野上已是桃李花开了！我们先到达意大利的京城——罗马。这是一座建在七座小山上的古城，街道高低起

134

伏，到处可以看见古罗马的遗迹，颓垣断柱，杂立于现代建筑之间。街道上转弯抹角，到处还可以看见淙淙的喷泉，泉座上都有神、人、鱼、兽的雕像，在片片光影之中，栩栩如生。

二十六日晨我们到了意大利西海岸的那坡里城，这也是一座很美丽的海边城市。但是我要为小朋友描述的，却是离那坡里四十里远的旁贝，那是将近两千年前，被火山喷发的熔岩和热尘所掩埋的古城。在一八六〇年以后，才被发掘出来的。

背山临海的旁贝城，在纪元前六世纪——我们春秋战国的时候——就已经建立起来了。到了纪元前八十年——我们的汉代——这里成为罗马贵族豪门的别墅区，人口多至两万五千人。纪元后七九年的八月，城后的维苏威火山，忽然爆发了！漫天的灼热的灰尘，和喷涌的沸腾的熔岩，在两三日之中，将这座豪华的市镇，深深地封闭了。大多数居民幸得突围而出，而老、弱、囚犯，葬身于热尘火海之中的，至少还有两千人左右。

我们在废墟上巡礼：这里的房舍，绝大部分，都没有屋顶了，只有根根的断柱，和扇扇的颓垣，矗立于阳光之下！石块铺成的道路，还有很深的车辙的痕迹。这市上有广场，有神庙，有大厅，有法院，有城堡……街道两旁还有酒店和浴堂。酒店里遗留着一排一排的陶制的酒缸；浴堂里有大理石砌成的冷热浴池，化妆室，按摩床，墙上还有石雕和壁画。屋宇尤其讲究：院里有喷泉，有雕像，层层的居室里，都有红黄黑三色画成的壁画，鲜艳夺目！后花园也很宽大，点缀的石像也很多，想当年花木葱茏的时节，景物一定很美。最使我感到惊奇的，就是这些房屋里，已经有铅制的水管和水龙头。导游的人告诉我，旁边的水道，是直通罗马的。

这里的博物院里，还看到发掘出来的，很精致的金银陶瓷和玻璃制成的日用器皿，以及金珠首饰。此外还有人兽的残骸，形状扭曲，可以想见临死前的挣扎和痛苦。

小朋友，上面的几段，是陆续写成的，中间已经过意大利南部和西西里岛的几个城市。沿途的海景，是描写不完的；而最难描述的，还是意大利人民对于中国的热爱和向往！我们到处受到最使人感动的欢迎，尤其是在中小城市，工农群众的款待，最为真挚而热烈！一束一束的递到我们手里的鲜花，如玫瑰，石竹，郁金香……替他们说出了许多话语。在群众的集会上，向我们献花的，都是最可爱的意大利小朋友。从他们嘴里叫出的"友谊"和"和平"，那清脆的声音，几乎是神圣的，使我们不自主地涌上了感动的眼泪！

我们在昨天又渡海回到意大利本土，沿着地图上的靴尖、靴跟，直上到东海岸的巴利城。今夜又要回到罗马去了。趁着一天的访问日程还没有开始，面对着窗外晨光熹微的大海，和轻盈飞掠的海鸥，给小朋友们写完这一封信。我知道小朋友们是会关心我的旅程，而且是急待我的消息的，但是也请你们体谅到我们旅行的匆忙！外面有人在敲门，这信必须结束了，我的心永远和你们在一起，深深地祝福你们！

你的朋友　冰　心

一九五八年四月四日，意大利，巴利城

通讯五

亲爱的小朋友：

在上一封信中，我曾提到了西西里岛的访问。这个岛我从前没有到过，因此我对它的印象也最深。这个被称为意大利靴尖上的足球的西西里，面积有两万五千平方公里，居民在五百万以上。在这里的一段旅程，我们和海结了不解之缘！我们住的旅馆，都是面临大海的，我们和意大利朋友聚餐的饭店，也都挑选海边名胜之地；枕上听得见鸥鸣和潮响，用饭的时候，仿佛也在啖咽着蔚蓝的水光。一路乘车，更是沿着迂回的海岸，一眼望去，不是无际的平沙，就是嶙峋的礁石，上面还有耸立的碉堡，而眼前一片无边的海水，更永远是反映着空阔的天光，变幻无极，仪态万千，海水是很蓝的；在晴朗的天空之下，更是像古诗上所说的："水如碧玉山如黛"，光艳得不可描画！那颜色是一层一层的，远处是深蓝，稍近是碧绿，遇有溪河入海处，这一层水色又是微黄的。唐诗有："一道残阳铺水中，半江瑟瑟半江红。"这两句写的极好，因为它不但写出斜阳，连江上的微风，也在"瑟瑟"两字中，表现出来了！

车窗的另一面，不是长着碧绿庄稼的整齐田地，便是长着上千盈百的杏树、桃树、橘柑树、橄榄树的山坡上的果园。陌上花开，风景如画。在这片丰饶美丽的土地上的居民，是使人艳羡的！

但是，昨天早晨，我在翻阅罗马"中东和东方学院"送给我们的一本意大利摄影画册，读到上面的序言，里面有：西西里岛，四面被地中海所围抱，也被希腊人、腓尼斯人、撒拉逊人聚居过，被德国人、法国人、西班牙人占领过……西西里岛上，曾是罗马帝国的军队骨干的农民，失去了他们的自由，在重利盘剥之下，他们失了土地，又被招募成为一支无地产的农奴队伍。地主住在城市里，只在夏天，才到他的田庄上来避暑，朝代更迭，土地易主，而直到今天，在意大利土地上辛苦劳动的，都不是土地的主人！这是多么悲惨的境遇！这个意大利靴尖上的足球，在外来的统治者脚上，踢来踢去，虽然在文化艺术上遗留了些精美的宫殿教堂的建筑，里面都有最精致的宝石嵌镶的图案，和颜色鲜艳、神态如生的壁画，而当地的农民生活，却永远停留在半封建半开化的状态之中。"四海无闲田，农夫犹饿死"的惨状，在这里是还存在的！

在罗马的一个晚餐会上，意大利最著名的诗人卡罗·勒维坐在我的旁边。他滔滔不断地告诉我，在意大利南部，尤其是西西里一带，农民过着受压迫被剥削的生活。意大利北部的工业，是比较发达的，而南部的资源，却从未被开发过，于是南部饥饿失业的队伍，就成群地被招送到北方去做工，痛苦流离，成了他们千百年来的命运！

当诗人说这些话的时候，神情是激动的，眼光是悲愤的，使我的回忆中的西西里的水光山色，蒙上了一层阴沉的暗影！我又回忆到在岛上的一个小市镇——巴格里亚——的农民欢迎会上，另一位诗人卜提达，向我们致了最热烈的欢迎词。卜提达是巴格里亚市穷苦人民的儿子，他用西西里方言写诗，强烈地揭露了当地人民的黑暗生活。他送给我一本他的诗集：《面包就是面包》的法文译本，上面有卡罗·勒维写的序，说卜提达以钢铁般的坚强洪壮的声音，叫出了岛上人民的不幸。可惜我不懂得法文，只好等将来请人读给我听了。

广大的人民是广阔的天空，人民的诗人就该像天空下透明的大海，它永远忠实地反映出天空的明暗阴晴，呼叫出人民的苦乐和希望。这样，他的诗里才有颜色，才有感情。勒维和卜提达都是大海般的诗人，我们应该向他们学习。

今天是复活节，一早醒起，就听到从四面传来的悠扬而嘹亮的钟声。罗马城里，大大小小有五百多座教堂；登高望时，金色，绿色，灰色的圆顶，在丛树中层层隐现。这几天来，罗马街上，尤其是商店的橱窗里，洋溢着节日的气氛，金彩辉煌的巧克力做成的大鸡蛋，到处都是。今天上午出去走了一走，因为明天要到佛劳伦斯去，先给你们发出这封信，罗马的古迹，等以后再谈吧！

今夜罗马大雷雨，电光闪闪，雷声大得像巨炮一般。现在祖国已是早晨，小朋友正走在上学的路上，向你们珍重地说声早安吧！

> 你的朋友　冰　心

一九五八年四月六日，意大利，罗马

通讯六

亲爱的小朋友：

四月十二日，我们在微雨中到达意大利东海岸的威尼斯。

威尼斯是世界闻名的水上城市，常有人把它比作中国的苏州。但是苏州基本上是陆地上的城市，不过城里有许多河道和桥梁。威尼斯却是由一百多个小岛组成的，一条较宽的曲折的水道，就算是大街，其余许许多多纵横交织的小水道，就算是小巷。三四百座大大小小的桥，将这些小岛上的一簇一簇的楼屋，穿连了起来。这里没有车马，只有往来如织的大小汽艇，代替了公共汽车和小卧车；此外还有黑色的、两端翘起、轻巧可爱的小游船，叫做 Gondola，译作"共渡乐"，也还可以谐音会意。

这座小城，是极有趣的！你们想象看：家家户户，面临着水街小巷，一开起门来，就看见荡漾的海水和飞翔的海鸥。门口石阶旁边，长满了厚厚的青苔，从石阶上跳上公共汽艇，就上街去了。这座城里，当然也有教堂，有宫殿，和其他的公共建筑，座座都紧靠着水边。夜间一行行一串串的灯火，倒影在颤摇的水光里，真是静美极了！

威尼斯是意大利东海岸对东方贸易的三大港口之一，其余的两个是它南边的巴利和北边的特利斯提。在它的繁盛的时代，就是公元后十三世纪，那时是中国的元朝，有个商人名叫马可波罗曾到过中国，在扬州作过官。他在中国住了二十多年，回到威尼斯之后，写了一本游记，极称中国文物之盛。在他的游记里，曾仔细地描写过卢沟桥，因此直到现在，欧洲人还把卢沟桥称作马可波罗桥。

国际间的贸品，常常是文化交流的开端，精美的商品的互换，促进了两国人民相互的爱慕与了解。和平劳动的人民，是欢迎这种"有无相通"的。近几年来，中意两国间的贸易，由于人为的障碍，大大地减少了。这几个港口的冷落，使得意大利的工商业者，渴望和中国重建邦交，畅通贸易，这种热切的呼声，是我们到处可以听到的。

这几天欧洲的气候，真是反常！昨天在帕都瓦城，遇见大雪，那里本已是桃红似锦，柳碧如茵，而天空中的雪片，却是搓棉扯絮一般，纷纷下落。在雪光之中，看到融融的春景，在我还是第一次！

昨晚起雪化成雨，凉意逼人，现在我的窗外呼啸着呜呜的海风，风声中夹杂着悠扬的钟声；回忆起二十几年前的初春，我也是在阴雨中游了威尼斯，它的明媚的一面，我至今还没有看到！今天又是星期六，在寂静的时间中，我极其亲切地想起了你们。住学校的小朋友们，现在都该回到家里了吧？灯光之下，不知你们和家里人谈了些什么？是你们学习的情况，还是奋进的计划？又有几天没有看到祖国的报纸，消息都非常隔膜了。出国真不能走得太久，思想跟不上就使人落后！小朋友一定会笑我又"想家"了吧？——同行的人都冒雨出去参观，明天又要赶路，我独自留下，抽空再写几行，免得你们盼望，遥祝你们好好地度一个快乐的星期天！

你的朋友　冰　心

一九五八年四月十二日夜，意大利，威尼斯

通讯七

亲爱的小朋友：

昨天我们从意大利又回到瑞士，明天要出发到英国去了，三星期的意大利之游，应当对你们作一个总结。

我们访问了意大利的大小二十个城市，说一句总话，我实在喜欢意大利，首先是它的首都罗马，和我们的北京一样，是个美丽雄伟的首都。它的古老的建筑，和博物馆里的雕刻、绘画，以及出土的文物，都和北京的建筑和博物馆一样，充分地呈现了它的劳动人民的惊人的智慧！关于意大利，将来有时间再详细地述说，如今先举出几个最突出的印象，给小朋友们画一个轮廓。

第一个是：欧洲人说，意大利是用石头建造起来的，这是古意大利建筑的一个特点。古意大利的教堂、宫殿、城堡、桥梁、街道……绝大部分都是用石头盖起铺起的，至少是建筑物外面都用的是石板、石片；仰顶和墙壁上都有各色花石宝石嵌镶的人物；屋顶上、喷泉上和广场上都有石像，一眼望去，给人一种坚洁清凉的感觉。意大利的美丽的建筑，可描写的真是太多了，我最喜欢的是比萨的斜塔、教堂和洗礼堂。这一簇简洁、玲珑而庄严的白石建筑，相依相衬地排列在一角城墙的前面，使人看过永不会忘记！

第二个是：在意大利旅行，到处都离不了水。意大利的边界，有四分之三与水为邻，北部多山的地方，却有许多大大小小美丽的湖泊。

各个城市里都有形形色色的喷泉,最奇丽的是罗马郊外的提伏里泉园。这座泉园原是皇家别墅,建造在小山上,园里大小有六千条喷泉,在山巅,在池上,在路旁……宽者如帘,细者如线,大的奔越下流,如同山间的瀑布,小的轻莹上喷,如同火树银花,一片清辉交织之中,再听到那"大珠小珠落玉盘"的大小错落的泉声,这个新奇的感受,也是使人永不忘记的!

但是,最使人不能忘却的,是意大利的可爱的人民!他们是才气横溢,热情奔放的;这表现在他们的天才的文艺创造上,科学的发明上;表现在他们为自由和独立的斗争上;表现在对朋友的热爱上。意大利人民把中国人民当作最好的朋友。他们关心我们、热爱我们,他们认为我们的成就,就是他们的成就;我们的胜利就是他们的胜利;中国人民一寸一尺的进步,都给他们以莫大的鼓舞。当我们离开意大利的前夕,在他们的英雄城市都灵,我们被邀到一个群众的集会——在这里应当补述一下:都灵城是在一九四五年,在它自己人民的艰苦斗争之下,得到解放的。这次的斗争,人民游击队死亡的数目,在百分之四十七以上!我们曾到烈士墓前,献过花束——这集会是在一个工人俱乐部召开的,会场上挤满了热情的男女老幼,台上横挂着"欢迎中国来宾"的中文标语(是意大利人自己写的),长桌上摆满了大大小小的酒杯。他们送给我们都灵市特产的蜜甜的巧克力糖,猩红的玫瑰花,给我们满满地斟上香醇的都灵酒。他们的欢迎词,是真挚而热烈的。我们的每一句答词,都得到春雷般的鼓掌与欢呼。在饮酒叙谈的中间,都不断地有群众过来和我们握手拥抱,不断地也有儿童们送上画片,要求我们签名——谈到意大利的儿童,他们真是可爱!他们是那样地天真活泼,又是那样地温文

143

有礼。在以后的通讯里，我要对你们谈一个意大利小姑娘所给我的深刻的印象。我们又在整装待发之中。"且听下回分解"吧！

　　我们在意大利的访问，就在上述的高涨的热潮中结束。回到旅馆已是半夜，我久久不能入睡！国际间劳动人民的和平友谊，是世界持久和平的最巩固的基础。在亚洲，在非洲，在欧洲，我们已有了亿万的和平宫的建筑工人，正在一砖一石地把屋基垒了起来。你们是我们的接班人，好好地继续努力吧！

　　祝你们健康快乐。

你的朋友　冰　心

一九五八年四月二十一日，瑞士，波尔尼

通讯八

亲爱的小朋友：

　　来到英国已经十天了，访问的日程是忙逼的。我现在是在英国北部苏格兰首府的爱丁堡，一座旅馆的窗前，时间已过半夜，树影摇曳，满月的银光，射在我的信纸上，活泼而激越的苏格兰民歌的余音，还在我耳边荡漾。趁着我睡不着的时间，来给我所惦念的小朋友写几个字。

　　在第二次世界大战以前，一九三六年的冬天，我曾到过英国，那时只在伦敦住了一两星期，在牛津和剑桥两个大学作了很短的访问。这次重来，走的地方较多，接触的方面也较广，有许多感想，真不知从哪里说起——先从"一世之雄"的"大英帝国"说起吧！

　　英国——大不列颠，是由大不列颠岛北部的苏格兰，中南部的英格兰，西部的威尔士，和爱尔兰岛北部一角组成的。这个位置在欧洲西北部大西洋中的岛国，面积不过二十四万多平方公里，而它却占有着比本土大过一百五十倍的殖民地！原因是：在它十七世纪时期的资产阶级革命以后，十八世纪，苏格兰工人瓦特又完成了蒸汽机的制造，从此英国进入工业革命后的大生产时期，林立的工厂，纵横交错的铁路，往来如梭的船只，使得"英国成了世界的工厂，世界成了英国的市场"！工商业的发展，海外贸易的发达，殖民地的侵占，资本的积累，使它掌握了海上的霸权。三百年中，它巧取豪夺，从殖民地榨取了无限的财富，来建设和供养它的本土。因此在英国土地上，到处可以看见外面被烟雾熏得灰暗而里面富丽堂皇的宫室、教堂，银行……等石头建筑；碧绿辽阔的，贵族地主的花园；近代化的华丽舒适的旅馆、俱乐部……"大英帝国"的统治者，在这里过着不劳而获，穷奢极欲的生活！

第一次世界大战以后，英国的海上霸权，逐渐转移到美国手里，它的经济实力就开始动摇了。第二次世界大战以后，亚洲和非洲的民族解放运动，更是风起云涌，殖民地和半殖民地的国家，一个一个地独立起来了。"大英帝国"在衰落解体之中，而英国广大劳动人民和进步人士，却坚持着在保卫和平、保卫劳动人民权利的斗争中，寻求正确而光明的出路！

以上是英国现在社会状况的一个轮廓，如今我带着小朋友，从伦敦起，游览一番吧。

伦敦是英国的首都，位置在泰晤士河入海处的两岸，人口将近九百万。这里有许多高大的建筑，平整的街道，但是我最欣赏的，是城里散布着的几个阔大的公园！西方的公园设计是：亭台楼阁少（或者没有），而树木花卉多。一大片一大片绿油油的草地，一大堆一大堆葱郁的树木，草地边缘种着各种各色鲜艳的花，这时正是春天，花园里盛开着黄色的迎春，紫色的丁香，红色的杜鹃……最爽心悦目的是红紫黄白各色的郁金香，一朵朵像玲珑的宝石制成的杯盏一样，在朝阳下承接着清露。树下和路旁，都安放着长椅，老人们在椅子上休息，看报，织活，小孩子们在草地上奔走游戏。中午下班的时候，更有许多职工人员，在草地上坐、卧、吃干粮、晒太阳——这当然是在春天有阳光的日子，一般说来，伦敦的晴天比北京是少多了。

从伦敦一路往北走，坐汽车、坐火车，一路看见的也都是一绿无际的牧场和田野。英国虽然在纬度上和我们的黑龙江同一方位——北纬五十至六十度之间，只因它是海洋气候，潮湿多雨，宜于绿化，积雪化后，下面露出的却是绿绒绒的青草，因此在学校里，乡村中，到处都有一片一方的大草地，旁边种些杂花。这种花园或草场，对于居民的游息和健康，都有很大的好处。

苏格兰是田地少，牧场多。我们到了两个城市，就是格拉斯哥和爱丁堡。我很喜欢爱丁堡！这座城依山傍海，人口不过五十万，大街的设计是一边楼屋，一边花园，这样显得清旷而幽静，郊外的山间有许多小湖。我们看见故宫山后的广场上，张起几十个彩色的帐幕，旗帜飘扬。据说苏格兰的矿工，照例在五月的第一个星期一，在这里庆祝自己的节日。

庆祝的节目中有游行，跳舞，各种工人体育竞赛，工人铜乐队和管乐队的竞赛等等。可惜我们昨天晚上就走了，没有能够参加。

苏格兰的管乐队是有名的，演奏者穿着民族服装——多褶的方格子短裙和长袜，长袜口上斜插一把小刀，腰间挂一个刻花的皮袋。他们演奏的常常是苏格兰最动人的民歌。谈到苏格兰民歌，昨天晚上在格拉斯哥城，英中友好协会的欢迎会上，听到许多首多半是十八世纪苏格兰诗人勃恩斯写的。

勃恩斯是农民的儿子，苏格兰人民所最喜爱的诗人。他的诗都是用方言写的，富于人民性、正义感、淳朴、美丽，音乐性也极强。当手风琴拉起，短笛吹起，歌唱家唱起，刚唱过一两句，观众就会情不自禁地，眉飞色舞地和将起来，全场欢动，就这样一首又一首地几乎唱到夜半！今天晚上，有几位苏格兰诗人约我在一个小酒馆聚谈，又谈到民歌，正好隔座有几个青年学生，正在低声合唱，诗人们把其中一位少女，簇拥到我面前来请她为我这远客歌唱。她很羞涩地望着我，——一面放开她的清脆柔婉的歌喉，不到一会儿，那几个男女学生，以及许多客人，都围了上来，有的高声合唱，有的含笑静听，直到酒馆关门的时间——夜里十点钟——我们还从门内移到门外，踏着皎洁的月光，在马路边的树下，唱到半夜……

听人家唱民歌，使我亲切地回忆起许多我们自己的民歌，尤其是兄弟民族同胞所唱的，翻身的和歌颂毛主席的热情奔放的民歌！回来一路在浓密的树影中穿行，月亮大得很，街上是一片静寂。今天又是五一节，这里没有放假，也没有游行，遥想祖国北京的天安门前，今夜正是灯月交辉，焰火烛天。小朋友，尽情地欢乐吧，你们是幸福的！

在脑海里音乐浪潮的澎湃声中，我向我的小朋友说一句热情的晚安！

你的朋友　冰　心

一九五八年五月二日英国，爱丁堡

通讯九

亲爱的小朋友：

我给你们寄的"通讯八"，是在英国苏格兰首府爱丁堡写的，如今我又从苏联的首都莫斯科，给你们写信。中间我曾访问过英国南部的威尔斯和几个大学，又到过瑞士，六月初回到祖国。十月初，我又参加了亚非国家作家会议的中国代表团，来到了苏联的乌兹别克共和国的首都塔什干。在塔什干开会的几天，有许多很激动人心的事情，应该向小朋友报道一下，我想你们一定会喜欢听的。

小朋友们知道，我们中国人民在一千多年以前，已经和亚非两洲的人民，有了很亲密的来往。两洲的商人们彼此交易着精美的货物，我们送出去的是：丝绸，茶叶，瓷器，纸张……接受进来的是：象牙，香料，珠宝……这条横穿过亚洲的交通大路，因为运送过大量的中国的美丽的丝绸，而被称为丝绸大路。在这条丝绸大路上，一千多年来曾经走过来往不绝的车马，和一串一串的昂头缓步的骆驼。在东来西去的马蹄声，车轮声，和骆驼的铃铎声中，我们亚非各国的人民在路上相逢，在路边歇马凉亭里，喝茶休息，高兴地互相握手，互相问讯，交换着双方国家里一切贸易和文化的消息。这些人里面，更有我们的学者和教徒，和各行业的专家，他们把中国造指南针，造火药，造纸和印刷等等技术，传到亚非各国去，也把亚非各国的算术，医学，天文学等介绍到中国来。我们也交换着动植物的优良品种，像马匹，葡萄，

149

马铃薯，棉花，……这频繁广泛的文化交流，大大地促进了我们双方的文化的发展，和友谊的巩固。因此，我们决不能容忍，在最近一百年来，帝国主义者以强暴的武力，来切断我们的交流，破坏我们的文化！

作家们是替人民说话的，是把人民的心思写出来给人民看的。亚非各国的作家们代表着人民的愿望，在塔什干城欢聚畅谈，是亚非历史上的一件大事，它的影响和意义是很大的。

我们开会的地点，苏联的乌兹别克共和国，是在中亚细亚地区，它的首都塔什干城，本是丝绸大路边的一个城市。我们是在十月四日，刚下过雨的一个黄昏到达的。从飞机上往下看，我们发现一个近代的城市，许多高大的楼屋和工厂的烟囱，矗立在浓密的树林之中。下了飞机，我们立刻被引进了一个童话般的美丽的世界！这时太阳已经藏在阴云的后面，塔什干的林荫大道上，放出千千万万的五色的灯光，这一串一串的灯彩，有的横挂在大道的上空，有的排成各国的文字——"和平"。街市的广场上，有用五色电灯照射的喷泉，路边树下种着各种各色的鲜花，玫瑰的花香，在清新的空气中，更显得强烈。塔什干的人民，笑容满面，穿着节日的盛装，戴着绣花的小帽，在路上和旅馆门前，拍手欢迎着从远方来的客人。

代表们居住的新塔什干旅馆，是特为亚非作家会议而赶建起来的一座八层楼的建筑，它正对着我们的会场——那伐伊剧场。这两处门前，日夜聚集着许多人，尤其是塔什干的小朋友们。他们总是笑嘻嘻地拥上前来，拿着小本请我们签名，或是送给我们一件小小的礼物。从非洲来的，穿着鲜丽的服装的代表们，更是常常受他们的包围，在这时，这些代表们黝黑的脸上，就不自主地发出了喜爱的微笑，和快乐的光辉。

开会的情形，在此不能细说了。这一次会议包括将近四十个亚非国家和地区的一百八十多个代表，还有许多从世界各国来的观察员。亚非作家们的愿望是一致的，他们都代表着人民谴责了战争根源的殖民主义者，呼吁着亚非人民要更深的互相了解与团结，大家都表示要在自己创作岗位上，为这一个崇高的目的而努力。

会议开幕的这一天，塔什干的小学生们和少先队员们，曾排队给主席台上的代表们献花，他们在台上朗诵着他们的祝贺和愿望，当中有一句话说："希望各国的作家叔叔和阿姨们，多多地给我们写些故事，一些好的故事。"他们特别响亮地念出那个"好"字，台上台下的作家们都高兴地笑了起来。是的，我们一定要写些故事，尤其要写得"好"，好来帮助我们渴望的热情的小朋友们，精神百倍地去建设和平幸福的新社会。

这封信到此为止吧，祝小朋友们快乐进步！

你的朋友　冰　心

一九五八年十月二十九日，莫斯科

通讯十

亲爱的小朋友：

在塔什干开过亚非国家作家会议以后，我们曾到乌兹别克共和国各地去参观。我们参观了三个集体农庄，一处油田，几个工厂——纺织厂，茶叶包装厂等；还有几个学校，从幼儿园直到大学。无论走到什么地方，我们心中总是十分惊喜，十分激动！这里本是有名的"饥饿的草原"，在社会主义革命以前，这里还是一眼看不见边的茫茫的黄沙，没有青草，也没有树林。春天，山顶的积雪，融化成浑浊的山洪，沿着秃山危崖，翻滚而下，潜没在流沙地里，一会儿就看不见了，一阵风起，烈日下的黄沙，又在天空飞扬。在这里，从前住着几乎全部是文盲的人民，过着牛马不如的奴隶式的生活。这些悲惨的景象和故事，几乎不会使人相信了。我们现在所看到的，是多么幸福美好的一幅图画呵！

我们在乌兹别克境内的参观旅行，都是飞机来往。这里的天空，永远是晴朗的，从飞机上下望，看见的是：在丘陵和黄沙之间，不时有一簇一簇的绿树，和一大片一大片的棉田，闪闪发光的河流，在棉田里蜿蜒穿行。村庄和城市都是半现在葱郁的树林之中，街市像尺划的一样，极其齐整。飞机着地，我们坐着最新式的小卧车，进入城市，塔什干城不必说了，就像撒玛尔汗、安集延、费尔加纳，也都不亚于我所看过的欧洲的城市，整个城建筑在绿洲之中，浓密的树荫，伏盖着宽广的柏油路，伏盖着高大的层楼，其中有公共机关，有书店，有剧场，有旅馆，还有陈列着精美货物的百货商店。马路中间种着各样的繁花，最普通的是浮动着清香的各色的玫瑰。马路上走着服装整洁的男女老幼，上班的，上学的，个个脸上露出幸福的微笑，向着远方来客，投射着亲切的眼光！这便是从前的"饥饿的草原"和它的落后困苦的人民，十月革命的一声炮响，给他们带来了社会主义的优越制度，他们整个地翻了身了！

乌兹别克的人民，自豪地告诉我们说："我们这里，地上布满了白金——棉花，地下布满了乌金——石油。"我们参观过安集延的自动化的油井，产量是每天五百吨。油区有十二公里长，十四公里宽，由七百公尺以外的调度室里操纵的吸油机，一上一下地，散布在这广大的丘陵上的二百五十个井口上，不停地操作。这"饥饿的草原"不但驯服地向勇敢的乌兹别克劳动人民，献上丰富的石油，它也献上了每年三百万公担的棉花（居苏联全国棉花产量的百分之六十）。谈到棉花，我们看到的真是太多了，不但在绵延无际的棉田里，而且在城市的广场上，甚至于公路上，都铺着一层厚厚的白雪一般的棉花！这正是晒棉花的季节，丰富的产量，使得广大的晒棉场地都不够用的了，快乐的农民只好借用了平坦而阔大的广场和公路，我们的汽车也就快乐地让出公路，而在土路上飞驰了！

我们默默地在吸取着羡慕着这一切，我们不但为乌兹别克人民眼前的幸福生活，感到高兴，更为我们自己将来的幸福生活，感到无限的欢欣和鼓舞。乌兹别克的今天，就是我们西北地区的明天，而且是不远的明天！只有在社会主义的优越制度下，才显出劳动人民力量的伟大。在社会主义的创造热情鼓舞下，人类发现了自己的伟大与尊严，他们团结起来，伸出千百万双粗壮的手臂，向冷漠的大自然，夺取自己的幸福生活。

在此，我遥望南方，向我们在祖国的柴达木，克拉玛依，三门峡，刘家峡，甘肃，新疆，青海各地……兴修农田水利和开发油井的男女青年们致敬！让我们鼓足干劲，迎头赶上吧！

乌兹别克地方，可写的岂止石油和棉花？他们还有比蜜还甜的葡萄和瓜果。提到瓜果，真是"口颊留芳"，留着和安集延大运河一块儿描写吧！

祝你们三好！

你的朋友　冰　心

一九五八年十一月二日，莫斯科

目 录

童年的春节

我童年生活中,不光是海边山上孤单寂寞的独往独来,也有热闹得锣鼓喧天的时候,那便是从前的"新年",现在叫做"春节"的。

那时我家住在烟台海军学校后面的东南山窝里,附近只有几个村落,进烟台市还要越过一座东山,算是最冷僻的一角了,但是"过年"还是一年中最隆重的节日。

过年的前几天,最忙的是母亲了。她忙着打点我们过年穿的新衣鞋帽,还有一家大小半个月吃的肉,因为那里的习惯,从正月初一到十五是不宰猪卖肉的。我看见母亲系起围裙、挽上袖子,往大坛子里装上大块大块的喷香的裹满"红糟"的糟肉,还有用酱油、白糖和各种香料煮的卤肉,还蒸上好几笼屉的红糖年糕……当母亲做这些事的时候,旁边站着的不只有我们几个馋孩子,还有在旁边帮忙的厨师傅和余妈。

父亲呢,就为放学的孩子们准备新年的娱乐。在海军学校上学的不但有我的堂哥哥,还有表哥哥。真是"一表三千里",什么姑表哥、舅表哥、姨表哥,至少有七八个。父亲从烟台市上买回一套吹打乐器,锣、鼓、箫、笛、二胡、月琴……弹奏起来,真是热闹得很。只是我挤不进他们的乐队里去!我只能白天放些父亲给我们买回来的鞭炮,晚上放些烟火。大的是一筒一筒的放在地上放,火树银花,璀璨得很!我最喜欢的还是一种最小、最简单的"滴滴金"。那是一条小纸捻,卷着一点火药,可以拿在手里点起来嗤嗤地响,爆出点点火星。

记得我们初一早起,换上新衣新鞋,先拜祖宗——我们家不供神佛——供桌上只有祖宗牌位、香、烛和祭品,这一桌酒菜就是我们新年的午餐——然后给父母亲和长辈拜年，我拿到的红纸包里的压岁钱，大多是一圆锃亮的墨西哥"站人"银元，我都请母亲替我收起。

最有趣的还是从各个农村来要"花会"的了，演员们都是各个村落里冬闲的农民，节目大多是"跑旱船"，和"王大娘锔大缸"之类，演女角的都是村里的年轻人，搽着很厚的脂粉。鼓乐前导，后面就簇拥着许多小孩子。到我家门首，自然就围上一大群人，于是他们就穿走演唱了起来，有乐器伴奏，歌曲大都滑稽可笑，引得大家笑声不断。耍完了，我们就拿烟、酒、点心慰劳他们。这个村的花会刚走，那个村的又来了，最先来到的自然是离我们最近的金钩寨的花会！

我十一岁那年，回到故乡的福建福州，那里过年又热闹多了。我们大家庭里是四房同居分吃，祖父是和我们这一房在一起吃饭的。从腊月廿三日起，大家就忙着扫房，擦洗门窗和铜锡器具，准备糟和腌的鸡、鸭、鱼、肉。祖父只忙着写春联，贴在擦得锃亮的大门或旁门上。他自己在元旦这天早上，还用红纸写一条："元旦开业，新春大吉……"以下还有什么吉利话，我就不认得也不记得了。

新年里，我们各人从自己的"姥姥家"得到许多好东西。

首先是灶糖、灶饼，那是一盒一盒的糖和点心。据说是祭灶王爷用的，糖和点心都很甜也很粘，为的是把灶王的嘴糊上，使得他上天不能汇报这家人的坏话！最好的东西，还是灯笼，福州方言，"灯"和"丁"同音，因此送灯的数目，总比孩子的数目多一盏，是添丁的意思。那时我的弟弟们还小，不会和我抢，多的那一盏总是给我。这些灯：有纸的，有纱的，还有玻璃的……于是我屋墙上挂的是"走马灯"，上面的人物是"三英战吕布"，手里提的是两眼会活动的金鱼灯，另一手就拉着一盏脚下有轮子的"白兔灯"。同时我家所在的南后街，本是个灯市，这一条街上大多是灯铺。我家门口的"万兴桶石店"，平时除了卖各种红漆金边的伴嫁用的大小桶子之外，就兼卖各种的灯。那就不是孩子们举着玩的灯笼了，而是上面画着精细的花鸟人物的大玻璃灯、纱灯、料丝灯、牛角灯等等，元宵之夜，都点了起来，真是"花市灯如昼"，游人如织，欢笑满街！

元宵过后，一年一度的光采辉煌的日子，就完结了。当大人们让我们把许多玩够了的灯笼，放在一起烧了之后，说："从明天起，好好收收心上学去吧。"我们默默地听着，看着天井里那些灯笼的星星余烬，恋恋不舍地带着一种说不出的惆怅寂寞之感，上床睡觉的时候，这一夜的滋味真不好过！

一九八五年一月三十日

（最初发表于《童年》1985 第 1 期）

只拣儿童多处行

从香山归来，路过颐和园，看见成千盈百的孩子，闹嚷嚷地从颐和园门内挤了出来。就像从一只大魔术匣子里，飞涌出一群接着一群的小天使。

这情景实在有趣！我想起两句诗："儿童不解春何在，只拣游人多处行。"反过来说也可以说："游人不解春何在，只拣儿童多处行。"我们笑着下了车，迎着儿童的涌流，挤进颐和园去。

我们本想在知春亭畔喝茶，哪知道知春亭畔已是座无隙地！女孩子、男孩子，戴着红领巾的，把外衣脱下搭在肩上拿在手里的，东一堆，西一簇，叽叽呱呱地，也不知说些什么，笑些什么，个个鼻尖上闪着汗珠，小小的身躯上喷发着太阳的香气息。也有些孩子，大概是跑累了，背倚着树根坐在小山坡上，聚精会神地看小人书。湖面无数坐满儿童的小船，在波浪上荡漾，一面一面鲜红的队旗，在东风里哗哗地响着。

沿着湖边的白石栏杆向玉澜堂走，在转弯的地方，总和一群一群的孩子撞个满怀，他们匆匆地说了声"对不起"，又匆匆地往前跑，知春亭和园门口大概是他们集合的地方，太阳已经偏西，是他们归去的时候了。

走进玉澜堂的院落里，眼睛突然一亮，那几棵大海棠树，开满了密密层层的淡红的花，这繁花从树枝开到树梢，不留一点空隙，阳光下就像几座喷花的飞泉……

春光，竟会这样地饱满，这样地烂漫！它把一冬天蕴藏的精神、力量，都尽情地释放出来了！

我们在花下大声赞叹，引得一群刚要出门的孩子又围聚过来了，他们抬头看看花，又看看我们。我拉住一个额前披着短发的女孩子。笑问："你说这海棠花好看不好看？"她忸怩地笑着说："好看。"我又笑问："怎么好法？"当她说不出来低头玩着纽扣的时候，一个在她后面的男孩子笑着说："就是开得旺嘛！"于是，他们就像过了一关似的，笑着推着跑出门外去了。

　　对，就是开得旺！只要管理得好，给它适时地浇水施肥，花儿和儿童一样，在春天的感召下，就会欢畅活泼地，以旺盛的生命力，舒展出新鲜美丽的四肢，使出浑身解数。这时候，自己感到快乐，别人看着也快乐。

　　朋友，春天在哪里？当你春游的时候，记住"只拣儿童多处行"，是永远不会找不到春天的！

　　（本篇最初发表于《北京晚报》1962年5月6日，后收入散文集《拾穗小札》）

感谢我们的语文老师

前天近午，有三个在初中和高中读书的少年来看我。他们坐了一大段车，还走了一大段路，带着满脸的热汗，满身的热气，满心的热情，一进门就喊：

"× 妈妈，您好，我们来了！"

这几个孩子，几乎是我看着他们长大的，几个月不见，仿佛又长了一大截！有的连嗓音都变了，有的虽然戴着红领巾，却不像个中学生而像个辅导员，有的更加持重腼腆，简直像个大姑娘了，可是在我这里，他们就像回到自己家里一样，一面扇扇子，喝凉水，眼睛四下里看，嘴里还不住地说。最后，他们就跑到书架和书桌前面去……

"您有什么新书没有？"

"您这儿还有《红旗谱》哪，我看过一遍都忘了，老师还让我们夏天看呢，借给我好不好？"

"这《蕙风词话》《人间词话》说的是什么呀？"

"呵，《人民文学》第七期，我们都说那篇《赖大嫂》写得好，您说呢？"

我一个人实在对付不了三张快速的嘴，我只看着他们笑，我只感到心花怒放，多么火热的青春呵！

慢慢地，他们手里拿着书、水杯和大蒲扇，围着我坐下来了，谈着看书，谈着文学作品，忽然谈锋转向语文老师。

那个变了嗓音的大小孩子说："我看书的兴趣，完全是我们的语文老师引起的。在前年，我们的那位语文老师，不用提多好啦，给我们上语文课的时候，讲的那么生动，我们都听得入了迷。下课以后去找他谈话，他还给我介绍许多课外的书籍。那一年，我看的书最多了，课内的古典文学，像《琵琶行》，我到现在还能背。可惜这位老师只教我们一年，就去编教材去了。后来的语文老师，上课时候讲的内容和政治课差不多，我们对于课文的感受就不特别深了⋯⋯"

那个更加沉静的姑娘，这时也微笑说："我们的语文老师也不错，我就是喜欢跟他写作文。他出的题目好，总让人人都有自己的话说，而且说起来没有完。他在卷本上批改的并不多，但是他和每个学生谈话的时候，却能谈到几个钟头。现在，我才知道写作文也可以是一件很快乐的事⋯⋯"

我看着这几双发亮的感激的眼睛，使我想起了许多往事，从欣赏到写作，从幼芽到小树，是经过多少人的细心培养呵。

我嘴里只说，"我真愿意你们的语文老师都在这里，他们听了不知要怎样地高兴。但是，也别忘了，'师父领进门，修行在个人'，阅读和写作，一旦有了好的开头，就得自己努力继续下去，要不然，老师走了，这些好习惯也跟着走了，你说可惜不可惜？那老师也就白教了！"

他们都笑了，"也可能是白教了，我们努力就是，不过，我们还是感谢我们的老师！"

我好像是对自己说的，"只要努力，老师就决没有白教，让我们都感谢我们的老师！"

（本篇最初发表于《北京晚报》1962 年 7 月 25 日，后收入散文集《拾穗小札》）

童年杂记

童年呵!
是梦中的真,
　是真中的梦,
　是回忆时含泪的微笑。

——《繁星》

一九八○年的后半年,几乎全在医院中度过,静独时居多。这时,身体休息,思想反而繁忙,回忆的潮水,一层一层地卷来,又一层一层地退去,在退去的时候,平坦而光滑的沙滩上,就留下了许多海藻和贝壳和海潮的痕迹!

这些痕迹里,最深刻而清晰的就是童年时代的往事。我觉得我的童年生活是快乐的,开朗的,首先是健康的。该得的爱,我都得到了,该爱的人,我也都爱了。我的母亲,父亲,祖父,舅舅,老师以及我周围的人都帮助我的思想、感情往正常、健康里成长。二十岁以后的我,不能说是没有经过风吹雨打,但是我比较是没有受过感情上摧残的人,我就能够禁受身外的一切。有了健康的感情,使我相信人类的前途是光明的,虽然在螺旋形上升的路上,是峰回路转的,但我们有自己的看法,自己的判断,来克制外来的侵袭。

八十年里我过着和三代人相处(虽然不是同居)的生活,感谢天,我们的健康空气,并没有被污染。我希望这爱和健康的气息,不但在我们一家中间,还在每一个家庭中延续下去。

话说远了,收回来吧。

读　书

我常想，假如我不识得字，这病中一百八十天的光阴，如何消磨得下去？

感谢我的母亲，在我四五岁的时候，在我百无聊赖的时候，把文字这把钥匙，勉强地塞在我手里。到了我七岁的时候，独游无伴的环境，迫着我带着这把钥匙，打开了书库的大门。

门内是多么使我眼花缭乱的画面呵！我一跨进这个门槛，我就出不来了！

我的文字工具，并不锐利，而我所看到的书，又多半是很难攻破的。但即使我读到的对我是些不熟习的东西，而"熟能生巧"，一个字形的反复呈现，这个字的意义，也会让我猜到一半。

我记得我首先得到手的，是《三国演义》和《聊斋志异》，这里我只谈《聊斋志异》。

《聊斋志异》真是一本好书，每一段故事，多的几千字，少的只有几百字。其中的人物，是人、是鬼、是狐，都有自己独特的性格，每个"人"都从字上站起来了！看得我有时欢笑，有时流泪，母亲说我看书看得疯了。不幸的《聊斋志异》，有一次因为我在澡房里偷看，把洗澡水都凉透了，她气得把书抢过去，撕去了一角，从此后我就反复看着这残缺不完的故事，直到十几年后我自己买到一部新书时，才把故事的情节拼全了。

此后是无论是什么书，我得到就翻开看。即或不是一本书，而是一张纸，哪怕是一张极小的纸，只要上面有字，我就都要看看。我记得当我八岁或九岁的时候，我要求我的老师教给我作诗。他说作诗要先学对对子，我说我要试试看。他笑着给我写了三个字，是"鸡唱晓"，我几乎不假思索地就对上个"鸟鸣春"，他大为喜悦诧异，以为我自己已经看过韩愈的《送孟东野序》。其实"以鸟鸣春，以雷鸣夏，以虫鸣秋，以风鸣冬"这四句话，我是在一张香烟画的后面看到的！

再大一点，我又看了两部"传奇"，如《再生缘》《天雨花》等，都是女作家写的，七字一句的有韵的故事，中间也夹些说白，书中的主要角色，又都是很有才干的女孩子。如《再生缘》中的孟丽君，《天雨花》中的左仪贞。故事都很曲折，最后还是大团圆。以后我还看一些类似的书，如《凤双飞》，看过就没有印象了。

与此同时，我还看了许多商务印书馆出版的"说部丛书"，其中就有英国名作家迭更斯的《块肉余生述》，也就是《大卫·考伯菲尔》，我很喜欢这本书！译者林琴南老先生，也说他译书的时候，被原作的情文所感动，而"笑啼间作"。我记得当我反复地读这本书的时候，当可怜的大卫，从虐待他的店主出走，去投奔他的姨婆，旅途中饥寒交迫的时候，我一边流泪，一边掰我手里母亲给我当点心吃的小面包，一块一块地往嘴里塞，以证明并体会我自己是幸福的！有时被母亲看见了，就说，"你这孩子真奇怪，有书看，有东西吃，你还哭！"事情过去几十年了，这一段奇怪的心理，我从来没有对人说过！

我的另一个名字

我的另一个名字，是和我该爱而不能爱的人有关，这个人就是我的姑母。

我从来没有见过我的姑母，只从父亲口里听到关于她的一切。她是父亲的姐姐，父亲四岁丧母，一切全由姐姐照料。我记得父亲说过姑母出嫁的那一天，父亲在地上打着滚哭，看来她似乎比我的父亲大得多。

姑母嫁给冯家，我在一九一一年回福州去的时候，曾跟我的父亲到三官堂冯家去看我的姑夫。姑姑生了三男二女，我的二表姐，乳名叫"阿三"的，长得非常的美。坐在镜前梳头，发长委地，一张笑脸红扑扑地！父亲替她做媒，同一位姓陈的海军青年军官——也是父亲的学生——结了婚，她回娘家的时候，就来看我们。我们一大家的孩子都围着她看，舍不得走开。

冯家也是一个大家庭，我记得他们堂兄弟姐妹很多，个个都会吹弹歌唱，墙上挂的都是些箫，笙，月琴，琵琶之类。父亲常说他们家可以成立一个民乐团！

我生下来多病。姑母很爱我的父母，因此也极爱我。据说她出了许多求神许愿的主意，比如说让我拜在吕洞宾名下，作为寄女，并在他神座前替我抽了一个名字，叫"珠瑛"，我们还买了一条牛，在吕祖庙放生——其实也就是为道士耕田！每年在我生日那一天，还请道士到家来念经，叫做"过关"。这"关"一直要过到我十六岁，都是在我老家福州过的，我只有在回福州那个时期才得"恭逢其盛"！一个或两个道士一早就来，在厅堂用八仙桌搭起祭坛，围上红缎"桌裙"，点蜡，烧香，念经，上供，一直闹到下午。然后立起一面纸糊的城门似的"关"，让我拉着我们这一大家的孩子，从"关门"里走过，道士口里就唱着"××关过啦""××关过啦"，我们哄笑着穿走了好几次，然后把这纸门烧了，道士也就领了酒饭钱，收拾起道具，回去了。

吕祖庙在福州城内乌石山上——福州是山的城市，城内有三座山，乌石山，越王山（屏山），于山。一九三六年冬我到欧洲七山之城的罗马的时候，就想到福州！

吕祖庙是什么样子，我已忘得干干净净，但是乌石山上有两大块很光滑的大石头，突兀地倚立在山上，十分奇特。福州人管这两块大石头叫"桃瓣李片"，说出来就是一片桃子和一片李子倚立在一起，这两块石头给我的印象很深。

和我的这个名字（珠瑛）有联系的东西，我想起了许多，都是些迷信的事，像把我寄在吕祖名下和"过关"等等，我的父亲和母亲都不相信的，只因不忍过拂我姑母的意见，反正这一切都在老家进行，并不麻烦他们自己，也就算了，"珠瑛"这个名字，我从来没有用过，家里人也从不这样称呼我。

在我开始写短篇小说的时候，一时兴起，曾想以此为笔名，后来终竟因为不喜欢这迷信的联想，又觉得"珠瑛"这两字太女孩子气了，就没有用它。

这名字给了我八十年了，我若是不想起，提起，时至今日就没有人知道了。

父亲的"野"孩子

当我连蹦带跳地从屋外跑进来的时候，母亲总是笑骂着说，"看你的脸都晒'熟'了！一个女孩子这么'野'，大了怎么办？"跟在我后面的父亲就会笑着回答，"你的孩子，大了还会野吗？"这时，母亲脸上的笑，是无可奈何的笑，而父亲脸上的笑，却是得意的笑。

的确，我的"野"，是父亲一手"惯"出来的，一手训练出来的。因为我从小男装，连穿耳都没有穿过。记得我回福州的那一年，脱下男装后，我的伯母，叔母都说"四妹（我在大家庭姐妹中排行第四）该扎耳朵眼，戴耳环了。"父亲还是不同意，借口说"你们看她左耳唇后面，有一颗聪明痣。把这颗痣扎穿了，孩子就笨了。"我自己看不见我左耳唇后面的小黑痣，但是我至终没有扎上耳朵眼！

不但此也，连紧鞋父亲也不让穿，有时我穿的鞋稍为紧了一点，我就故意在父亲面前一瘸瘸地走，父亲就埋怨母亲说，"你又给她小鞋穿了！"母亲也气了，就把剪刀和纸裁的鞋样推到父亲面前说"你会做，就给她做，将来长出一对金刚脚，我也不管！"父亲真的拿起剪刀和纸就要铰个鞋样，母亲反而笑了，把剪刀夺了过去。

那时候，除了父亲上军营或军校的办公室以外，他一下班，我一放学，他就带我出去，骑马或是打枪。海军学校有两匹马，一匹是白的老马，一匹黄的小马，是轮流下山上市去取文件或书信的。我们总在黄昏，把这两匹马牵来，骑着在海边山上玩。父亲总让我骑那匹老实的白马，自己骑那匹调皮的小黄马，跟在后面。记得有一次，我们骑马穿过金钩寨，走在寨里的小街上时，忽然从一家门里蹒跚地走出一个刚会走路的小娃娃，他一直闯到白马的肚子底下，跟在后面的父亲，吓得赶忙跳下马来拖他。不料我座下的那匹白马却从从容容地横着走向一边，给孩子让出路来。当父亲把这孩子抱起交给他的惊惶追出的母亲时，大家都松了一口气，父亲还过来抱着白马的长脸，轻轻地拍了几下。

在我们离开烟台以前，白马死了。我们把它埋在东山脚下。我有时还在它墓上献些鲜花，反正我们花园里有的是花。从此我们再也不骑马了。

父亲还教我打枪，但我背的是一杆鸟枪。枪弹只有绿豆那么大。母亲不让我向动物瞄准，只许我打树叶或树上的红果，可我很少能打下一片绿叶或一颗红果来！

烟台是我们的！

夏天的黄昏，父亲下了班就带我到山下海边散步，他不换便服，只把白色制服上的黑地金线的肩章取了下来，这样，免得走在路上的学生们老远看见了就向他立正行礼。

我们最后就在沙滩上面海坐下，夕阳在我们背后慢慢地落下西山，红霞满天。对面好像海上的一抹浓云，那是芝罘岛。岛上的灯塔，已经一会儿一闪地发出强光。

有一天，父亲只管抱膝沉默地坐着，半天没有言语。我就挨过去用头顶着他的手臂，说，"爹，你说这小岛上的灯塔不是很好看么？烟台海边就是美，不是吗？"这些都是父亲平时常说的话，我想以此来引出他的谈锋。

父亲却摇头慨叹地说，"中国北方海岸好看的港湾多的是，何止一个烟台？你没有去过就是了。"

我瞪着眼等他说下去。

他用手拂弄着身旁的沙子，接着说，"比如威海卫，大连湾，青岛，都是很好很美的……"

我说，"爹，你哪时也带我去看一看。"父亲拣起一块卵石，狠狠地向海浪上扔去，一面说，"现在我不愿意去！你知道，那些港口现在都不是我们中国人的，威海卫是英国人的，大连是日本人的，青岛是德国人的，只有，只有烟台是我们的，我们中国人自己的一个不冻港！"

我从来没有看见父亲愤激到这个样子。他似乎把我当成一个大人，一个平等的对象，在这海天辽阔、四顾无人的地方，倾吐出他心里郁积的话。

他说，"为什么我们把海军学校建设在这海边偏僻的山窝里？我们是被挤到这里来的呵。这里僻静，海滩好，学生们可以练习游泳，划船，打靶等等。将来我们要夺回威海，大连，青岛，非有强大的海军不可。现在大家争的是海上霸权呵！"

从这里他又谈到他参加过的中日甲午海战：他是在威远战舰上的枪炮副。开战的那一天，站在他身旁的战友就被敌人的炮弹打穿了腹部，把肠子都打溅在烟囱上！炮火停歇以后，父亲把在烟囱上烤焦的肠子撕下来，放进这位战友的遗体的腔子里。

"这些事，都像今天的事情一样，永远挂在我的眼前，这仇不报是不行的！我们受着外来强敌的欺凌，死的人，赔的款，割的地还少吗？

"这以后，我在巡洋舰上的时候，还常常到外国去访问。英国，日本，法国，意大利……我觉得到哪里我都抬不起头来！你不到外国，不知道中国的可爱，离中国越远，就对她越亲。但是我们中国多么可怜呵，不振兴起来，就会被人家瓜分了去。可是我们现在难关多得很，上头腐败得……"

他忽然停住了，注视着我，仿佛要在他眼里把我缩小了似的。他站起身来，拉起我说，"不早了，我们回去吧！"

一般父亲带我出去，活动的时候多，像那天这么长的谈话，还是第一次！在这长长的谈话中，我记得最牢，印象最深的，就是"烟台是我们的"这一句。

许多年以后，除了威海卫之外，青岛，大连，我都去过。英国、日本、法国、意大利……的港口，我也到过，尤其在新中国成立后，我并没有觉得抬不起头来。做一个新中国的人民是光荣的！

但是，"烟台是我们的"，这"我们"二字，除了十亿我们的人民之外，还特别包括我和我的父亲！

一九八一年四月

（最初发表于《新文学史料》1981 年第 3 期）

樱花赞

　　樱花是日本的骄傲。到日本去的人，未到之前，首先要想起樱花；到了之后，首先要谈到樱花。你若是在夏秋之间到达的，日本朋友们会很惋惜地说："你错过了樱花季节了！"你若是冬天到达的，他们会挽留你说："多呆些日子，等看过樱花再走吧！"总而言之，樱花和"瑞雪灵峰"的富士山一样，成了日本的象征。

　　我看樱花，往少里说，也有几十次了。在东京的青山墓地看，上野公园看，千鸟渊看……；在京都看，奈良看……；雨里看，雾中看，月下看……日本到处都有樱花，有的是几百棵花树拥在一起，有的是一两棵花树在路旁水边悄然独立。春天在日本就是沉浸在弥漫的樱花气息里！

　　我的日本朋友告诉我，樱花一共有三百多种，最多的是山樱、吉野樱和八重樱。山樱和吉野樱不像桃花那样地白中透红，也不像梨花那样地白中透绿，它是莲灰色的。八重樱就丰满红润一些，近乎北京城里春天的海棠。此外还有浅黄色的郁金樱，花枝低垂的枝垂樱，"春分"时节最早开花的彼岸樱，花瓣多到三百余片的菊樱……掩映重迭、争妍斗艳。清代诗人黄遵宪的樱花歌中有：

……

墨江泼绿水微波

万花掩映江之沱

倾城看花奈花何

人人同唱樱花歌

......

花光照海影如潮

游侠聚作萃渊薮

......

十日之游举国狂

岁岁欢虞朝复暮

......

这首歌写尽了日本人春天看樱花的举国若狂的胜况。"十日之游"是短促的，连阴之后，春阳暴暖，樱花就漫山遍地的开了起来，一阵风雨，就又迅速地凋谢了，漫山遍地又是一片落英！日本的文人因此写出许多"人生短促"的凄凉感喟的诗歌，据说樱花的特点也在"早开早落"上面。

也许因为我是个中国人，对于樱花的联想，不是那么灰黯。虽然我在一九四七年的春天，在东京的青山墓地第一次看樱花的时候，墓地里尽是些阴郁的低头扫墓的人，间以喝多了酒引吭悲歌的醉客，当我穿过圆穹似的莲灰色的繁花覆盖的甬道的时候，也曾使我起了一阵低沉的感觉。

今年春天我到日本，正是樱花盛开的季节，我到处都看了樱花，在东京，大阪，京都，箱根，镰仓……但是四月十三日我在金泽萝香山上所看到的樱花，却是我所看过的最璀璨、最庄严的华光四射的樱花！

四月十二日，下着大雨，我们到离金泽市不远的内滩渔村去访问。路上偶然听说明天是金泽市出租汽车公司工人罢工的日子。金泽市有十二家出租汽车公司，有汽车二百五十辆，雇用着几百名的司机和工人。他们为了生活的压迫，要求增加工资，已经进行过五次罢工了，还没有达到目的，明天的罢工将是第六次。

那个下午，我们在大雨的海滩上和内滩农民的家里，听到了许多工农群众为反对美军侵占农田作打靶场，奋起斗争终于胜利的种种可泣可歌的事迹。晚上又参加了一个情况热烈的群众欢迎大会，大家都兴奋得睡不好觉，第二天早起，匆匆地整装出发，我根本就把今天汽车司机罢工的事情，忘在九霄云外了。

早晨八点四十分，我们从旅馆出来，十一辆汽车整整齐齐地摆在门口。我们分别上了车，徐徐地沿着山路，曲折而下。天气晴明，和煦的东风吹着，灿烂的阳光晃着我们的眼睛……

这时我才忽然想起，今天不是汽车司机们罢工的日子么？他们罢工的时间不是从早晨八时开始？为着送我们上车，不是耽误了他们的罢工时刻么？我连忙向前面和司机同坐的日本朋友询问究竟。日本朋友回过头来微微地笑说："为着要送中国作家代表团上车站，他们昨夜开个紧急会议，决定把罢工时间改为从早晨九点开始了！"我正激动着要说一两句道谢的话的时候，那位端详稳静、目光注视着前面的司机，稍稍地侧着头，谦和地说："促进日中人民的友谊，也是斗争的一部分呵！"

我的心猛然地跳了一下，像点着的焰火一样，从心灵深处喷出了感激的漫天灿烂的火花……

清晨的山路上，没别的车辆，只有我们这十一辆汽车，沙沙地飞驰。这时我忽然看到，山路的两旁，簇拥着雨后盛开的几百树几千树的樱花！这樱花，一堆堆，一层层，好像云海似地，在朝阳下绯红万顷，溢彩流光。当曲折的山路被这无边的花云遮盖了的时候，我们就像坐在十一只首尾相接的轻舟之中，凌驾着驰荡的东风，两舷溅起哗哗的花浪，迅捷地向着初升的太阳前进！

下了山，到了市中心，街上仍没有看到其他的行驶的车辆，只看到街旁许多的汽车行里，大门敞开着，门内排列着大小的汽车，门口插着大面的红旗，汽车工人们整齐地站在门边，微笑着目送我们这一行车辆走过。

到了车站，我们下了车，以满腔沸腾的热情紧紧地握着司机们的手，感谢他们对我们的帮助，并祝他们斗争的胜利。

热烈的惜别场面过去了，火车开了好久，窗前拂过的是连绵的雪山和奔流的春水，但是我的眼前仍旧辉映着这一片我所从未见过的奇丽的樱花！

我回过头来，问着同行的日本朋友："樱花不消说是美丽的，但是从日本人看来，到底樱花美在哪里？"他搔了搔头，笑着说："世界上没有不美的花朵……至于对某一种花的喜爱，却是由于各人心中的感触。日本文人从美而易落的樱花里，感到人生的短暂，武士们就联想到捐躯的壮烈。至于一般人民，他们喜欢樱花，就是因为它在凄厉的冬天之后，首先给人民带来了兴奋喜乐的春天的消息。在日本，樱花就是多！山上、水边、街旁、院里，到处都是。积雪还没有消融，冬服还没有去身，幽暗的房间里还是春寒料峭，只要远远地一丝东风吹来，天上露出了阳光，这樱花就漫山遍地的开起！不管是山樱也好，吉野樱也好，八重樱也好……向它旁边的日本三岛上的人民，报告了春天的振奋蓬勃的消息。"

这番话，给我讲明了两个道理。一个是：樱花开遍了蓬莱三岛，是日本人民自己的花，它永远给日本人民以春天的兴奋与鼓舞；一个是：看花人的心理活动，形成了对于某些花卉的特别喜爱。金泽的樱花，并不比别处的更加美丽。汽车司机的一句深切动人的、表达日本劳动人民对于中国人民的深厚友谊的话，使得我眼中的金泽的漫山遍地的樱花，幻成一片中日人民友谊的花的云海，让友谊的轻舟，激箭似地，向着灿烂的朝阳前进！

深夜回忆，暖意盈怀，欣然提笔作樱花赞。

一九六一年五月十八日夜

（最初发表于《人民文学》1961 年 6 月号，后收入《樱花赞》）

一只木屐

淡金色的夕阳，像这条轮船一样，懒洋洋地停在这一块长方形的海水上。两边码头上仓库的灰色大门，已经紧紧地关起了。一下午的嘈杂的人声，已经寂静了下来，只有乍起的晚风，在吹卷着码头上零乱的草绳和尘土。

我默默地倚伏在船栏上，周围是一片的空虚——沉重，时间一分一分地过去，苍茫的夜色，笼盖了下来。

猛抬头，我看见在离船不远的水面上，飘着一只木屐，它已被海水泡成黑褐色的了。它在摇动的波浪上，摇着、摇着，慢慢地往外移，仿佛要努力地摇到外面大海上去似的！

啊！我苦难中的朋友！你怎么知道我要悄悄地离开？你又怎么知道我心里丢不下那些把你穿在脚下的朋友？你从岸上跳进海中，万里迢迢地在船边护送着我？

过去几年的、在东京的苦闷不眠的夜晚——相伴我的只有瓦檐上的雨声，纸窗外的月色，更多的是空虚——沉重的、黑魆魆的长夜；而每一个不眠的夜晚，我都听到嘎达嘎达的木屐声音，一阵一阵的从我楼前走过。这声音，踏在石子路上，清空而又坚实；它不像我从前听过的、引人憎恨的、北京东单操场上日本军官的军靴声，也不像北京饭店的大厅上日本官员、绅士的皮鞋声。这是日本劳动人民的、风里雨里寸步不离的、清空而又坚实的木屐的声音……

我把双手交叉起，枕在脑后，随着一阵一阵的屐声，在想象中从穿着木屐的双脚，慢慢地向上看，我看到悲哀憔悴的穿着外褂、套着白罩衣的老人、老妇的脸；我看到痛苦愤怒的穿着工裤、披着蓑衣的工人、农民的脸；我看到忧郁彷徨的戴着四角帽、穿着短裙的青年、少女的脸……这些脸，都是我白天在街头巷尾不断看到的，这时都汇合了起来，从我楼前嘎达嘎达地走过。

"苦难中的朋友！在这黑魃魃的长夜，希望在哪里？你们这样嘎达嘎达地往哪里走呢？"在失眠的辗转反侧之中，我总是这样痛苦地想。

但是鲁迅的几句话，也常常闪光似地刺进我黑暗的心头，"我想：希望本无所谓有，也无所谓无的。这正如地上的路；其实地上本没有路，走的人多了，也便成了路。"

就这样，这清空而又坚实的木屐声音，一夜又一夜地从我的乱石嶙峋的思路上踏过；一声一声、一步一步地替我踏出了一条坚实平坦的大道，把我从黑夜送到黎明！

事情过去十多年了，但是我还常常想起那日那时日本横滨码头旁边水上的那只木屐。对于我，它象征着日本劳动人民，也使我回忆起那几年居留日本的一段生活，引起我许多复杂的情感。

从那日那时离开日本后，我又去过两次。这时候，日本人民不但是我的苦难中的朋友，也是我的斗争中的朋友了，我心中的苦乐和十几年前已大不相同。但是，当同去的人们，珍重地带回了些与富士山或樱花有关的纪念品的时候，我却收集一些小小的、引人眷恋的玩具木屐……

一九六二年六月八日，北京

（本篇最初发表于《上海文学》1962 年 7 月号，后收入《樱花赞》）

一只小鸟

——偶记前天在庭树下看见的一件事

有一只小鸟，它的巢搭在最高的枝子上，它的毛羽还未曾丰满，不能远飞；每日只在巢里啁啾着，和两只老鸟说着话儿，它们都觉得非常的快乐。

这一天早晨，它醒了。那两只老鸟都觅食去了。它探出头来一望，看见那灿烂的阳光，葱绿的树木，大地上一片的好景致；它的小脑子里忽然充满了新意，抖刷抖刷翎毛，飞到枝子上，放出那赞美"自然"的歌声来。它的声音里满含着清—轻—和—美，唱的时候，好像"自然"也含笑倾听一般。

树下有许多的小孩子，听见了那歌声，都抬起头来望着——

这小鸟天天出来歌唱，小孩子们也天天来听它，最后他们便想捉住它。

它又出来了！它正要发声，忽然嗤的一声，一个弹子从下面射来，它一翻身从树上跌下去。

斜刺里两只老鸟箭也似的飞来，接住了它，衔上巢去。它的血从树隙里一滴一滴的落到地上来。

从此那歌声便消歇了。

那些孩子想要仰望着它，听它的歌声，却不能了。

（本篇最初发表于北京《晨报》1920 年 8 月 28 日）

我的童年

我生下来七个月，也就是一九〇一年的五月，就离开我的故乡福州，到了上海。

那时我的父亲是"海圻"巡洋舰的副舰长，舰长是萨镇冰先生。巡洋舰"海"字号的共有四艘，就是"海圻""海筹""海琛""海容"，这几艘军舰我都跟着父亲上去过。听说还有一艘叫做"海天"的，因为舰长驾驶失误，触礁沉没了。

上海是个大港口，巡洋舰无论开到哪里，都要经过这里停泊几天，因此我们这一家便搬到上海来，住在上海的昌寿里。这昌寿里是在上海的哪一区，我就不知道了，但是母亲所讲的关于我很小时候的故事，例如我写在《寄小读者》通讯（十）里面的一些，就都是以昌寿里为背景的。我关于上海的记忆，只有两张相片作为根据，一张是父亲自己照的：年轻的母亲穿着沿着阔边的衣裤，坐在一张有床架和帐楣的床边上，脚下还摆着一个脚炉，我就站在她的身旁，头上是一顶青绒的帽子，身上是一件深色的棉袍。父亲很喜欢玩些新鲜的东西，例如照相，我记得他的那个照相机，就有现在卫生员背的药箱那么大！他还有许多冲洗相片的器具，至今我还保存有一个玻璃的漏斗，就是洗相片用的器具之一。另一张相片是在照相馆照的，我的祖父和老姨太坐在茶几的两边，茶几上摆着花盆、盖碗茶杯和水烟筒，祖父穿着夏天的衣衫，手里拿着扇子；老姨太穿着沿着阔边的上衣，下面是青纱裙子。我自己坐在他们中间茶几前面的一张小椅子上，头上梳着两个丫角，身上穿的是浅色衣裤，两手按在膝头，手腕和脚踝上都戴有银镯子，看样子不过有两三岁，至少是会走了吧。

在上海那两三年中，父亲隔几个月就可以回来一次。母亲谈到夏天夜里，父亲有时和她坐马车到黄浦滩上去兜风，她认为那是她在福州时所想望不到的。但是父亲回到家来，很少在白天出去探亲访友，因为舰长萨镇冰先生说不定什么时候就会派水手来叫他。萨镇冰先生是父亲在海军中最敬仰的上级，总是亲昵地称他为"萨统"。（"统"就是"统领"的意思，我想这也和现在人称的"朱总"、"彭总"、"贺总"差不多。）我对萨统的印象也极深。记得有一次，我拉着一个来召唤我父亲的水手，不让他走，他笑说："不行，不走要打屁股的！"我问："谁叫打？用什么打？"他说："军官叫打就打，用绳子打，打起来就是'一打'，'一打'就是十二下。"我说："绳子打不疼吧？"他用手指比划着说："喝！你试试看，我们船上用的绳索粗着呢，浸透了水，打起来比棒子还疼呢！"我着急地问："我父亲若不回去，萨统会打他吧？"他摇头笑说："不会的，当官的顶多也就记一个过。萨统很少打人，你父亲也不打人，打起来也只打'半打'，还叫用干索子。"我问："那就不疼了吧？"他说："那就好多了……"这时父亲已换好军装出来，他就笑着跟在后面走了。

大概就在这个时候，母亲生了一个妹妹，不几天就夭折了。头几天我还搬过一张凳子，爬上床上去亲她的小脸，后来床上就没有她了。我问妹妹哪里去了，祖父说妹妹逛大马路去了，但她始终就没有回来！

一九〇三——一九〇四年之间，父亲奉命到山东烟台去创办海军军官学校。我们搬到烟台，祖父和老姨太又回到福州去了。

我们到了烟台，先住在市内的海军采办厅，所长叶茂蕃先生让出一间北屋给我们住。南屋是一排三间的客厅，就成了父亲会客和办公的地方。我记得这客厅里有一副长联是：

此地有崇山峻岭茂林修竹
是能读三坟五典八索九丘

我提到这一副对联，因为这是我开始识字的一篇课文！父亲那时正忙于拟定筹建海军学校的方案，而我却时刻缠在他的身边，说这问那，他就停下笔指着那副墙上的对联说："你也学着认认字好不好？你看那对子上的山、竹、三、五、八、九这几个字不都很容易认吗？"于是我就也拿起一支笔，坐在父亲的身旁一边学认一边学写，就这样，我把对联上的二十二个字都会念会写了，虽然直到现在我还不知道这"三坟五典八索九丘"究竟是哪几本古书。

不久，我们又搬到烟台东山北坡上的一所海军医院去寄居。这时来帮我父亲做文书工作的，我的舅舅杨子敬先生，也把家从福州搬来了，我们两家就住在这所医院的三间正房里。

这所医院是在陡坡上坐南朝北盖的，正房比较阴冷，但是从廊上东望就看见了大海！从这一天起，大海就在我的思想感情上占了一个极其重要的位置。我常常心里想着它，嘴里谈着它，笔下写着它；尤其是三年前的十几年里，当我忧从中来，无可告语的时候，我一想到大海，我的心胸就开阔了起来，宁静了下去！一九二四年我在美国养病的时候，曾写信到国内请人写一副"集龚"的对联，是：

世事沧桑心事定
胸中海岳梦中飞

谢天谢地，因为这副很短小的对联，当时是卷起压在一只大书箱的箱底的，"四人帮"横行，我家被抄的时候，它竟没有和我其他珍藏的字画一起被抄走！

现在再回来说这所海军医院。它的东厢房是病房，西厢房是诊室，有一位姓李的老大夫，病人不多。门房里还住着一位修理枪支的师傅，大概是退伍军人吧！我常常去蹲在他的炭炉旁边，和他攀谈。西厢房的后面有个大院子，有许多花果树，还种着满地的花，还养着好几箱的蜜蜂，花放时热闹得很。我就因为常去摘花，被蜜蜂螫了好几次，每次都是那位老大夫给我上的药，他还告诫我：花是蜜蜂的粮食，好孩子是不抢别人的粮食的。

这时，认字读书已成了我的日课，母亲和舅舅都是我的老师，母亲教我认"字片"，舅舅教我的课本，是商务印书馆的国文教科书第一册，从"天地日月"学起。有了海和山作我的活动场地，我对于认字，就没有了兴趣，我在一九三二年写的《冰心全集》自序中，曾有过这一段，就是以海军医院为背景的：

……有一次母亲关我在屋里，叫我认字，我却挣扎着要出去。父亲便在外面，用马鞭子重重地敲着堂屋的桌子，吓唬我，可是从未打到我的头上的马鞭子，也从未把我爱跑的癖气吓唬回去……

不久，我们又翻过山坡，搬到东山东边的海军练营旁边新盖好的房子里。这座房子盖在山坡挖出来的一块平地上，是个四合院，住着筹备海军学校的职员们。这座练营里已住进了一批新招来的海军学生，但也住有一营的练勇（大概那时父亲也兼任练营的营长）。我常常跑到营门口去和站岗的练勇谈话。他们不像兵舰上的水兵那样穿白色军装。他们的军装是蓝布包头，身上穿的也是蓝色衣裤，胸前有白线绣的"海军练勇"字样。当我跟着父亲走到营门口，他们举枪立正之后，父亲进去了就挥手叫我回来。我等父亲走远了，却拉那位练勇蹲了下来，一面摸他的枪，一面问："你也打过海战吧？"他摇头说："没有。"我说："我父亲就打过，可是他打输了！"他站了起来，扛起枪，用手拍着枪托子，说："我知道，你父亲打仗的时候，我还没当兵呢。你等着，总有一天你的父亲还会带我们去打仗，我们一定要打个胜仗，你信不信？"这几句带着很浓厚山东口音的誓言，一直在我的耳边回响着！

回想起来，住在海军练营旁边的时候，是我在烟台八年之中，离海最近的一段。这房子北面的山坡上，有一座旗台，是和海上军舰通旗语的地方。旗台的西边有一条山坡路通到海边的炮台，炮台上装有三门大炮，炮台下面的地下室里还有几个鱼雷，说是"海天"舰沉后捞上来的。这里还驻有一支穿白衣军装的军乐队，我常常跟父亲去听他们演习，我非常尊敬而且羡慕那位乐队指挥！炮台的西边有一个小码头。父亲的舰长朋友们来接送他的小汽艇，就是停泊在这码头边上的。

写到这里，我觉得我渐渐地进入了角色！这营房、旗台、炮台、码头，和周围的海边山上，是我童年初期活动的舞台。

我在一九六二年九月十八日夜曾写过一篇叫做《海恋》的散文，里面有：

> ……我童年活动的舞台上，从不更换布景……在清晨我看见金盆似的朝日，从深黑色、浅灰色、鱼肚白色的云层里，忽然涌了上来，这时太空轰鸣，浓金泼满了海面，染透了诸天……在黄昏我看见银盘似的月亮颤巍巍地捧出了水平，海面变成一层层一道道的由浓黑而银灰渐渐地漾成光明闪烁的一片……这个舞台，绝顶静寂，无边辽阔，我既是演员，又是剧作者。我虽然单身独自，我却感到无限的欢畅与自由。

就在这个期间，一九〇六年，我的大弟谢为涵出世了。他比我小得多，在家塾里的表哥哥和堂哥哥们又比我大得多；他们和我玩不到一块儿，这就造成了我在山巅水涯独往独来的性格。这时我和父亲同在的时间特别多。白天我开始在家塾里附学，念一点书，学作一些短句子，放了学父亲也从营里回来，他就教我打枪、骑马、划船，夜里就指点我看星星。逢年过节，他也带我到烟台市上去，参加天后宫里海军军人的聚会演戏，或到玉皇顶去看梨花，到张裕酿酒公司的葡萄园里去吃葡萄，更多的时候，就是带我到进港的军舰上去看朋友。

一九〇八年，我的二弟谢为杰出世了，我们又搬到海军学校后面的新房子里来。

这所房子有东西两个院子，西院一排五间是我们和舅舅一家合住的。我们住的一边，父亲又在尽东头面海的一间屋子上添盖了一间楼房，上楼就望见大海。我在《海恋》中有过这么一段描写，就是在这楼上所望见的一切：

右边是一座屏障似的连绵不断的南山，左边是一带围抱过来的丘陵，土坡上是一层一层的麦地，前面是平坦无际的淡黄的沙滩。在沙滩与我之间，有一簇依山上下高低不齐的农舍，亲热地偎倚成一个小小的村落。在广阔的沙滩前面，就是那片大海！这大海横亘南北，布满东方的天边，天边有几笔淡墨画成的海岛，那就是芝罘岛，岛上有一座灯塔……

在这时期，我上学的时间长了，看书的时间也多了，主要的还是因为离海远些了，父亲也忙些了，我好些日子才到海滩上去一次，我记得这海滩上有一座小小的龙王庙，庙门上的对联是：

群生被泽
四海安澜

因为少到海滩上去，那间望海的楼房就成了我常去的地方。这房间算是客房，但是客人很少来住，父亲和母亲想要习静的时候就到那里去。我最喜欢在风雨之夜，倚栏凝望那灯塔上的一停一射的强光，它永远给我以无限的温暖快慰的感觉！

这时，我们家塾里来了一位女同学，也是我的第一个女伴，她是父亲同事李毓丞先生的女儿名叫李梅修的，她比我只大两岁，母亲说她比我稳静得多。她的书桌和我的摆在一起，我们十分要好。这时，我开始学会了"过家家"，我们轮流在自己"家"里"做饭"，互相邀请，吃些小糖小饼之类。一九一一年，我们在福州的时候，父亲得到李伯伯从上海的来信，说是李梅修病故了，我们都很难过，我还写了一篇"祭亡友李梅修文"寄到上海去。

我和李梅修谈话或做游戏的地方，就在楼房的廊上，一来可以免受表哥哥和堂哥哥们的干扰，二来可以赏玩海景和园景。从楼廊上往前看是大海，往下看就是东院那个客厅和书斋的五彩缤纷的大院子。父亲公余喜欢栽树种花，这院子里种有许多果树和各种的花。花畦是父亲自己画的种种几何形的图案，花径是从海滩上挑来的大卵石铺成的，我们清晨起来，常常在这里活动。我记得我的小舅舅杨子玉先生，他是我的外叔祖父杨颂岩老先生的儿子，那时正在唐山路矿学堂肄业，夏天就到我们这里来度假。他从烟台回校后，曾寄来一首长诗，头几句我忘了，后几句是：

……
……

忆昔夏日来芝罘
照眼繁花簇小楼
清晨微步惬情赏
向晚琼筵勤劝酬
欢娱苦短不逾月
别来倏忽惊残秋
花自凋零吾不见
共怜福分几生修

小舅舅是我们这一代最欢迎的人，他最会讲故事，讲得有声有色。他有时讲吊死鬼的故事来吓唬我们，但是他讲得更多的是民族意识很浓厚的故事，什么洪承畴卖国啦，林则徐烧鸦片啦等等，都讲得慷慨淋漓，我们听过了往往兴奋得睡不着觉！他还拉我的父亲和父亲的同事们组织赛诗会，就是：在开会时大家议定了题目，限了韵，各人分头做诗，传观后评定等次，也预备了一些奖品，如扇子、笺纸之类。赛诗会总是晚上在我们书斋里举行，我们都坐在一边旁听。现在我只记得父亲做的《咏蟋蟀》一首，还不完全：

> 庭前……正花黄
> 床下高吟际小阳
> 笑尔专寻同种斗
> 争来名誉亦何香

还有《咏茅屋》一首，也只记得两句：

> ……
> ……
> 久处不须忧瓦解
> 雨余还得草根香

我记住了这些句子，还是因为小舅舅和我父亲开玩笑，说他做诗也解脱不了军人的本色。父亲也笑说："诗言志嘛，我想到什么就写什么，当然用词赶不上你们那么文雅了。"但是我体会到小舅舅的确很喜欢父亲的"军人本色"，我的舅舅们和父亲以及父亲的同事们在赛诗会后，往往还谈到深夜。那时我们都睡觉去了，也不知道他们都谈些什么。

小舅舅每次来过暑假，都带来一些书，有些书是不让我们看的，越是不让看，我们就越想看，哥哥们就怂恿我去偷，偷来看时，原来都是"天讨"之类的"同盟会"的宣传册子。我们偷偷地看了之后，又偷偷地赶紧送回原处。

一九一〇年我的三弟谢为楫出世了。就在这后不久，海军学校发

生了风潮!

　　大概在这一年之前,那时的海军大臣载洵,到烟台海军学校视察过一次,回到北京,便从北京贵胄学堂派来了二十名满族学生,到海军学校学习。在一九一一年的春季运动会上,为着争夺一项锦标,一两年中蕴积的满汉学生之间的矛盾表面化了!这一场风潮闹得很凶,北京就派来了一个调查员郑汝成,来查办这个案件。他也是父亲的同学。他背地里告诉父亲,说是这几年来一直有人在北京告我父亲是"乱党",并举海校学生中有许多同盟会员——其中就有萨镇冰老先生的侄子(?)萨福锵……而且学校图书室订阅的,都是《民呼报》之类,替同盟会宣传的报纸为证等等,他劝我父亲立即辞职,免得落个"撤职查办"。父亲同意了,他的几位同事也和他一起递了辞呈。就在这一年的秋天,父亲恋恋不舍地告别了他所创办的海军学校,和来送他的朋友、同事和学生,我也告别了我的耳鬓厮磨的大海,离开烟台,回到我的故乡福州去了!

　　这里,应该写上一段至今回忆起来仍使我心潮澎湃的插曲。振奋人心的辛亥革命在这年的十月十日发生了!我们在回到福州的中途,在上海虹口住了一个多月。我们每天都在抢着等着看报。报上以黎元洪将军(他也是父亲的同班同学,不过父亲学的是驾驶,他学的是管轮)署名从湖北武昌拍出的起义的电报(据说是饶汉祥先生的手笔),写得慷慨激昂,篇末都是以"黎元洪泣血叩"收尾。这时大家都纷纷捐款劳军,我记得我也把攒下的十块压岁钱,送到申报馆去捐献,收条的上款还写有"幼女谢婉莹君"字样。我把这张小小的收条,珍藏了好多年,现在,它当然也和如水的年光一同消逝了!

一九七九年七月四日清晨

　　(最初发表于《朝花儿童文学丛刊》第1期,人民文学出版社1980年1月出版)

灯　光

——为《东方少年》创刊而写

初冬黎明时的灯光，总给人一种温暖，一种慰藉，一种希望。因为从家家窗户射出来的光明，是这片大地上人们醒起的信号，是灿烂阳光的前奏！

我的卧室是朝南的。我的床紧挨着北墙，从枕上总能看见前面那一座五层楼的宿舍，黑暗中就像一堵大灰墙似的。

近来睡眠少了，往往在黎明四五点钟醒来，这时天空沉黑，万籁无声，而我的心潮却挟着百感，汹涌而来……长夜漫漫，我充分地体会到古人诗中所说的"秋宵不肯明"的无聊滋味。

这时对面那座楼上忽然有一扇窗户亮了！这一块长方形的橘红色的灯光，告诉我，我不是一个独醒的人！我忽然心里感到说不出的快乐。

白天，我在楼下散步的时候，在我们楼前奔走踢球的男孩子，和在我窗外的松树和梨树之间拴上绳子跳猴皮筋的女孩子，他们和我招呼时，常常往前面一指说："我们的家就在那座楼上，你看那不是我们的窗户！"

从这扇发光的窗户位置上看去，我认出了那是央金家的盥洗室。这个用功的小姑娘，一早就起来读书了。

渐渐地一扇又一扇的窗户，错错落落地都亮了起来。强强，阿卜都拉他们也都起来了，他们在一夜充分地休息之后，正在穿衣、漱洗，精神抖擞地准备每天清晨的长跑。

这时天空已从深灰色变成了浅灰色，前面的大楼已现了轮廓，灯光又一盏一盏地放心地灭了。天光中已出现了鱼肚白色，灿烂的朝阳，不久就要照到窗前的书案上了。

灯光已经完成了它的"阳光的先行者"的使命，我也开始了我的宁静愉悦的一天。

（最初发表于《东方少年》1982年第1期）

腊八粥

　　从我能记事的日子起，我就记得每年农历十二月初八，母亲就给我们煮腊八粥。

　　这腊八粥是用糯米、红糖和十八种干果掺在一起煮成的。干果里大的有红枣、桂圆、核桃、白果、杏仁、栗子、花生、葡萄干等，小的有各种豆子和芝麻之类，吃起来十分香甜可口。母亲每年都是煮一大锅，不但合家大小都吃到了，有多的还分送给邻居和亲友。

　　母亲说：这腊八粥本来是佛教寺煮来供佛的——十八种干果象征着十八罗汉，后来这风俗便在民间通行。因为借这机会，清理厨柜，把这些剩余杂果，煮给孩子吃，也是节约的好办法。最后，她叹一口气说："我的母亲是腊八这一天逝世的，那时我只有十四岁。我伏在她身上痛哭之后，赶忙到厨房去给父亲和哥哥做早饭，还看见灶上摆着一小锅她昨天煮好的腊八粥。现在我每年还煮这腊八粥，不是为了供佛，而是为了纪念我的母亲。"

　　我的母亲是一九三〇年一月七日逝世的，正巧那天也是农历腊八！那时我已有了自己的家，为了纪念我的母亲，我也每年在这一天煮腊八粥，虽然我凑不上十八种干果，但是孩子们也还是爱吃的。抗战后南北迁徙，有时还在国外，尤其是最近的十年，我们几乎连个"家"都没有，也就把"腊八"这个日子淡忘了。

　　今年"腊八"这一天早晨，我偶然看见我的第三代几个孩子，围在桌旁边，在洗红枣、剥花生，看见我来了，都抬起头来说："姥姥，以后我们每年还煮腊八粥吃吧！妈妈说这腊八粥可好吃啦。您从前是每年都煮的。"我笑了，心想这些孩子们真馋。我说："那是你妈妈们小时候的事情了，在抗战的时候，难得吃到一点甜食，吃腊八粥就成了大典。现在为什么还找这个麻烦？"

他们彼此对看了一下，低下头去，一个孩子轻轻地说："妈妈和姨妈说，您母亲为了纪念她的母亲，就每年煮腊八粥，您为了纪念您的母亲，也每年煮腊八粥。现在我们为了纪念我们敬爱的周总理，周爷爷，我们也要每年煮腊八粥！这些红枣、花生、栗子和我们能凑来的各种豆子，不是代表十八罗汉，而是象征着我们这一代准备走上各条战线的中国少年，大家紧紧地、融洽地、甜甜蜜蜜地团结在一起……"他一面从口袋里掏出一小张叠得很平整的小日历纸，在一九七六年一月八日的下面，印着"农历乙卯年十二月八日"字样。他把这张小纸送到我眼前说："您看，这是妈妈保留下来的，周爷爷的忌辰，就是腊八！"

我没有说什么，只泫然地低下头去，和他们一同剥起花生来。

一九七九年二月三日凌晨

（最初发表于《新港》1979 年 3 月号）

意外的收获

　　《瞭望》杂志（海外版）让记者张慧贤同志来，要我向海外同胞介绍去年北京市妇女联合会等四个单位，联合主办小学生作文比赛的情况，并带来几份小学生的作文。这个任务来得很突然，我刚从医院归来，身心交瘁，很难执笔，但是看了几篇得奖的小学生作文以后，我感到还有些话可以向海外同胞报告一下。

　　这征文的缘起是这样的：去年上半年，由北京市妇联、北京市教育局、北京市家庭研究会和《北京晚报》，联合主办北京市小学生《我的妈妈》专题作文比赛，不久就收到应征的小学生作文十五万六千份。去年的下半年，又主办了《我的爸爸》征文比赛，在短短一个月内，又收到应征作文二十三万份！也就是说这三十八万六千篇短文，真实地反映了中国八十年代北京城乡的几十万个年轻的爸爸妈妈的形象和几十万个小学生的观察和判断。

　　这些征文都请了儿童教育家、儿童文学家和教师们来参加评定。奖品也分等次，有文具、玩具、糖果等，也不用去细说了。

　　从记者同志送来的几篇得奖的作文里，我感到有意外的收获。就是我国八十年代的小学生的观察是锐敏的，判断也很公正。他们对于日夕相处的爸爸妈妈，或家庭中其他成员的优点和缺点，都看得很清楚，描写得也很深刻细腻，比如方晨小同学写的《我的爸爸》，就拿他的爸爸鼓励他看电视上的动物世界节目，并且观察一切动物的习性和生长，跟他的姑妈只抓紧她的女儿要考上重点中学，不让她女儿看电视、去动物园等等做了比较。这里可以看出他不是一个读死书而不注意到四周动态和信息的孩子。

又比如唐敦皓小同学（他是一位乐师和一位名演员的儿子），本来因为来幼儿园接他的爸爸被同学称为爷爷而感到"很不是滋味"而"恼怒"。后来他知道了他的父母是为了忠于他们的专业，走遍了国内国外，去演唱弹奏，而耽误了婚期，以至于自己是在爸爸五十岁、妈妈四十岁时才出生。他终于为"这样的爸爸，感到骄傲和自豪"。

小学生荀涛对于他的爸爸是敬重的，说他"什么都好，每天早出晚归，工作兢兢业业"，"只是烟抽得太凶了。"他描写一位因专心工作而不能戒烟的人，描写得很细，也很幽默。他最后写"'吧嗒……嘘……吧嗒'这三部曲，几时才能在我家消失呢？"他对于爸爸的抽烟习惯是无可奈何了！

小学生威威，对于她的继母本来是有戒心的。后来经过了生活中的实践，她觉得她的新妈妈是和她的亲妈妈一样疼爱体贴她。她最后写"九泉之下的妈妈呀，您放心吧，您安息吧，因为我有了一位好妈妈。"

小学生张丽华，是一个农村的孩子。因为她妈妈去领劳动报酬时，本应该是两千五百元，而会计因为算错了，多给了她三百元，她回来算来算去，觉得不对，把多算的三百元又送了回去，那个会计惭愧地说"大嫂，我一时马虎……幸亏遇到了你这么一个好心人，国家财产才没有受损失！"张丽华看到周围的人向妈妈投来赞许敬佩的眼光时，她感到有无限的自豪！

不必再多介绍了，我想《瞭望》杂志会附载几篇小同学的作文以供海外同胞们的阅读欣赏。总之，从一些小学生所反映的他们父母的形象里，可以看出新中国从十一届三中全会以来，北京城乡出现的可喜变化和家庭生活的新气象，以及小学生们思想和写作的水平，我想海外同胞一定看了会高兴的。

一九八五年一月二十八日急就

（最初发表示《瞭望》1985年2月18日第7期）

梦

她回想起童年的生涯，真是如同一梦罢了！穿着黑色带金线的军服，佩着一柄短短的军刀，骑在很高大的白马上，在海岸边缓辔徐行的时候，心里只充满了壮美的快感，几曾想到现在的自己，是这般的静寂，只拿着一枝笔儿，写她幻想中的情绪呢？

她男装到了十岁，十岁以前，她父亲常常带她去参与那军人娱乐的宴会。朋友们一见都夸奖说，"好英武的一个小军人！今年几岁了？"父亲先一面答应着，临走时才微笑说，"他是我的儿子，但也是我的女儿。"

她会打走队的鼓，会吹召集的喇叭。知道毛瑟枪里的机关。也会将很大的炮弹，旋进炮腔里。五六年父亲身畔无意中的训练，真将她做成很矫健的小军人了。

别的方面呢？平常女孩子所喜好的事，她却一点都不爱。这也难怪她，她的四围并没有别的女伴，偶然看见山下经过的几个村里的小姑娘，穿着大红大绿的衣裳，裹着很小的脚。匆匆一面里，她无从知道她们平居的生活。而且她也不把这些印象，放在心上。一把刀，一匹马，便堪过尽一生了！女孩子的事，是何等的琐碎烦腻呵！当探海的电灯射在浩浩无边的大海上，发出一片一片的寒光，灯影下，旗影下，两排儿沉豪英毅的军官，在剑佩锵锵的声里，整齐严肃的一同举起杯来，祝中国万岁的时候，这光景，是怎样的使人涌出慷慨的快乐眼泪呢？

她这梦也应当到了醒觉的时候了！人生就是一梦么？

十岁回到故乡去，换上了女孩子的衣服，在姊妹群中，学到了女儿情性：五色的丝线，是能做成好看的活计的；香的，美丽的花，是要插在头上的；镜子是妆束完时要照一照的；在众人中间坐着，是要说些很细腻很温柔的话的；眼泪是时常要落下来的。女孩子是总有点脾气，带点娇贵的样子的。

这也是很新颖，很能造就她的环境——但她父亲送给她的一把佩刀，还长日挂在窗前。拔出鞘来，寒光射眼，她每每呆住了。白马呵，海岸呵，荷枪的军人呵……模糊中有无穷的怅惘。姊妹们在窗外唤她，她也不出去了。站了半天，只掉下几点无聊的眼泪。

她后悔么？也许是，但有谁知道呢！军人的生活，是怎样的造就了她的性情呵！黄昏时营幕里吹出来的笳声，不更是抑扬凄婉么？世界上软款温柔的境地，难道只有女孩儿可以占有么？海上的月夜，星夜，眺台独立倚枪翘首的时候：沉沉的天幕下，人静了，海也浓睡了，——"海天以外的家！"这时的情怀，是诗人的还是军人的呢？是两缕悲壮的丝交纠之点呵！

除了几点无聊的英雄泪，还有甚么？她安于自己的境地了！生命如果是圈儿般的循环，或者便从"将来"，又走向"过去"的道上去，但这也是无聊呵！

十年深刻的印象，遗留于她现在的生活中的，只是矫强的性质了——她依旧是喜欢看那整齐的步伐，听那悲壮的军笳。但与其说她是喜欢看，喜欢听，不如说她是怕看，怕听罢。

横刀跃马，和执笔沉思的她，原都是一个人，然而时代将这些事隔开了……

童年！只是一个深刻的梦么？

一九二一年十月一日

（最初发表于《燕大周刊》1923 年 3 月 10 日第 3 期，后收入《往事》，开明书店，1930 年 1 月初版）

一寸法师

在日本旅行的时候，常常会听到一些民间故事。在游览的大汽车里，总有一位女向导员，她指点着窗外的风景，告诉你这是什么山，什么水，什么桥，什么村，同时也给你讲些和这山、水、桥、村有关的故事，并唱些和这故事有关的民歌。

但是这一段特别有趣、特别动人的关于一寸法师的故事，却是我自己在琵琶湖边、石山寺的大黑天神殿里发现的！在神殿的阶下小摊上，摆着许多小小的纪念品，其中一种是只有一寸长的小木槌，把槌柄拔出，可以从槌身里面倒出米粒大小、纸片般薄的两个小金像来。这两个小金像，一个是僧家打扮，手里拿着一把槌子，一个是裙帔飘扬的宫妆美人。问起来知道是一寸法师的故事。因为这小木槌太小巧可爱了，我就买了一个，在下山的路上，便请同行的日本朋友，给我讲一寸法师的故事。

他笑说：这故事和其他的民间故事一样，有好几种说法。我所听到的是：一寸法师是古代日本津国难波地方农民家的孩子，他的父母到了四十岁还没有儿女，就到神庙里去祈求，回来母亲就怀了孕，等到孩子生下来，身长却只有一寸。但是他的父母仍是珍宝般地把他养活起来，因为孩子是在神前求来的，就给他起名叫一寸法师。一寸法师长到了十二三岁，身材仍不见长，父母就忧虑起来了。一寸法师是个很孝顺又有志气的孩子，就毅然地对父母说："让我自己出去闯一个天下吧，天地之大，还怕没有我生存的地方？"于是他从流着眼泪的父母手里接过一只船形的酒杯，一双筷子，一把套在麦秆鞘里的小针刀，就向他们道别了。

一寸法师把那柄针刀挂在腰间，登上酒杯船，拿两只筷子作了桨，一直往京都划去。他到了京都的清水寺前，一直上门来求见方丈。方丈出来接见的时候，看见他从看门人的木屐底下走了出来，大大地吃了一惊！但是看他身材虽小，却是气宇轩昂，谈吐不凡，方丈十分喜爱，把他留下，让他在大殿里做些杂务。

有一天，有一位公主来到寺里烧香，引动了一个妖魔，想把公主抢走。妖魔来的时候，飞沙走石，天昏地暗，公主的侍从人员和庙中僧众都吓得四散奔逃。正当妖魔向公主伸出巨爪的时候，一寸法师从殿角钻出来了！他奋不顾身地拔出针刀向着妖魔刺去。妖魔看见一寸法师是那么渺小，他呵呵大笑着把一寸法师一把抓起吞在肚里。一寸法师沉着地滚到他心脏深处，举起针刀，向妖魔的五脏六腑乱刺起来。痛得那妖魔狂嗥着把一寸法师呕了出来，拚命奔逃，把手里的木槌也忘下了。公主惊魂初定，伸手去拾起木槌的时候，发现她的救命恩人——一寸法师雄赳赳气昂昂地站在那里。公主是多么感激而且喜爱这个一寸长的少年呵！她俯下身去含羞而恳挚地说，"你从妖魔手里救了我，我就是你的人了，让我们成为夫妇吧！"一寸法师羞得满面通红，说，"公主，我救你也不是因为我要跟你结婚……而且，我长得这么细小，怎能作你的丈夫，你还是回宫去吧。"说着回身便走，公主伸手去挽留他时，手里的木槌掉在地下，在这魔槌的声响之中，一寸法师的身材便长了好几寸。公主惊喜地把魔槌连敲了几下，一寸法师便长得和平常人一样高了。这故事的结局，不消说，是一寸法师和公主结了婚，快快乐乐地过日子。

有一位朋友说：这段故事既是有趣又很动人。一寸长的小人儿，是儿童们所喜爱的形象，而且这小人儿又是这样奋不顾身地敢以一寸之躯来同妖魔斗争，这种舍己为人的高尚品质，也会引起儿童的尊敬。若把它用文学的手笔好好加工起来，一定会成为一段很好的童话。

在我一面听着这故事一面走下山去的时候，我心里所想的却不是写童话，而是回忆我在行前所看到的一本书：《不怕鬼的故事》。那本书里的故事都是反映我国古代人民的大无畏的精神的。我觉得一寸法师的故事，也反映了日本古代人民的大无畏的精神！从故事里的力量对比来看，一寸法师只有普通人千百分之一的大小，而妖魔比飘忽阴森的鬼魂却更是神通广大。一寸法师在间不容发之顷，挺身而出，却又能利用自己身材细小的优点，机智地钻到妖魔的心里，用针刀去刺他的脏腑，终于击败了强敌，得到了木槌，也得到幸福。我相信日本人民是可以从这故事里得到加强反美爱国斗争的信心的作用的。

回到东京去，我们住进一家很幽雅的日本式旅馆——福田家。当我走进我的屋子的时候，抬头，便看见在"床之间"里挂的一幅画，这画是一张条幅，上面是个"福"字，下面就是和我从石山寺买回来的一样形状的木槌！"床之间"本是一种神龛，它的地位等于我们旧家庭里中堂上摆的供桌，日本人总在"床之间"里虔诚地挂起一幅好画，前面再摆上一瓶鲜花。这幅画把"福"字和木槌画在一起，而且供奉在"床之间"里面，足见日本人民是相信只有战胜妖魔才能得到幸福的。我一面放下行囊，脱下大衣，一面喜悦地微笑了起来。

（最初发表于《民间文学》1961 年 6 月号，后收入《樱花赞》）

骰 子

　　李老太太躺在床上，伸出她枯瘦的手，对着站在床前的媳妇说道，"聪如！你看我病的不过半个月，指甲上一点血色都没有了。"聪如正端着药碗，一手撩着帐子，听了老太太的话，连忙笑着说，"不过今天的天气冷一些，你老人家的老病发的又厉害一点就是了，我看今天似乎好多了。"老太太摇头道，"也不见得怎样瘥减，夜里还是不住的咳嗽，且看这一服药吃下去再说。"一面挣扎着坐起来，就聪如手里吃了药。聪如又扶着她慢慢的躺下，自己放下了药碗，便坐在床沿，轻轻的拍着。一会儿老太太似乎蒙胧睡去，聪如便悄悄的站起来，开了一线的窗户，放进空气来，又回来坐在床前。

　　这时候从门外走进一个小女孩子，口里叫道："妈妈！祖母今天……"聪如连忙对她摆手，她便轻轻的走近前来问道："祖母今天好一点了么？"聪如一面抚着她的头，一面也悄悄的说："也不见得怎样。"她又问说："爹爹回来了么？"聪如说："还没有回来呢，你先出去玩罢，回头把祖母搅醒了。"她蹑足走到床前揭开帐子，望了一望才走了出去。

　　刚出了屋门，恰好她父亲则荪陪着大夫，一同走了进来。看见她便问道："雯儿！祖母醒着么？"雯儿正要答应，这时听见老太太在屋里咳嗽，聪如便唤道："母亲醒了，请进来罢。"他们便一同进去，这位冯大夫手里拿着旱烟袋，向着聪如略一点头，便坐在床前桌边。吃过了茶，就替老太太诊脉。雯儿也站在旁边，看见冯大夫指甲很长，手上也不洁净，暗想他做大夫的人为何还不懂得卫生。一会儿冯大夫诊完了脉，略问了几句病情，拿起笔来，龙蛇飞舞的开了药方，便告辞回去。则荪送到门口回来，又进到里屋，只见帐子放着，聪如皱眉对则荪说："母亲今天仍不见好，我看冯大夫的药，不很见效，还是换个大夫来看看罢。"则荪点一点头。雯儿道："冯大夫手上脸上都很污秽，自己都顾不过来，哪里会给人家治病。"则荪不禁笑了，一面对聪如说："我想明天请个西医来看看，只怕母亲不肯吃外国药。"聪如刚要说话，老太太在帐里又咳嗽起来。他们便一齐走到床前去。

　　过了两天，老太太的病仍然不见瘥减，似乎反沉重了。则荪和聪如都着急的了不得，便和老太太婉商，换一个西医来看看。老太太也不言语，过一会子才说："外国药我吃不惯，姑且试试看罢。"又说："昨儿晚上，我梦见你父亲来了，似乎和我说他如今在一个地方，也有房子，也有事做，要接我去住。我想我的病……"说到这里，又咳嗽起来。则荪半信半疑的看着他母亲的脸，心中不觉难过，便勉强笑道："这都是母亲病着精神不好，所以才做这无稽的梦。"老太太摇头道："我梦里如同是真的一样，你父亲穿的还是装殓时穿的那一身衣服。"这时众人都寂静了，雯儿站在一旁，心里默默的思想。老太太又说："观音庙的签是最灵验的，叫王妈去抽一条来看看罢。"聪如答应了，便出去告诉了王妈。

　　午饭以后，王妈果然换上了一件新竹布衫子，戴上红花，带着香烛，便要上庙去。雯儿跟到门口，悄悄的说道："王妈！你抽一个好的签回来罢。"王妈不禁笑道："那可是没有准……只凭着神佛的意思罢了，也许因着姑娘这一点孝心，就得一个大吉大利的签。"一面说着，便自己去了。

　　一会儿王妈回来了，走到老太太屋里。聪如坐在药炉边看着火，雯儿也在一旁站着，回头看见王妈来了，便走过来问道："王妈！这签怎么样？"王妈也不言语，便将签纸递给聪如。聪如接过来念道："渊深鱼不得，鸟飞网难获；时势已如此，一笑又一哭。"念完了自己只管沉吟着。雯儿连忙问道："这签好不好？"这时老太太揭开帐子问道：

"王妈回来了么?"聪如连忙应着走过来。老太太说:"签上说些什么,你念给我听听。"聪如只得念了,老太太来回的咀嚼"时势已如此,一笑又一哭"这两句话,脸上似乎带些暗淡,却也不说什么。

明天雯儿放午学回家,看见她父亲同着一位穿洋服的朋友,站在廊子上说着话。雯儿上前鞠了躬,正要进到屋里去,只听得这位先生说:"伯母的病是不妨事的,这药服下去一定见效,不过我看伯母的精神很郁结,莫非是有什么不如意的事?"这时雯儿便站住了。则荪便把老太太做的梦和抽签的事,说了一遍,医生微微的笑了,以后又皱眉说:"最好能把这症结去了,精神一畅爽,这病不难就好的——病人的心理和病状,是大有关系的啊!"他们又谈了几句,医生便走了。

到了晚上,老太太果然觉得轻快了许多。则荪和聪如都在屋里陪着。雯儿也坐在床上捶腿,老太太心里仍旧模模糊糊的,自己不很相信,想到"时势已如此,一笑又一哭"这两句诗,似乎今天的瘥减,不是好兆头。这时雯儿笑着说:"祖母今天好得多了,过两天便能起来看桃花了。"老太太听着又觉得喜欢,便道:"你怎么知道我会好了?昨天签上的话很不祥呢!"雯儿道:"签上的话哪有准的,那泥胎木偶……"说到这里,看见父亲母亲都望着她,她不好意思,便咽住了。老太太却没有听真,便道:"向来我的牌数是最灵的,可惜我现在不能多坐,不能算了。则荪,你把骰盆拿过来,我掷一掷,占占运命罢。"

这时则荪和聪如都没了主意,老太太病的增减,就在这孤注一掷了。骰子①是不听吩咐的,决不能凑巧就得"六子皆赤",万一——则荪游移不决的只管站着,要把别的话岔过去,无奈老太太一叠连声叫拿过骰盆来,则荪只得去拿了过来,放在床前桌上。聪如也只得将老太太扶起来坐着,雯儿在旁边也呆了,便悄悄的问道:"妈妈——

① 骰子,赌具,用象牙或兽骨做的,立体正方形,六面,分刻一二三四五六之数,其色皆黑,惟四为红。投掷以红星搏胜负,故又称色子。

掷出什么样的来，才是好的？"聪如看着老太太，随口应道："六个骰子都是红的就是好的。"这时老太太已经捧起骰盆来，默默的祷祝，雯儿忽然站在椅子上，将聪如头上的金钗拔了下来；又跳下椅子去，走到灯影以外的屋角里。

老太太祷祝完了，抓起骰子来，便要掷下去。则苏和聪如屏息旁观，都捏着一把汗。这时雯儿忽然皱着眉从屋角跑了过来，右手握着拳头，左手便从老太太手里接过骰子来，满面含笑的说："祖母！等我来掷罢，也许因着我这一点孝心，就得一个大吉大利。"老太太笑着便递给雯儿。则苏和聪如都看着她，心里十分的诧异，不知道她是什么意思，正要拦阻，只见她左手捻着骰子，一粒一粒的往右拳里塞，眼睛望上看着，却不是祷祝，六粒都塞完了，右拳略略的松动了一点，便笑着揎起袖子，看定骰盆，锵的一声掷了下去。

六个骰子不住的旋转，一会儿便都定住了。则苏忽然欢呼着说："母亲！六个都是红的！"聪如低头细看时，忽然显出极其惊愕的神色。便抬头看着雯儿说："雯儿！你……"连忙又咽住了，也便称贺起来。则苏也觉得了，看雯儿时，只见她背着手，笑吟吟的看着她祖母。老太太心花怒放，便端起骰盆老眼迷糊的看着，口里说道："到底是雯儿的孝心，老天也怜念的。"雯儿连忙用左手接过骰盆来，放在一边，笑说："这是祖母的洪福，我不过乱掷就是了。"

老太太的病一天一天的好了，一家的人都放下心来。这一天老太太穿衣起来，梳洗完了，出来看院子里的桃花。儿子媳妇都在旁边说笑，一会儿老太太觉得乏了，便进去歇息，则苏和聪如仍旧坐在廊子上。

聪如笑道："母亲的病，好的也真快，真是亏着那位大夫，起先我劝母亲吃西药的时候，我心中十分担惊，觉得也没什么把握，如今可是真好了。"则苏点头道："可是也亏了雯儿呢！"聪如连忙说："我也看出来了，真是难为她想……"

这时雯儿正夹着书包，从门外跳将进来，笑着唤道："爹爹！

妈妈！又说雯儿什么了？"聪如只笑着拉着她的手，雯儿一面笑，一面挣脱了说："妈妈不要握紧了，我的手掌还有一点疼呢！"

（本篇最初连载于北京《晨报》1920年4月6至7日。）

鱼 儿

十二年前的一个黄昏，我坐在海边的一块礁石上，手里拿着一根竹竿儿，绕着丝儿，挂着饵儿，直垂到水里去。微微的浪花，漾着钓丝，好像有鱼儿上钩似的，我不时的举起竿儿来看，几次都是空的！

太阳虽然平西了，海风却仍是很热的，谁愿意出来蒸着呵！都是我的奶娘说，夏天太睡多了，要睡出病来的。她替我找了一条竿子；敲好了钩子，便拉着我出来了。

礁石上倒也平稳，那边炮台围墙的影儿，正压着我们。我靠在奶娘的胸前，举着竿子。过了半天，这丝儿只是静静的垂着。我觉得有些不耐烦，便嗔道，"到底这鱼儿要吃什么？怎么这半天还不肯来！"奶娘笑道，"它在海里什么都吃，等着罢，一会儿它就来了！"

我实在有些倦了，便将竿子递给奶娘，两手叉着，抱着膝。一层一层的浪儿，慢慢的卷了来，好像要没过这礁石；退去的时候，又好像要连这礁石也带了去。我一声儿不响，我想着——我想我要是能随着这浪儿，直到了水的尽头，掀起天的边角来看一看，那么么好呵！那么一定是亮极了，月亮的家，不也在那么里么？不过掀起天来的时候，要把海水漏了过去，把月亮濯湿了。不要紧的！天下还有比海水还洁净的么？它是澈底清明的……

"是的，这会儿凉快的多了，我是陪着姑娘出来玩来了。"奶娘这句话，将我从幻想中唤醒了来；抬头看时，一个很高的兵丁，站在礁石的旁边，正和奶娘说着话儿呢。他右边的袖子，似乎是空的，从肩上直垂了下来。

他又走近了些，微笑着看着我说，"姑娘钓了几条鱼了！"我仔细看时，他的脸面很黑，头发斑白着，右臂已经没有了，那袖子真是空的。我觉得有点害怕，勉强笑着和他点一点头，便回过身去，靠在奶娘肩上，轻轻的问道，"他是谁？他的手臂怎……？"奶娘笑着拍我说，"不要紧的，他是我的乡亲。"他也笑着说，"怎么了，姑娘怕我么？"奶娘说，"不是，姑娘问你的手怎么了！"他低头看了一看袖子，说，"我的手么？我的手让大炮给轰去了！"我这时不禁抬头看看他，又回头看看那炮台上，隐隐约约露出的炮口。

我望着他说，"你的手是让这炮台上的大炮给轰去的么？"

他说，"不是，是那一年打仗的时候，受了伤的。"我想了一会儿，便说，"你们多会儿打仗来着？怎么我没有听见炮声。"他不觉笑了，指着海上，——就是我刚才所想的清洁光明的海上——说，"姑娘，那时还没有你呢！我们就在那边，一个月亮的晚上，打仗来着。"我说，"他们必是开炮打你们了。"他说，"是的，在这炮火连天的时候，我的手就没有了，掉在海里了。"这时他的面色，渐渐的泛白起来。

我呆呆的望着蔚蓝的海，——望了半天。

奶娘说，"那一次你们似乎死了不少的人，我记得，……"他说，"可不是么，我还是逃出命来的，我们同队几百人，船破了以后，都沉在海里了。只有我，和我的两个同伴，上了这炮台。现在因着这一点劳苦，饷银比他们多些，也没有什么吃力的事情做。"

我抚着自己的右臂说，"你那时觉得痛么？"他微笑说，"为什么不痛！"我说，"他们那边也一样的死伤么？"他说，"那是自然的，我们也开炮打他们了，他们也死了不少的人，也都沉在海里了。"我凝望着他说，"既是两边都受苦，你们为什么还要打仗？"他微微的叹息，过了一会说，"哪里是我们？……是我们两边的舰长下的命令，我们不能不打，不能不开炮呵！"

炮台上的喇叭，呜呜的吹起来。他回头望了一望，便和我们点一点首说，"他们练习炮术的时候到了，我也得去看着他们，再见罢！"

"他自己受了伤了，尝了痛苦了，还要听从那不知所谓的命令，去开炮，也教给后来的人，怎样开炮；要叫敌人受伤，叫敌人受痛苦，死了，沉在海里了！——那边呢，也是这样。他们彼此遵守着那不知所谓的命令，做这样的工作！——"

海水推着金赤朗耀的月儿，从天边上来。

"海水里满了人的血，它听凭飘在它上面的人类，彼此涌下血来，沾染了它自己。它仍旧没事人似的，带着血水，喷起雪白的浪花——

"月儿是受了这血水的洗礼，被这血水浸透了，他带着血红的光，停在天上，微笑着，看他们做这样的工作。

"清洁！光明！原来就是如此，……"

奶娘拊着我的肩说，"姑娘，晚了，我们也走罢。"

我慢慢的站了起来，从奶娘手里，接过竿子，提出水面来，——钩上忽然挂着金赤的一条鱼！

"'它在水里什么都吃'，它吃了那兵丁的手臂，它饮了从那兵丁伤处流下来的血，它在血水里养大了的！"我挑起竿子，摘下那鱼儿来，仍旧抛在水里。

奶娘却不理会，扶着我下了礁石，一手拉着竿子，一手拉着无精打采的我，走回家去。

月光之下，看见炮台上有些白衣的人，围着一架明亮夺目的东西，——原来是那些兵丁们，正练习开炮呢！

（最初发表于北京《晨报》1920 年 12 月 21 日，后收入《去国》）

空　巢

　　老梁左手叉在腰上，右手扶着书架，正佝偻着在看架上排列的书呢。我默默地望着他的肩部隆起的背影，慨叹地想：他老了，我们都老了，一晃就是三十多年啊！

　　他是我在大学时代的同屋同级生，他学的是历史，我学的是文学。我们很合得来，又都喜欢交朋友，因此我们这个屋子是这座宿舍楼中最热闹的一间。毕业后，我们又都得到了奖学金到美国去留学，虽然我在中部，他在西部，我们却是书信不断，假期里也总要跑到一起去。得了博士学位以后，我们又同时回国，不过他的成绩比我好——带回了一位在美国生长、很能干很漂亮的夫人美博。我是回国以后才和一个那时正当着中学教师的同学华平结了婚。我和老梁又同在一个大学里教课，住处又很近，两位夫人也很合得来，因此，我们两家同年生的儿女，就是两位夫人以自己的名字替彼此的孩子起的。我的女儿叫陈美，他的儿子就叫梁平。

　　解放前夕，有一位老教授，半夜里来把我们叫到一起，动员我们乘明天"抢救教授"的飞机离开这危险的故都。本来已是惊惶失措的美博，就怂恿老梁接受这个邀请，匆匆忙忙地连夜收拾了简单的行装，带着儿子走了。华平却很镇静地说，"怕什么？我们到底是中国人，共产党到底比国民党强，我死也要死在中国的土地上！"我们留了下来，从此，我们和老梁一家就分手了。

　　甬道那一边的厨房里，不时送来一阵炒菜的声音和扑鼻的香味，妻和女儿正在厨房里忙着呢。老梁抽出一本《白香山诗集》来，放在桌上，回头笑对我说："好香！在美国的我家里，就永远闻不到这种香味。"

他在对面的椅上坐下了。我看他不但背驼得厉害，眼泡也有点浮肿了。

我说："你难道就不做中国饭吃？"

他说："美博死后，我自己很少做饭，麻烦得很，一个人吃也没有意思。"

我说："那么，梁平和他媳妇就不回来了吗？"

他笑了笑："咳，他媳妇是美籍意大利人，不像咱们中国人那样，来了就炒菜做饭——这，你也知道——我还得做给他们吃呢！"

这时我的外孙女小文放学回来了，她跑了进来，看见屋里有客人，就轻轻地放下书包，很腼腆地走到我身边。我把她推到老梁跟前，让她叫"梁爷爷"，她用很低的声音叫了一声，就又要回到我这边来。老梁却把她拉了过去，从头到脚看了看，笑说："你长的真像你妈！我走的时候，你妈也就像你这么大。你爸爸呢？"小文说："我爸爸今晚上在机关里值班……"老梁仿佛没有听见，却站起来说，"我差点忘了，这里有一点点我送给你们的东西……"说着就打开他带来的一只鼓鼓的黑提包，掏出一罐浓缩咖啡，一条骆驼牌烟和一个手掌大的计算机。他一面把这些东西放在桌子上，一面对我说："这罐咖啡是送给你们一家的；这条烟是送给你的，还是你爱抽的老牌子；这个计算机是送给小美子的……"他把计算机递给了小文说，"我不知道有你，没给你带礼物来，下次再说吧。这计算机你也可以玩，可别带到数学班上去，听见没有？"小文高兴地说了声谢谢，拿着计算机就跑到厨房里去了。

女儿从厨房里出来，一面撩起围裙擦着手，一面笑说："谢谢您，梁伯伯，这计算机我正用得着。您又送给爸爸烟了？我们好容易才逼着他把烟戒掉了。他那几年在干校抽得厉害，下面屋里没火，他又常犯气管炎……"

妻在厨房里叫："小美子，你又跑了，看看饭锅里要不要加水！"

女儿笑说："来了，来了，"回头要走。

老梁吸了一口气，说，"提起干校来，你那几年日子不好过吧？六六年夏天，我不是回国来了吗？那天正在你们传达室里打听你的住处，正巧遇见你们一帮教授从'四清'回来，刚到校门口，就有一群带着红袖章的学生，围上前来，把你们拉下卡车来，戴上高帽，涂上黑脸，架着往广场上走，吓得我赶紧跑了。那一年回来，什么人我都没见着，就回到美国去，把你的情况对美博讲了，她难受得哭了一夜……"

这时，还站在门口的女儿，又笑着进来说，"梁伯伯，您不是很会做菜吗？快来给我们当个参谋吧。"老梁也笑着起来，跟在她后面走了。……

老梁看到我涂黑脸的那一天，只是十年浩劫的开始！从那以后就是抄家、搜书、住牛棚、写检查……

我慢慢地站了起来，下意识地拆开了桌上那条长方形的纸包，拿出一包骆驼烟来，抽出一根烟，找出一盒火柴，划了一下——我的眼前忽然冒出一阵火光，火焰下是一大堆烧着了的卡片……那是我二三十年来，读万卷书，行万里路，用了几十万个小时搜集起来的资料呵……

我点燃了烟，猛吸了几口，我又下意识地用手挥拂着眼前的浓烟，似乎要赶掉眼前的幻象。

小文忽然跑了进来，把我手里的烟夺了过去，在烟碟上按灭了，撅着嘴说，"你又偷偷抽烟了！妈妈和姥姥在厨房里都闻见烟味了，叫我来管你！"我笑着拧着她的嘴巴说，"这倒好，你们回来，倒多了几个管我的人了。"她啪地一下把我的手打下去，也笑着说，"本来嘛，妈妈说组织上把我们从西南调回来，就是要我们照顾你，不，就是要管你的！"

老梁进来了，问，"你们闹什么呢？来，小文，你给我念念这首诗。"说着他把翻开的《白香山诗集》递到小文手里。小文羞怯地看了我们一眼，一字一字地念下去：

> 梁上有双燕，翩翩雄与雌。
> 衔泥两椽间，一巢生四儿。

念到这里，她抬起头问老梁："这个'梁'字，就是您姓的那个'梁'吧？"

老梁拍着小文的肩膀，大声地夸奖说，"你真是了不起，认得这么多字，念得还真够味儿！"

我笑了，"人家都上小学三年级了，该认得好几千字了。"

这时小文已念到：

> 一旦羽翼成，引上庭树枝。
> 举翅不回顾，随风四散飞。
> 雌雄空中鸣，声尽呼不归。
> 却入空巢里，啁啾终夜悲。

老梁忽然两手抱着头，自己低声地念："却入空巢里，啁啾终夜悲……却入空巢里……"

小文把这首诗念完了，看见老梁还没有抬起头来，就悄悄地放下书，回头望我。我向她点了点头，她就悄悄地走了出去。

我大声喊道："老梁，你这一次来还要呆多久？"

他惊醒过来，坐直了，仿佛忘了刚才让小文读诗那一段事似的。他叹了一口长气说，"明天就走，我的情况不容我久呆呵。"

我没有说话，只望着他。

他低头看着自己互握的手，说，"说来话长了，可是还得从头说起！我们到美国的头十年，美博也出去工作了，我们攒钱买汽车、置房子和一切必需的家庭用具……这都是在美国成立一个家庭的必要条件，而最要紧的还是为梁平储蓄下读大学的费用……可是到了梁平读完了大学，找到了工作，又结了婚，我也到了退休年龄，而……而美博也逝世了。"

我像安慰他似地，说，"你退休了，正可以得闲著书了。"

他苦笑一声，"著书？我是非著书不可，退休金不多，我要交的所得税可不少！我把我们家楼上的几间空屋子租给几个大学生住，不包饭，我自己每顿只吃一点简单的饭。就是做一点饭，我的锅勺盘碗，也是隔几天才洗一次！幸亏有一个朝鲜的学生，研究明史的，常来问我些问题，他来了就替我做饭，并替我洗碗，这算他给我的报酬，但是他也和我一块吃饭，这又是我给他的报酬……"

我打断他，"你不是提到著书吗？"

他又凄然地笑了："对，为了生活下去，我必须弄点版税。你不知道现在美国出一本书多么困难，我又不会写小说，就是一本小说，能畅销，也极不容易，请名家写一篇书评比登天还难。我挑了一个新奇而又不容易'露馅'的题目，就是《中国的宦官制度》。这次回国就是为搜集材料而来的，没想到北京的许多图书馆还没有整理好，有的没有介绍信还进不去……我想明天到上海看看，我的北京侄子家里也不能久住，他们两口子带两个孩子只有一间半屋子，让出半间给我，当然给他们带来很大的不便，虽然他们坚持说住家里比住旅馆节省得多……好了，不说了，老陈，你们现在怎么样呢？"

我笑了一笑，又想伸手去拿烟，立刻自己控制住了，说："华平不错，她一直在中学教书，当然也有几年不大顺心的日子，现在好了，她也已经退休了，可是她还得常到学校里去。本来我从五七年以后，就不能教书了……调到图书馆里工作，也好，我搜集了不少的资料卡片。六六年以后，我的那些卡片，连同以前的，也都被烧掉了！这以后的情况，也和绝大多数的知识分子一样，但我还是活下来了，我始终没有失去信念！我总是远望着玫瑰色的天边！……我闲了二十年，如今，政策落实了，我也到了退休年龄，反倒忙起来了！我说我上不了大课，但学校里一定要我带研究生，还好，这几个研究生，都很扎实，很用功，只是外文根柢差一些，看不懂外文的参考书，本来嘛，他们整整耽误了十几年，他们中间年纪最轻的也有三十多岁……"

老梁用回忆的眼光看着我说，"我们像他们这样年龄，已经当上教授、系主任了。"

我说，"正是这话——他们正努力地把失去的光阴夺回来。我也是这样，恨不得把我知道的一切，都交给他们，好把'青黄'接了上去，可是这二十年来我自己也落后了，外国寄来的新书，有许多名词我都看不懂，更不用说外国的作家和流派了。明年春天，我还要跟一个代表团到美国去，我真不知道如何对付！同时，我还有写不完的赶任务的文章，看不完的报纸刊物，回不完的信件，整天忙得晕头转向！"

老梁猛地一下站了起来，说，"能忙就好，总比我整天一个人在'空巢'里呆着强……"

女儿端了一个摆满餐具的盘子进来，我也站了起来，同老梁把靠墙放的一张方桌抬到屋子的中间。女儿安放好杯箸，便和妻进进出出地摆好一桌热腾腾的菜。女儿安排老梁、我和她妈妈各据一方，她自己和小文并排坐在老梁的对面，又拿起茅台酒瓶来，笑着说，"三十年不见了，今晚妈妈陪梁伯伯喝一杯，爸爸喝多了不好，少来一点吧。"妻忙说，"梁伯伯是不会喝酒的，茅台酒又厉害，这瓶酒是我让他带回去当礼物送人的，大家都少来一点，意思意思吧！"老梁却一把把酒瓶夺了过去，满满地斟了一杯，一仰脖就干了，又满满地给自己斟了一杯，还替我和妻斟了半杯。他一边用手背抹了抹嘴唇，一面大声念：

十觞亦不醉，感子故意长。

明日隔山岳，世事两茫茫。

念完，他哈哈大笑了起来，一仰脖又把第二杯酒喝干了，这时他满脸通红，额上的汗都流到了耳边。妻连忙从他紧握的手里，夺过酒瓶来，说，"吃菜吧，空肚子喝多了酒要伤人的！"女儿连忙又把妻手里的酒瓶，放到窗台上。老梁颓然地坐了下去，拿起筷子，睁着浮肿的眼皮望着妻和女儿，说，"你们不但管老陈，还要管我！我是多少年没人管的了……可是我要是有人管，那有多好！"

这一顿饭一点不像好友久别后的聚餐，老梁是一语不发，好像要拿饭菜去堵回他心里的许多话，我们也更不敢说什么。小文惊奇地看看这个，看看那个，赶紧扒拉完一碗饭，就溜回她们屋子里去了。

妻和女儿撤下饭菜去，把果盘和果刀摆上的时候，老梁已完全清醒了，他接过小手巾来，擦了一下他的煞白的脸，正要说话，门外一连响了几声汽车的喇叭。老梁抬头望着窗外说，"对了，是我侄子替我叫的出租汽车，说是夜里坐公共汽车进城怕不方便……"女儿赶紧站了起来，说："梁伯伯，您别忙，我出去和司机说请他等一会儿，您吃完水果再走。"说着就跑了出去。

老梁三口两口地把妻给他削好的几片梨，都吃了下去，一面站了起来。提起皮包，伸手便到窗台上去取那瓶酒，妻按住他的手，笑说："这瓶不满了，等老陈明春到美国时再给你带一整瓶去。"他没有说什么，我帮他披上大衣，我们去到门口，正碰见女儿回来，老梁忽然问，"小文呢？"女儿说，"她大概睡了。"老梁说，"我去看看她。"

女儿把老梁带进她们的屋里，打开床侧的灯，在书架后面一张双人床旁边，一张小帆布床上，小文把被子裹得紧紧地，睡得正甜呢。老梁低下头去，轻轻地吻了她一下。妻笑说，"你还是那样地爱小孩。梁平有孩子吧？"

老梁冷冷地笑说："没有，他的媳妇儿嫌麻烦，不要，可她还养了两只波斯猫！"

女儿笑着打岔说："您看我们这屋里多挤！这本是爸爸和妈妈的书房，让我们给占了。"

老梁把灯关了，一面走出来，一面回头对我们说，"你们这个'巢'多'满'呵！"

司机从里面把后座的车门推开了。老梁拱着背上了车，却摇下车窗来，对女儿说："小美子，外面风冷得很，你快陪爸爸妈妈进去吧。"

车尾的红灯，一拐弯就不见了，女儿扶着我们的肩，推着我们往回走，我们都没有说话，眼前却仿佛看见老梁像一只衰老的燕，扇着无力的翅膀，慢慢地向着遥远的空巢飞去。

（最初发表于《北方文学》1980 年 3 月号，后收入《晚晴集》）

不应该早走的人

　　三月九日早晨，我给李季同志打电话，来讲话的却是丁宁同志。我说："我找李季说话。"她说："李季不在了。"我问："他在哪里？"她哽咽着不知回答些什么。我一下子全明白了——但也一下子全糊涂了！我的脑子里好像塞进了一团泥土。

　　只在几天以前，我还见过他，我们坐得很近，但没有说上几句话。那是《人民文学》编辑部的优秀短篇小说评奖委员会的一次讨论会，我有事来晚了，想在门边找个地方坐下，李季正在主持这个会，他笑着站起来招手说："佘太君来了，这边坐吧。"说着就把我拉坐在他的旁边。这个会继续开了下去，在几位同志讲过话之后，李季回头对我说："你有事早走，就先讲几句吧。"我把我的意见谈了几句，因为是提前退席，我悄悄地低着头走出来，也没有回望他一眼！

　　李季和我在一起的时候，总是很高兴，谈话也很幽默，这佘太君的外号，就是他给我起的。但是我们谈起公事来，他又是很诚恳，很严肃，我总觉得他真是像我们的一位同志说的，"是个金不换的干部。"但是"命运"究竟用了多少比万两黄金还贵重的珍宝把我们这个仅仅五十八岁的大有作为的生命换走了呢？！

　　十九日下午，我去参加了李季的追悼会，进入礼堂，抬头看见了他的满面含笑的遗像！记得他曾经对我说过："我从来不到朋友的追悼会！"是否怕自己太伤感太激动了呢？他没有说明。但是我从来也没有料到我会在一个追悼会上，看到高高挂在礼堂墙上的李季的遗容！

　　人到老年，对于生、老、病、死这个自然规律，看得平静多了，透彻多了，横竖是早晚的事。不过就年龄而言，就祖国和人民的需要而言，他的确走的太早了，他是一个不应该早走的人！

他匆匆地走了，他走前还安排了许多工作，我只有把他安排给我的一部分工作做好，以此来纪念他！

一九八〇年三月三十日清晨

（最初发表于《北京晚报》1980年4月2日）

一个兵丁

　　小玲天天上学，必要经过一个军营。他挟着书包儿，连跑带跳不住的走着，走过那营前广场的时候，便把脚步放迟了，看那些兵丁们早操。他们一排儿的站在朝阳之下，那雪亮的枪尖，深黄的军服，映着阳光，十分的鲜明齐整。小玲在旁边默默的看着，喜欢羡慕的了不得，心想："以后我大了，一定去当兵，我也穿着军服，还要掮着枪，那时我要细细的看枪里的机关，究竟是什么样子。"这个思想，天天在他脑中旋转。

　　这一天他按着往常的规矩，正在场前凝望的时候，忽然觉得有人附着他的肩头，回头一看，只见是看门的那个兵丁，站在他背后，微笑着看着他。小玲有些瑟缩，又不敢走开，兵丁笑问，"小学生，你叫什么？"小玲道，"我叫小玲。"兵丁又问道，"你几岁了？"小玲说，"八岁了。"兵丁忽然呆呆的两手拄着枪，口里自己说道，"我离家的时候，我们的胜儿不也是八岁么？"

　　小玲趁着他凝想的时候，慢慢的挪开，数步以外，便飞跑了。回头看时，那兵丁依旧呆立着，如同石像一般。

　　晚上放学，又经过营前，那兵丁正在营前坐着，看见他来了，便笑着招手叫他。小玲只得过去了，兵丁叫小玲坐在他的旁边。小玲看他那黧黑的面颜，深沉的目光，却现出极其温蔼的样子，渐渐的也不害怕了，便慢慢伸手去拿他的枪。兵丁笑着递给他。小玲十分的喜欢，低着头只顾玩弄，一会儿抬起头来。那兵丁依旧凝想着，同早晨一样。

　　以后他们便成了极好的朋友，兵丁又送给小玲一个名字，叫做"胜儿"，小玲也答应了。他早晚经过的时候必去玩枪，那兵丁也必是在营前等着。他们会见了却不多谈话，小玲自己玩着枪，兵丁也只坐在一旁看着他。

小玲终竟是个小孩子，过了些时，那笨重的枪也玩得腻了，经过营前的时候，也不去看望他的老朋友了。有时因为那兵丁只管追着他，他觉得厌烦，连看操也不敢看了，远望见那兵丁出来，便急忙走开。

可怜的兵丁！他从此不能有这个娇憨可爱的孩子，和他作伴了。但他有什么权力，叫他再来呢？因为这个假定的胜儿，究竟不是他的儿子。

但是他每日早晚依旧在那里等着，他藏在树后，恐怕惊走了小玲。他远远地看着小玲连跑带跳的来了，又嬉笑着走过了，方才慢慢的转出来，两手拄着枪，望着他的背影，临风洒了几点酸泪——

他几乎天天如此，不知不觉的有好几个月了。

这一天早晨，小玲依旧上学，刚开了街门，忽然门外有一件东西，向着他倒来。定睛一看，原来是一杆小木枪，枪柄上油着红漆，很是好看，上面贴着一条白纸，写着道，"胜儿收玩　爱你的老朋友——"

小玲拿定枪柄，来回的念了几遍，好容易明白了。忽然举着枪，追风似的，向着广场跑去。

这队兵已经开拔了，军营也空了——那时两手拄着枪，站在营前，含泪凝望的，不是那黧黑慈蔼的兵丁，却是娇憨可爱的小玲了。

（最初发表于北京《晨报》1920年6月10日，后收入《去国》）

最后的安息

　　惠姑在城里整整住了十二年，便是自从她有生以来，没有领略过野外的景色。这一年夏天，她父亲的别墅刚刚盖好，他们便搬到城外来消夏。惠姑喜欢得什么似的，有时她独自一人坐在门口的大树底下，静静的听着农夫唱着秧歌；野花上的蝴蝶，栩栩的飞过她的头上。万绿丛中的土屋，栉比鳞次的排列着。远远的又看见驴背上坐着绿衣红裳的妇女，在小路上慢慢的走。她觉得这些光景，十分的新鲜有趣，好象是另换了一个世界。

　　这一天的下午，她午梦初回，自己走下楼来，院子里静悄悄的，没有一点的声息。在廊子上徘徊了片晌，忽然想起她的自行车来，好些日子没有骑坐了，今天闲着没事，她想拿出来玩一玩，便进去将自行车扶到门外，骑了上去，顺着那条小路慢慢的走着。转过了坡，只见有一道小溪，夹岸都是桃柳树，风景极其幽雅，一面赏玩，不知不觉的走了好远。不想溪水尽处，地势欹斜了许多，她的车便滑了下去，不住的飞走。惠姑害了怕，急忙想挽转回来，已来不及了，只觉得两旁树木，飞也似的往两边退去，眼看着便要落在水里，吓得惠姑只管喊叫。忽然觉得好象有人在后面拉着，那车便望旁倒了，惠姑也跌在地下。起来看时，却是一个乡下女子，在后面攀着轮子。惠姑定了神，拂去身上的尘土，回头向她道谢，只见她也只有十三四岁光景，脸色很黑，衣服也极其褴褛，但是另有一种朴厚可爱的态度。她笑嘻嘻的说："姑娘！刚才差一点没有滑下去，掉在水里，可不是玩的！"惠姑也笑说："可不是么，只为我路径不熟，幸亏你在后面拉着，要不然，就滚下去了。"她看了惠姑一会儿说："姑娘想是在山后那座洋楼上住着罢？"惠姑笑说："你怎么知道？"她道："前些日子听见人说山后洋楼的主人搬来了。我看姑娘不是我们乡下的打扮，所以我想，……"惠姑点头笑道："是了，你叫什么名字？家里还有谁？"她说："我名叫翠儿，家里有我妈，还有两个弟弟三个妹妹。我自从四岁上我爹妈死去以后，就上这边来的。"惠姑说："你这个妈，是你的大妈还是婶娘？"翠儿摇头道："都不是。"惠姑迟疑了一会，忽然想她一定是一个童养媳了，便道："你妈待你好不好？"翠儿不言语，眼圈红了。抬头看了一看日影说："天不早了，我要走了，要是回去的晚，我妈又要……"说着便用力提着水桶要走，惠姑看那水桶很高，内里盛着满满的水，便说："你一个人哪里搬得动，等我来帮助你抬罢。"翠儿说："不用了，姑娘更搬不动，回头把衣服弄湿了，等我自己来罢。"一面又挣扎着提起水桶，一步一步的挪着，径自去了。

惠姑凝立在溪岸上，看着她的背影，心里想："看她那种委屈的样子，不知她妈是怎样的苦待她呢！可怜她也只比我略大两岁，难为她成天里作这些苦工。上天生人也有轻重厚薄呵！"这时只听得何妈在后面叫道："姑娘原来在这里，叫我好找！"惠姑回头笑了，便扶着自行车，慢慢的转回去。何妈接过自行车，便说："姑娘几时出来的，也不叫我跟着。刚才太太下楼，找不见姑娘，急得什么似的。以后千万不要独自出来，要是……"惠姑笑着说："得了，我偶然出来一次，就招出你两车的话来。"何妈也笑了，一边拉着惠姑的手，一同走回家去。道上惠姑就告诉何妈说她自己遇见翠儿的事情，只把自行车几乎失险的事瞒过了。何妈叹口气说："我也听见那村里的大嫂们说了，她婆婆真是厉害，待她极其不好。因为她过来不到两个月，公公就病死了，她婆婆成天里咒骂她，说她命硬，把公公克死了，就百般的凌虐她，挨冻挨饿，是免不了的事情。听说那孩子倒是温柔和气，很得人心的。"这时已经到家。她父亲母亲都倚在楼头栏杆上，看见惠姑回来了，虽是喜欢，也不免说了几句，惠姑只陪笑答应着，心里却不住的想到翠儿所处的景况，替她可怜。

第二天早晨，惠姑又到溪边去找翠儿，却没有遇见，自己站了一会儿。又想这个时候或者翠儿不得出来，要多等一等，又恐怕母亲惦着，只得闷闷的回来。

下午的时候，惠姑就下楼告诉何妈说："我出去一会儿，太太要找我的话，你说我在山前玩耍就是了。"何妈答应了，她便慢慢的走到山前，远远的就看见翠儿低着头在溪边洗衣服，惠姑过去唤声"翠儿！"她抬起头来，惠姑看见她眼睛红肿，脸上也有一缕一缕的爪痕，不禁吃了一惊，走近前来问道："翠儿！你怎么了？"翠儿勉强说："没有怎么！"说话却带着哽咽的声音，一面仍用力洗她的衣服。惠姑也便不问，拣一块干净的石头坐下，凝神望着她，过了一会说："翠儿！还有那些衣服，等我替你洗了罢，你歇一歇好不好？"这满含着慈怜温蔼的言语，忽然使翠儿心中受了大大的感动——

可怜翠儿生在世上十四年了，从来没有人用着怜悯的心肠，温柔的言语，来对待她。她脑中所充满的只有悲苦恐怖，躯壳上所感受的，也只有鞭笞冻饿。她也不明白世界上还有什么叫做爱，什么叫做快乐，只昏昏沉沉的度那凄苦黑暗的日子。要是偶然有人同她说了一句稍为和善的话，她都觉得很特别，却也不觉得喜欢，似乎不信世界上真有这样的好人。所以昨天惠姑虽然很恳挚的慰问她的疾苦，她也只拿这疑信参半的态度，自己走开了。

今天早晨，她一清早起来，忙着生火做饭。她的两个弟弟也不知道为什么拌起嘴来，在院子里对吵，她恐将她妈闹醒了，又是她的不是，连忙出来解劝。他们便都拿翠儿来出气，抓了她一脸的血痕，一边骂道："你也配出来劝我们，趁早躲在厨房里罢，仔细我妈起来了，又得挨一顿打！"翠儿看更不得开交，连忙又走进厨房去，他们还追了来。翠儿一面躲，一面哭着说："得了，你们不要闹，锅要干了！"他们掀开锅盖一看，喊道："妈妈！你看翠儿做饭，连锅都熬干了，她还躲在一边哭呢！"她妈便从那边屋里出来，蓬着头，掩着衣服，跑进厨房端起半锅的开水，望翠儿的脸上泼去，又骂道："你整天里哭什么，多会儿把我也哭死了，你就趁愿了！"这时翠儿脸上手上，都烫得起了大泡，刚哭着要说话，她弟弟们又用力推出她去。她妈气忿忿的自己做了饭，同自己儿女们吃了。翠儿只躲在院子里推磨，也不敢进去。午后她妈睡了，她才悄悄的把屋里的污秽衣服，捡了出来，坐在溪边去洗。手腕上的烫伤，一着了水，一阵一阵的麻木疼痛，她一面洗着衣服，只有哭泣。

　　惠姑来了，又叫了她一声，那时她还以为惠姑不过是来闲玩，又恐怕惠姑要拿她取笑，只淡淡的应了一声。不想惠姑却在一旁坐着不走，只拿着怜悯的目光看着她，又对她说要帮助她的话。她抬头看了片晌，忽然觉得如同有一线灵光，冲开了她心中的黑暗。这时她脑孔里充满了新意，只觉得感激和痛苦都怒潮似的，奔涌在一处，便哽咽着拿前襟掩着脸，渐渐的大哭起来，手里的湿衣服，也落在水里。惠姑走近她面前，拾起了湿衣，挨着她站着，一面将她焦黄蓬松的头发，向后掠了一掠，轻轻的摩抚着她。这时惠姑的眼里，也满了泪珠，只低头看着翠儿。一片慈祥的光气，笼盖在翠儿身上。她们两个的影儿，倒映在溪水里，虽然外面是贫，富，智，愚，差得天悬地隔，却从她们的天真里发出来的同情，和感恩的心，将她们的精神，连合在一处，造成了一个和爱神妙的世界。

　　从此以后，惠姑的活泼憨嬉的脑子里，却添了一种悲天悯人的思想。她觉得翠儿是一个最可爱最可怜的人。同时她又联想到世界上无数的苦人，便拿翠儿当作苦人的代表，去抚恤，安慰。她常常和翠儿谈到一切城里的事情，每天出去的时候，必是带些饼干糖果，或是自己玩过的东西，送给翠儿。但是翠儿总不敢带回家去，恐怕弟妹们要夺了去，也恐怕她妈知道惠姑这样好待她，以后不许她出来。因此玩完了，便由惠姑收起，明天再带出来，那糖饼当时也就吃了。她们每天有一点钟的工夫，在一块儿玩，现在翠儿也不拦阻惠姑来帮助她，有时她们一同洗着衣服，汲着水，一面谈话。惠姑觉得她在学堂里，和同学游玩的时候，也不能如此的亲切有味。翠儿的心中更渐渐的从黑暗趋到光明，她觉得世上不是只有悲苦恐怖，和鞭笞冻饿，虽然她妈依旧的打骂磨折她，她心中的苦乐，和从前却大不相同了。

快乐的夏天，将要过尽了，那天午后，惠姑站在楼窗前，看着窗外的大雨。对面山峰上，云气蒙蒙，草色越发的青绿了，楼前的树叶，被雨点打得不住的颤动。她忽然想起暑假要满了，学校又要开课了，又能会着先生和同学们了，心里很觉得喜欢。正在凝神的时候，她母亲从后面唤道："惠姑！你今天觉得闷了，是不是？"惠姑笑着回头走到她母亲跟前坐下，将头靠在母亲的膝上，何妈在一旁笑道："姑娘今天不能出去和翠儿玩，所以又闷闷的。"惠姑猛然想起来，如若回去，也须告诉翠儿一声。这时母亲笑道："到底翠儿是一个怎么可爱的孩子，你便和她这样的好！我看你两天以后，还肯不肯回去？"何妈说："太太不知道还有可笑的事。那一天我给姑娘送糖饼去了，她们两个都坐在溪边，又洗衣服，又汲水，说说笑笑的，十分有趣。我想姑娘在家里，哪里做过这样的粗活，偏和翠儿在一处，就喜欢做。"母亲笑道："也好，倒学了几样能耐。以后……"她父亲正坐在那边窗前看报，听到这里，便放下报纸说："惠姑这孩子是真有慈爱的心肠，她曾和我说过翠儿的苦况，也提到她要怎样的设法救助，所以我任凭她每天出去。我想乡下人没有受过教育，自然就会生出像翠儿她婆婆那种顽固残忍的妇人，也就有像翠儿那样可怜无告的女子。我想惠姑知道了这些苦痛，将来一定能以想法救助的。惠姑！你心里是这样想么？"这时惠姑一面听着，眼里却满了晶莹的眼泪，便站了起来，走到父亲面前，将膝上的报纸拿开了，挨着椅旁站着，默默的想了一会，便说："我回去了，不能常常出来的，翠儿岂不是更加吃苦？爹爹！我们将翠儿带回去，好不好？"她父亲笑了说："傻孩子！你想人家的童养媳，我们可以随随便便的带着走么？"惠姑说："可否买了她来？"何妈摇头说："哪有人家将童养媳卖出去的？她妈也一定不肯呵。"母亲说："横竖我们过年还来的，又不是以后就见不着了，也许她往后的光景，会好一点，你放心罢！"惠姑也不说什么，只靠在父亲臂上，过了一会，便道："妈妈！我们什么时候回去？"她母亲说："等到晴了天，我们就该走了。"惠姑笑说："我玩的日子多了，也想回去上学了。"何妈笑说："不要忙，有姑娘腻烦念书的日子在后头呢。"说得大家都笑了。

又过了两天，这雨才渐渐的小了，只有微尘似的雨点，不住的飞洒。惠姑便想出去看看翠儿。走到院子里，只觉得一阵一阵的轻寒，地上也滑得很，便又进去套上一件衣服，换了鞋，戴了草帽，又慢慢的走到溪边。溪水也涨了，不住的潺潺流着，往常她们坐的那几块石头，也被水没过去了，却不见翠儿！她站了一会，觉得太凉。刚要转身回去，翠儿却从那边提着水桶，走了过来，忽然看见惠姑，连忙放下水桶笑说："姑娘好几天没有出来了。"惠姑说："都是这雨给关住了，你这两天好么？"翠儿摇头说："也只是如此，哪里就好了！"说着话的时候，惠姑看见她头发上，都是水珠，便道："我们去树下躲一躲罢，省得淋着。"说着便一齐走到树底下。翠儿笑说："前两天姑娘教给我的那几个字，我都用树枝轻轻的画在墙上，念了几天，都认得了，姑娘再教给我新的罢。"惠姑笑说："好了，我再教给你罢。本来我自己认得的字，也不算多，你又学得快，恐怕过些日子，你便要赶上我了。"翠儿十分喜欢，说："不知道到什么时候，我才能够赶上呢，姑娘每天多教给我几个字，或者过一两年就可以……。"这时惠姑忽然皱眉说："我忘了告诉你了，我们——我们过两天要回到城里去了，哪里能够天天教？"翠儿听着不觉呆了，似乎她从来没有想到这些，便连忙问道："是真的么？姑娘不要哄我玩！"惠姑道："怎么不真，我母亲说了，晴了天我们就该走了。"翠儿说："姑娘的家不是在这里么？"惠姑道："我们在城里还有房子呢，到这儿来不过是歇夏，哪里住得长久，而且我也须回去上学的。"翠儿说："姑娘什么时候再来呢？"惠姑说："大概是等过年夏天再来。你好好的在家里等着，过年我们再一块儿玩罢。"这时翠儿也顾不得汲水了，站在那里怔了半天，惠姑也只静静的看着她。过了一会儿，她忽然说："姑娘去了，我更苦了，姑娘能设法带我走么？"惠姑没有想到她会说这话，一时回答不出，便勉强说："你家里还有人呢，我们怎能带你走？"翠儿这时不禁哭了，呜呜咽咽的说："我家里的人，不拿我当人看待，姑娘也晓得的，我活着一天，是一天的事，哪里还能等到过年，姑娘总要救我才好！"惠姑看她这样，心中十分难过，便劝她说："你不要伤心，横竖我还要来的，要说我带你去，这事一定不成，你不如……"

翠儿的妈，看翠儿出来汲水，半天还不见回来，心想翠儿又是躲懒去了，就自己跑出来找。走到溪边，看见翠儿背着脸，和一个白衣女郎一同站着。她轻轻的走过来，她们的谈话，都听得明白，登时大怒起来，就一直跑了过去。翠儿和惠姑都吓了一跳，惠姑还不认得她是谁，只见翠儿面如白纸，不住的向后退缩。那妇人揪住翠儿的衣领，一面打一面骂道："死丫头！你倒会背地里褒贬人，还怪我不拿你当人看待！"翠儿痛的只管哭叫，惠姑不觉又怕又急，便走来说："你住了手罢，她也并没有说……"妇人冷笑说："我们婆婆教管媳妇，用不着姑娘可怜，姑娘要把她带走，拐带人口可是有罪呵！"一面将翠儿拖了就走。可怜惠姑哪里受过这样的话，不禁双颊涨红，酸泪欲滴，两手紧紧的握着，看着翠儿走了。自己跑了回来，又觉得委屈，又替翠儿可怜，自己哭了半天，也不敢叫她父母知道，恐怕要说她和村妇拌嘴，失了体统。

第二天雨便停了，惠姑想起昨天的事，十分的替翠儿担心，也不敢去看。下午果然不见翠儿出来。自己只闷闷的在家里，看着仆人收拾物件。晚饭以后，坐了一会，便下楼去找何妈作伴睡觉，只见何妈和几个庄里的妇女，坐在门口说着话儿，猛听得有一个妇人说："翠儿这一回真是要死了，也不知道她妈为什么说她要跑，打得不成样子。昨夜我们还听见她哭，今天却没有声息，许是……"惠姑吃了一惊，连忙上前要问时，何妈回头看见惠姑来了，便对她们摆手，她们一时都不言语。这时惠姑的母亲在楼上唤着："何妈！姑娘的自行车呢？"何妈站了起来答应了，一面拉着惠姑说："我们上去罢，天不早了。"惠姑说："你先走罢，太太叫你呢，我再等一会儿。"何妈只得自己去了。惠姑赶紧问道："你们刚才说翠儿怎么了？"她们笑说："没有说翠儿怎么。"惠姑急着说："告诉我也不要紧的。"她们说："不过昨天她妈打了她几下，也没有什么大事情。"惠姑道："你们知道她的家在哪里？"她们说："就在山前土地庙隔壁，朝南的门，门口有几株大柳树。"这时何妈又出来，和她们略谈了几句，便带惠姑进去。

　　这一晚上，惠姑只觉得睡不稳，天色刚刚破晓，便悄悄的自己起来，轻轻走下楼来，开了院门，向着山前走去。草地上满了露珠，凉风吹袂，地平线边的朝霞，照耀得一片通红，太阳还没有上来，树头的雀鸟鸣个不住。走到土地庙旁边，果然有个朝南的门，往里一看，有两个女孩，在院子里玩，忽然看见惠姑，站在门口，便笑嘻嘻的走出来。惠姑问道："你们这里有一个翠儿么？"她们说："有，姑娘有什么事情？"惠姑道："我想看一看她。"她们听了便要叫妈。惠姑连忙摆手说："不用了，你们带我去看罢。"一面掏出一把铜元，给了她们，她们欢天喜地的接了，便带惠姑进去。惠姑低声问道："你妈呢？"她们说："我妈还睡着呢。"惠姑说："好了，你们不必叫醒她，我来一会就走的。"一面说着便到了一间极其破损污秽的小屋子，她们指着说："翠儿在里面呢。"惠姑说："你们去罢，谢谢你。"自己便推门走了进去，只觉得里面很黑暗，一阵一阵的臭味触鼻，也看不见翠儿在什么地方，便轻轻的唤一声，只听见房角里微弱的声音应着。惠姑走近前来，低下头仔细一看，只见翠儿蜷曲着卧在一个小土炕上，脸上泪痕模糊，脚边放着一堆烂棉花。惠姑心里一酸，便坐在炕边，轻轻的拍着她说："翠儿！我来了！"翠儿的眼睛，慢慢的睁开了，猛然看是惠姑，眉眼动了几动，只显出欲言无声欲哭无泪的样子。惠姑不禁滴下泪来，便拉着她的手，忍着泪坐着。翠儿也不言语，气息很微，似乎是睡着了。一会儿只听得她微微的说："姑娘……这些字我……我都认……"忽然又惊醒了说："姑娘！你听这溪水的声音……"惠姑只勉强微笑着点了点头，她也笑着合上眼，慢慢的将惠姑的手，拉到胸前。惠姑只觉得她的手愈握愈牢，似乎迸出冷汗。过了一会，她微微的转侧，口里似乎是唱着歌，却是听不清楚，以后便渺无声息。惠姑坐了好久，想她是睡着了，轻轻的站了起来，向她脸上一看，她憔悴鳞伤的面庞上，满了微笑，灿烂的朝阳，穿进黑暗的窗棂，正照在她的脸上，好像接她去到极乐世界，这便是可怜的翠儿，初次的安息，也就是她最后的安息！

（最初连载于北京《晨报》1920年3月11至13日，后收入《去国》）

三　儿

三儿背着一个大筐子，拿着一个带钩的树枝儿，歪着身子，低着头走着，眼睛却不住的东张西望。天色已经不早了，再拾些破纸烂布，把筐子装满了，便好回家。

走着便经过一片广场，一群人都在场边站着，看兵丁们打靶呢，三儿便也走上前去。只见兵丁们一排儿站着，军官也在一边；前面一个兵丁，单膝跪着，平举着枪，瞄准了铁牌，当的一声，那弹子中在牌上，便跳到场边来。三儿忽然想到这弹子拾了去，倒可以卖几个铜子，比破纸烂布值钱多了。便探着身子，慢慢的用钩子拨过弹子来，那兵丁看他一眼，也不言语。三儿就蹲下去拾了起来，揣在怀里。

他一连的拾了七八个，别人也不理会，也没有人禁止他，他心里很喜欢。

一会儿，又有几个孩子来了，看见三儿正拾着弹子，便也都走拢来。三儿回头看见了，恐怕别人抢了他的，连忙跑到牌边去。

忽然听得一声哀叫，三儿中了弹了，连人带筐子，打了一个回旋，便倒在地上。

那兵官吃了一惊，却立刻正了色，很镇定的走到他身旁。

众人也都围上前来，有人便喊着说，"三儿不好了！快告诉他家里去！"

不多时，他母亲一面哭着，便飞跑来了，从地上抱起三儿来。那兵官一脚踢开筐子，也低下头去。只见三儿面白如纸，从前襟的破孔里，不住的往外冒血。他母亲哭着说，"我们孩子不能活了！你们老爷们偿他的命罢！"兵官冷笑着，用刺刀指着场边立的一块木板说，"这牌上不是明明写着不让闲人上前么？你们孩子自己闯了祸，怎么叫我们偿命？谁叫他不认得字！"

正在不得开交，三儿忽然咬着牙，挣扎着站起来，将地上一堆的烂纸捧起，放在筐子里；又挣扎着背上筐子，拉着他母亲说，"妈妈我们家……家去！"他母亲却依旧哭着闹着，三儿便自己歪斜的走了，他母亲才连忙跟了来。

一进门，三儿放下筐子，身子也便坐在地下，眼睛闭着，两手揉着肚子，已经是出气多进气少了。这时门口站满了人，街坊们便都挤进来，有的说，"买块膏药贴上，也许就止了血。"有的说，"不如抬到洋人医院里去治，去年我们的叔叔……"

忽然众人分开了，走进一个兵丁来，手里拿着一小卷儿说，"这是二十块钱，是我们连长给你们孩子的！"这时三儿睁开了眼，伸出一只满了血的手，接过票子来，递给他母亲，说，"妈妈给你钱……"他母亲一面接了，不禁号啕痛哭起来。那兵丁连忙走出去，那时——三儿已经死了！

（最初发表于北京《晨报》1920 年 9 月 29 日，后收入《去国》）

寂 寞

小小在课室里考着国文。他心里有事，匆匆的缀完了几个句子，便去交卷。刚递了上去，先生抬头看着他，说："你自己再看一遍有错字没有，还没有放学呢，忙什么的！"他只得回到位上来，眼光注在卷上，却呆呆的出神。

好容易放学了，赵妈来接他。他一见就问："婶婶和妹妹来了么？"赵妈笑说："来了，快些家去罢，你那妹妹好极了。"他听着便自己向前跑了，赵妈在后面连连的唤他，他只当没听见。

到家便跑上台阶去，听母亲在屋里唤说："小小快来，见一见婶婶罢。"他掀开竹帘子进去，母亲和一个年轻的妇人一同坐着。他连忙上去鞠了躬，婶婶将他揽在怀里，没有说什么，眼泪却落了下来。母亲便说："让婶婶歇一歇，你先出去和妹妹玩罢，她在后院看鱼呢。"小小便又出来，绕过廊子，看见妹妹穿着一身淡青色的衣裳，一头的黑发散垂着，结着一条很宽的淡青缎带；和赵妈站在鱼缸边，说着话儿。

赵妈推她说："哥哥来了。"她回头一看，便拉着赵妈的手笑着。赵妈说："小小哥！你们一起玩罢，我还有事呢。"小小便过去，赵妈自己走了。

小小说："妹妹，看我这几条鱼好不好？都是后面溪里钓来的。"妹妹只看着他笑着。小小见她不答，也便伏在缸边，各自看鱼，再不说话。

饭桌上母亲，婶婶，和他兄妹两个人，很亲热的说着话儿，妹妹和他也渐渐的熟了。饭后母亲和婶婶在廊外乘凉，小小和妹妹却在屋里玩。小小搬出许多玩具来，灯下两个人玩着。小小的话最多，说说这个，说说那个，妹妹只笑着看着他。

母亲隔窗唤道："你们早些睡罢，明天……"小小忙应道："不要紧的，我考完了书了，明天便放假不上学去了。"妹妹却有了倦意，自己下了椅子，要睡觉去；小小只得也回到屋里，——床上他想明天一早和妹妹钓鱼去。

绝早他就起来，赵妈不让他去搅妹妹，他只得在院子里自己玩。一会儿才听得婶婶和母亲在屋里说话，又听得妹妹也起来了，便推门进去。妹妹正站在窗前，婶婶替她梳着头。看见小小进来，婶婶说："小小真是个好学生，起得这样早！"他笑着上前道了晨安。

早饭后两人便要出去。母亲嘱咐小小说："好生照应着妹妹，溪水深了，掉下去不是玩的，也小心不要弄湿了衣裳！"小小忙答应着，便和妹妹去了。

开了后门，一道清溪，横在面前；夹溪两行的垂柳，倒影在水里，非常的青翠。两个人先走着，拣着石子，最后便在水边拣一块大石头坐下，谈着话儿。

妹妹说："我们那里没有溪水，开了门只是大街道，许多的车马，走来走去的，晚上满街的电灯，比这里热闹多了，只不如这里凉快。"小小说："我最喜欢热闹；但我在这里好钓鱼，也有螃蟹。夏天看农夫们割麦子，都用大车拉着。夏天的晚上，母亲和我更常常坐在这里树下，听水流和蝉叫。"一面说着，小小便站起来，跳到水中一块大溪石上去。

那石块微微的动摇，妹妹说："小心！要掉下去了。"小小笑道："我不怕，我掉下好几次了。你看我腿上的疤痕。"说着便褪下袜子，指着小腿给妹妹看。妹妹摇头笑说："我怕，我最怕晃摇的东西。在学校里我打秋千都不敢打得太高。"小小说："那自然，你是个女孩子。"妹妹道："那也未必！我的同学都打得很高。她们都不怕。"小小笑道："所以你更是一个怯弱的女孩子了。"

妹妹笑了笑，无话可说。

　　小小四下里望着，忽然问道："昨天婶婶为什么落泪？"妹妹说："萱哥死了，你不知道么？若不是为母亲尽着难受，我们还不到这里来呢。"小小说："我母亲写信给叔叔，说要接婶婶和你来玩，我听见了——到底萱哥是为什么死的？"妹妹用柳枝轻轻的打着溪水，说："也不知道是什么病，头几天放学回来，还好好的，我们一块儿玩着。后来他晚上睡着便昏迷了，到医院里，不几天就死了。那天母亲从医院里回来，眼睛都红肿了，我才知道的。父亲去把他葬了，回来便把他的东西，都锁了起来，不叫母亲看见——有一天我因为找一本教科书，又翻出来了，母亲哭了，我也哭了半天……"妹妹说到这里，眼圈儿便红了。小小两手放在裤袋里，凝视着她，过了半天，说："不要紧的，我也是你的哥哥。"妹妹微笑说："但你不是我母亲生的，不是我的亲哥哥。"小小无可说，又道："横竖都是一样，你不要难过了！你看那边水上飞着好些蜻蜓，一会儿要下雨了，我捉几个给你玩。"

　　下午果然下雨，他们只在餐室里，找了好几条长线，两头都系上蜻蜓。放了手，蜻蜓便满屋里飞着，却因彼此牵来扯去的，只飞得不高。妹妹站在椅上，喜得拍手笑了。忽然有一个蜻蜓，飞到妹妹脸上，那端的一个便垂挂在袖子旁边，不住的鼓着翅儿，妹妹吓得只管喊叫。小小却只看着，不住的笑。妹妹急了，自己跳下椅子来。小小连忙上去，替她捉了下来；看妹妹似乎生气，便一面哄着她，一面开了门，扯断了线，把蜻蜓都放了。

　　一连下了几天的雨，不能出去，小小和妹妹只坐在廊下，看雨又说故事。小小将听过的故事都说完了，自己只得编了一段，想好了，便说："有一个老太太，有两个儿子，小的名叫猪八戒，大的名叫土行孙，……"妹妹笑道："不对了，猪八戒没有母亲，他的哥哥不叫什么土行孙，是孙行者；你当我没有听过《西游记》呢！"小小也笑道：

"我说的这是另一个猪八戒，不是《西游记》上的猪八戒。"妹妹摇头笑道："不用圆谎了，我知道你是胡编的。"小小无聊，便道："那么你说一个我听。"妹妹也想了一会儿，说："从前……从前有一个国王，他有一个女儿，叫雪花公主，长得非常好看……"小小道："以后有人来害她是不是？"妹妹看着他道："是的，你听见过，我就不说了。"小小忙道："没有听过，我猜着是那样，往下说罢！"妹妹又说："以后国王的王后死了，又娶了一个王后，名叫……那名字我忘记了……这新王后看雪花公主比自己好看，就生气了，将她送到空山里去，叫一个老太太拿有毒的苹果哄她吃……"小小连忙问："以后有人来救她没有？"妹妹笑道："你别忙，——后来也不知道怎样雪花公主也没有死。那国王知道新王后不好，便撵她出去。把雪花公主仍接了回来，大家很快乐的过日子。"妹妹停住了，小小还问："往后呢？，妹妹说："往后就是这样了，没有了。"

小小站了起来，伸一伸腰，说："我听故事，最怕听到快乐的时候，一快乐就完了。每次赵妈说故事，一说到做财主了，或是做官了，就是快完了，真没意思！"妹妹说："故事总是有完的时候，没有不完的，——反不如那结局不好的故事，能使我在心里想好几天……"小小忽然想起一段，便说："我有一个说不完的故事——有一个国王……"他张开两臂比着："盖了一间比天还大的仓房，攒了比天还多的米在里面。有一天有一阵麻雀经过，那麻雀多极了，成群结队的飞着，连太阳都遮住了。它们看见那些米粒，便寻出了一个小孔穴，一只一只的飞进去……"妹妹连忙笑道："我知道了！第一个麻雀进去，衔出一个米粒来；第二个麻雀又进去，又衔出一个米粒来；这样一只一只尽着说，是不是？我听见萱哥说过了。"小小道："是的，编这故事的人真巧，果是一段说不完的。"妹妹说："我就不信，我想比天还多的米，也不过有几万万粒，若黑夜白日不住的说，说几年也就完了。"小小正要答应，屋里母亲唤着，便止住了，一同进去。

夜里的雨更大了，还时时的听见轻雷。小小非常的懊丧：后门的小溪，是好几天没有去了，故事说尽了，家里没有什么好玩的，想来想去，渐渐入梦——梦见带着妹妹，走进很深的树林里，林中有一个大湖。湖边迎面走来一个白衣的女子，似乎是雪花公主。她手里提着一个大笼子，里面有许多麻雀，正要上前，眼前一亮，便不见了。

开了眼，阳光满室，天晴了，他还不信，起来一看，天青得很，枝上的小鸟不住的叫着；庭中注着很深的雨水，风吹得粼粼的，他心里喜欢，连忙穿起衣裳，匆匆的走出去——梦也忘了。

妹妹自己坐在廊上，揉着眼睛发怔，看见他便笑说："哥哥，天晴了！"小小拍手笑道："可不是！你看院子里这些雨水，——我敢下去。"妹妹笑着看他，他便脱鞋和袜子，轻轻的走入水里，一面笑道："凉快极了，只是底下有青苔，滑得很。"他慢慢的跑起来，只听见脚下水响。妹妹走到廊边道："真好玩，我也下去。"小小俯着身子，撩起裤脚，说："你敢你就下来，我们在水里跳圈儿。"妹妹笑着便坐在廊上，刚脱下一只袜子，母亲从屋里出来看见，便道："可了不得！小小，快上来罢，你只管带着妹妹淘气！"妹妹连忙又将袜子穿上。小小却笑着从廊上拿了鞋袜，赤着脚跑到浴室里去。

饭后母亲说大家出去散散心。婶婶可懒懒的，禁不住妹妹和小小的撺掇劝说，只得随同出去。先到了公园，母亲和婶婶进了一处"售品所"；小小和妹妹却远远的跑开去，在水边看了一会子的浴鸭，又上了小山。雨后的小山和树林都青润极了；山后篱内的野茉莉，开得崭齐，望去好似彩云一般。池里荷花也开遍了，水边系着一只小船。两个人商量着，要上船玩去；正往下走，只见母亲在山下亭中招手叫他。

到了亭前，只见婶婶无力的倚着亭柱坐着，眼中似有泪痕。妹妹连忙走过去，一声儿不响的倚在婶婶怀里。母亲悄声说："我们回去罢，婶婶又不好过了。"小小只得喏喏的随着一同出来。

车上小小轻轻的问："婶婶为什么又哭了？"母亲道："婶婶看

见我替你买了一顶小草帽，看那式样很好，也想买一顶给萱哥。忽然想起萱哥死了，便又落泪，我们转身就出来了。——你看母亲爱子的心，是何等的深刻！"母亲说着深沉的叹了一口气，小小也默然无语。

前面婶婶的车，停在糖果公司门口，婶婶给妹妹买了两瓶糖，又给他两瓶。小小连忙谢了婶婶，自己又买了一瓶香蕉油。妹妹问："买这个作什么？"小小笑道："回家做冰激凌去！"

到家婶婶又只懒懒的。妹妹便跟婶婶睡觉去了。小小自己一人跑来跑去，寻出冰激凌的桶子来，预备着明天要做。

黄昏时妹妹醒了，睡得满脸是汗，只说热；母亲打发她洗了澡，又替她洗了头发，小小便拿过一把大扇子，站在廊上用力的替她扇着。妹妹一面撩开拂在脸上的头发，一面笑说："不要扇了，我觉得冷。"小小道："如此我们便到门外去，树下有风，吹一会儿就干了。"两个人便出来，坐在树根上。

暮色里，新月挂在柳梢——远远地走来一个绿衣的邮差。小小看见便放下扇子，跑着迎了上去，接过两封信来。妹妹忙问："谁来的信？"小小看了，道："一封是父亲的，一封许是叔叔的。你等着，我先送了去。"说着便进门去了。

一转身便又出来；妹妹说："我父亲来信，一定是要接我们走了。"小小说："我不知道——你如走了，我一定写信给你，我写着'宋妹妹先生'，好不好？"妹妹笑说："我的学名也不是叫妹妹，而且我最不喜欢人称我'先生'，我喜欢人称'女士'。平日父亲从南边来信，都是寄给我，也是称我'女士'。"小小说："那也好，你的学名是什么？"妹妹不答。

小小两手弄着扇子的边儿，说："我父亲到英国去了一年多了，差不多两个礼拜就有一封信，有时好几封信一齐送来。信封上写着外国字，我不认得，但母亲说，上面也都是我的名字。"妹妹道："你为什么不跟伯伯到英国去？"小小摇头道："母亲不去，我也不去。

我只爱我的国，又有树，又有水。我不爱英国，他们那里尽是些黄头发蓝眼睛的孩子！"妹妹说："我们的先生常常说，我们也应当爱外国，我想那是合理的。"小小道："你要爱你就爱，横竖我只有一个心，爱了我的国，就没有心再去爱别国。"妹妹一面抚着头发，说："一个心也可以分作多少份儿，就如我的一个心，爱了父亲，又爱了母亲，又爱了许多的……"这时小小忽然指着天上说："妹妹！快看！"妹妹止住了，抬头看时，一个很小的星，拖着一片光辉，横过天空，直飞向天末去了。

天渐渐的黑了，他们便进去。搬过两张矮凳子，和一张大椅子，在院子里吃着晚饭。母亲在后面替妹妹通开了头发，松松的编了两个辫子。小小便道："有头发多么麻烦！我天天早起就不用梳头，就是洗头也不费工夫。"妹妹一面吃饭，说："但母亲说头发有一种温柔的美。"小小点头说："也是，不过我这样子，即或是有头发，也不美的。"说得姊姊也笑了。

第二天早起，小小便忙着打发赵妈洗那桶子，买冰和盐要做冰激凌。母亲替他们调好了材料，两个便在院里树下摇着。

小小一会一会的便揭开盖子看看，说："好了！"一看仍是稀的。妹妹笑道："你不要性急，还没有凝上呢，尽着开盖，把盐都漏进去了！"小小又舀出一点来，尝了尝说："没有味儿，太淡了，不如把我的糖，也拿几块来放上。"妹妹说，"好。"于是小小放上好些的橘子糖，又把那一瓶香蕉油都倒了进去。末了又怕太甜了，便又对上些开水。

妹妹扎煞着两只湿手，用袖子拭了脸上的汗，说："热得很，我不摇了！"小小说："等我来，你先坐在一边歇着。"

摇了半天，小小也乏了，便说："一定好了，我们舀出来吃罢。"妹妹便盛了出来，尝了一口，半天不言语。小小也尝着，却问妹妹说："好吃不好吃？"妹妹笑道："不像我们平常吃的那味儿，带点酸又有些咸。"小小放下杯子，拍手笑道："什么酸咸？简直是不好吃！

算了罢，送给赵妈吃。"

胡乱的收拾起来，小小用衣襟自己扇着，说："还是钓螃蟹去有意思，我们摇了这半天的冰激凌，也热了，正好树荫底下凉快去。"妹妹便拿了钓竿，挑上了饵，出到门外。小小说："你看那边树下水里那一块大石头，正好坐着，水深也好钓；你如害怕，我扶你过去。"妹妹说："我不怕。"说着便从水边踏着一块一块的石头，扶着钓竿，慢慢的走了上去。

雨后溪水涨了，石上好象小船一般，微风吹着流水，又吹着柳叶。蝉声聒耳。田垄和村舍一望无际。妹妹很快乐，便道："这里真好，我不想回去了！"小小道："这块石头就是我们的国，我做总统，你做兵丁。"妹妹道："我不做兵丁，我不会放枪，也怕那响声。"小小说："那么你做总统，我做兵丁——以后这石头随水飘到大海上去，就另成了一个世界。"妹妹道："那不好，我要母亲，我自己不会梳头。"小小道："不会梳头不要紧，把头发剪了去，和我一样。"妹妹道："不但为梳头，另一个世界也不能没有母亲，没有了母亲就不成世界。"小小道："既然这样，我也要母亲，但这块石头上容不下。"妹妹站了起来，用钓竿指着说："我们可以再搬过那一块来……"

上面说着，不提防雨后石上的青苔滑得很，妹妹没有站稳，一交跌了下去。小小赶紧起来拉住，妹妹已坐在水里，钓竿也跌折了。好容易扶着上来，衣裳已经湿透，两个人都吓住了。小小连忙问："碰着了哪里没有？"妹妹看着手腕说："这边手上擦去了一块皮！这倒不要紧，只是衣裳都湿了，怎么好？"小小看她惊惶欲涕，便连忙安慰她说："你别怕，我这里有手巾，你先擦一擦；我们到太阳底下晒着，一会子就干。如回家换去，姍姍一定要说你。"妹妹想了一想，只得随着他到岸上来。

小小站在树荫下，看妹妹的脸，晒得通红。妹妹说："我热极，头都昏了。"小小说："你的衣裳干了没有？"妹妹扶着头便说："哪能这么快就干了！"小小道："我回家拿伞去，上面遮着，下面晒着就好了。"妹妹点一点头，小小赶紧又跑了回来。

四下里找不着伞，赵妈看见便说："小小哥！你找什么？妈妈和婶婶都睡着午觉，你不要乱翻了！"小小只得悄悄的说与赵妈，赵妈惊道："你出的好主意！晒出病来还了得呢！"说着便连忙出来，抱回妹妹去，找出衣裳来给她换上。摸她额上火热，便冲一杯绿豆汤给她喝了，挑些"解暑丹"给她闻了，抱着她在廊下静静的坐着，一面不住的抱怨小小。妹妹疲乏的倚在赵妈肩上，说："不干哥哥的事，是我自己摔下去的。"小小这时只呆着。

晚上妹妹只是吐，也不吃饭。婶婶十分着急。母亲说一定是中了暑，明天一早请大夫去。赵妈没有说什么，小小只自己害怕。——明天早上，妹妹好了出来，小小才放了心。

他们不敢出去了，只在家里玩。将扶着牵牛花的小竹竿儿，都拔了出来，先扎成几面长方的篱子。然后一面一面的合了来，在树下墙阴里，盖了一个小竹棚，也安上个小门。两个人忙了一天，直到上了灯，赵妈催吃晚饭，才放下一齐到屋里来。

母亲笑说："妹妹来，小小可有了伴儿了，连饭也顾不得吃，看明天叔叔来接了妹妹去，你可怎么办？"小小只笑着，桌上两个人还不住的商议作棚子的事。

第二天恰好小小的学校里开了一个"成绩展览会"，早晨先有本校师生的集会，还练习唱校歌。许多同学来找小小，要和他一块儿去。小小惦着要和妹妹盖那棚子，只不肯去，同学一定要拉他走。他只得嘱咐了妹妹几句，又说："午后我就回来，你先把顶子编上。"妹妹答应着，他便和同学去了。

好容易先生们来了，唱过歌，又乱了半天；小小不等开完会，自己就溜了出来。从书店经过，便买了一把绸制的小国旗，兴兴头头的举着。进门就唤："妹妹！我买了国旗来了，我们好插在棚子上……"

赵妈从自己屋里出来，笑道："妹妹走了。"小小瞪她一眼，说："你不必哄我！"一面跑上廊去，只见母亲自己坐在窗下写信，小小连忙问："妹妹呢？"母亲放下笔说："早晨叔叔自己来接，十点钟的车，婶婶和妹妹就走了。"小小呆了，说："怎么先头我没听见说？"母亲说："昨晚上不是告诉你了么？前几天叔叔来信，就说已经告了五天的假，要来把家搬到南边去——我也想不到他们走得这么快。妹妹原是不愿意走的，婶婶说日子太短促了，他们还得回去收拾去，我也留他们不住。"小小说："怎么赵妈也不到学校里去叫我回来？"母亲说："那时大家都忙着，谁还想起这些事！"说着仍自去写信。小小站了半天，无话可说，只得自己出来，呆呆的在廊下拿着国旗坐着。

下午小小睡了半天的觉，黄昏才起来；胡乱吃过饭，自己闷闷的坐在灯下——赵妈进来问："我的那把剪刀呢？"小小道："我没有看见！"赵妈说："不是昨天你和妹妹编篱子，拿去剪绳子么？"小小想起来，就说："在那边墙犄角的树枝上挂着呢，你自己去拿罢！"赵妈出去了，母亲便说："也没见你这样的淘气！不论什么东西，拿起来就走。怪道昨天那些牵牛花东倒西歪的，原来竹子都让你拔去了。再淘气连房子还都拆了呢！妹妹走了，你该温习温习功课了，整天里只顾玩，也不是事！"小小满心里惆怅抑郁，正无处着落，听了母亲这一番话，便借此伏在桌上哭了，母亲也不理他。

自己哭了一会，觉得无味，便起来要睡觉去。母亲跟他过来，替他收拾好了，便温和的抚着他说："好好的睡罢，明天早起，我教给你写一封信给妹妹，请她过年再来。"他勉强抑住抽咽答应着，便自己卧下。母亲在床边坐了一会，想他睡着，便捻暗了灯，自己出去。

他重新又坐了起来，——窗外好亮的月光呵！照见了庭院，照见满地的牵牛花，也照见了墙隅未成功的竹棚。小门还半开着，顶子已经编上了，是妹妹的工作……

他无聊的掩了窗帘，重行卧下。——隐隐地听见屋后溪水的流声淙淙，树叶儿也响着，他想起好些事。枕着手腕……看见自己的睡衣和衾枕，都被月光映得洁白如雪，微风吹来，他不禁又伏在枕上哭了。

这时月也没有了，水也没有了，妹妹也没有了，竹棚也没有了。这一切都不是——只宇宙中寂寞的悲哀，弥漫在他稚弱的心灵里。

一九二二年七月二十四日

（最初发表于《小说月报》1922年9月第13卷第9期，后收入《超人》）

别　后

舅母和他送他的姊姊到车站去。他心中常常摹拟着的离别，今天已临到了。然而舅舅和姊姊上车之后，他和姊姊隔着车窗，只流下几点泛泛的眼泪。

回去的车上，他已经很坦然的了，又像完了一件事似的。到门走入东屋，本是他和姊姊两个人同住的小屋子。姊姊一走，她的东西都带了去，显得宽绰多了。他四下里一看，便上前把糊在玻璃上，代替窗帘的，被炉烟熏得焦黄的纸撕了去，窗外便射进阳光来。平日放在窗前的几个用蓝布蒙着的箱子，已不在了，正好放一张书桌。他一面想着，一面把窗台上许多的空瓶子都捡了出去。——这原是他姊姊当初盛生发油雪花膏之类的——自己扫了地，端进一盆水来，挽起袖子，正要抹桌子。王妈进来说，"大少爷，外边有电话找你呢。"

他便放下抹布，跑到客室里去。

"谁呀？"

"我是永明，你姊姊走了么？"

"走了，今天早车走的。"

"我想请你今天下午来玩玩。你姊姊走了，你必是很闷的，我们这里很热闹……"

他想了一会子。

"怎么样？你怎么不言语？"

"好罢，我吃完饭就去。"

"别忘了，就是这样，再见。"

他挂上耳机，走入上房，饭已摆好了。舅母和两个表弟都已坐下。

他和舅母说下午要到永明家里去，舅母只说，"早些回来。"此外，饭桌上就没有声响。

饭后待了一会子，搭讪着向舅母要了车钱，便回到自己屋里来。想换一件干净的长衫，开了柜子，却找不着；只得套上一件袖子很瘦很长的马褂，戴上帽子，匆匆的走出去。

他每天上学，是要从永明门口走过的。红漆的大门，墙上露出灰色石片的楼瓦，但他从来没有进去过。

到了门口，因为他太矮，按不着门铃，只得用手拍了几下，半天没有声息。他又拍了几下，便听得汪汪的小狗的吠声，接着就是永明的笑声，和急促的皮鞋声到了门前了。

开了门，仆人倒站在后面，永明穿着一套棕色绒绳的短衣服，抱着一只花白的小哈巴狗。

看见他就笑说，"你可来了，我等你半天！"他说，"哪有半天？我吃过饭就来的。"一面说，两人拉着便进去。

院子里砌着几个花台，上面都覆着茅草。墙根一行的树，只因冬天叶子都落了，看不出是什么树来。楼前的葡萄架也空了。到了架下，走上台阶，先进到长廊式的甬道里。墙上嵌着一面大镜子，旁边放着几个衣架。永明站住了，替他脱下帽子，挂在钩上，便和他进到屋里去。

这一间似乎是客室，壁炉里生着很旺的火。炉台上放着一对大磁花瓶，插满了梅花，靠墙一行紫檀木的椅桌。回过头来，那边窗下一个女子，十七八岁光景，穿着浅灰色的布衫，青色裙儿，正低头画那钢琴上摆着的一盆水仙。旁边一个带着轮子的摇篮正背着她。永明带他上前去，说，"这是我的三姊澜姑。"他欠了欠身。澜姑看着他，略一点头，仍去画她的画。永明笑道，"你等一等，我去知会我们那位了事的小姐去！"说着便开了左方的门，向后走了。

他只站着，看着壁上的字画，又看澜姑。侧面看去，觉得她很美，椭圆的脸，秋水似的眼睛。作画的姿势，极其闲散，左手放在膝上，一笔一笔慢慢的描，神情萧然。

　　他看着忽然觉得奇怪，她画的那盆水仙，却是已经枯残了的，他不觉注意起来。——澜姑如同不知道屋里有人似的，仍旧萧然的画她的画。

　　后面听见笑声，永明端着一碗浆糊，先走进来。后面跟着一个女子，穿着青莲紫的绸子长袍，襟前系着一条雪白的围裙，手里握着一大卷的五色纸。永明放下碗，便道，"这是我的二姊宜姑。"他忙鞠躬。宜姑笑着让他坐下，一面挽起袍袖，走到窗前，取了一把裁纸刀；一面笑道，"我们要预备些新年的点缀品，你也来帮我们的忙罢。"她自己便拉过一张椅子来，坐在中间长圆桌的旁边。

　　他忸怩的走过去，站在桌前。永明便将宜姑裁好了的纸条儿，红绿相间的粘成一条很长的练子。他也便照样的做着。

　　宜姑闲闲的和他谈话。他觉得她那紫衣，正衬她嫩白的脸。颊上很深的两个笑涡儿。浓黑的头发，很随便的挽一个家常髻。她和澜姑相似处，就是那双大而深的眼睛，此外竟全然是两样的。——他觉得从来不曾见过像宜姑这样美丽温柔的姊姊。

　　永明唤道，"澜小姐不要尽着画了，也来帮我们！"澜姑只管低着头，说，"你粘你的罢，我没有工夫。"宜姑看着永明道，"你让她画罢，我们三个人做，就够了。"回头便问他，"听说你姊姊走了，谁送她去的？"他连忙答应说，"是我舅舅送她去，等她结婚以后，舅舅就回来的。"永明笑问，"早晨你哭了么？"他红了脸只笑着。宜姑看了永明一眼，微微的一笑，笑里含着禁止的意思。

　　他不觉感激起来。但永明这一句话，在他并没有什么大刺激，他便依旧粘着纸链子。

　　摇篮里的婴儿，忽然哭了，宜姑连忙去挪了过来，放在自己座旁。他看见里面卧着的孩子，用水红色的小被裹着，头上戴一顶白绒带缨的小帽，露出了很白的小脸。永明笑说，"这是娃娃，你看他胖不胖？"

他笑着点一点头。——宜姑口里轻轻的唱着，手里只管裁纸花，足却踏着摇篮，使它微微动摇。

他忽然想起，便低低的问道，"你的大姊呢？"永明道，"我没有大姊。"他看了宜姑又看澜姑，正要说话，永明会意，便说："我们弟兄姊妹在一块儿排的，所以我有大哥，二姊，三姊，我是四弟——娃娃是哥哥的女儿。"

娃娃的头转侧了几下，便又睡着了。他注目看着，觉那小样儿非常的可爱，便伸手去摩她嫩红的面颊。娃娃的眼皮微微的一动，他连忙缩回手去，宜姑看着他温柔的一笑。

一个仆妇从外面进来，说，"二小姐，老太太那边来了电话了。"宜姑便站起，走了出去。

永明笑道，"我们这位二小姐，就是一位宰相。上上下下的事，都是她一手经理。母亲又宠她……"澜姑正洗着笔，听见便说："别怪母亲宠她，她做事又周全又痛快，除了她，别人是办不来的！"永明笑道，"你又向着她了！我不信我就不会接电话，更不信我们一家子捧凤凰似的，只捧着她一个！"澜姑抬头看着永明说："别说昧心话了，难道你就不捧她？去年她病在医院里，是谁哭的一夜没有睡觉来着？——"永明笑道，"我不知道——不要提那个了，我看除了她之外，也没有一个人能得你的心悦诚服……"

宜姑进来了，笑向澜姑说："外婆来了电话，说要接母亲和我们两个今晚去吃饭。我说嫂嫂不在家，娃娃没人照应，母亲说叫你跟着去呢。"澜姑皱眉道："我不喜欢去！外婆倒罢了，那些小姐派的表姊妹们，我实在跟她们说不到一块儿！"宜姑笑道："左右是应个景儿，谁请你去演说？一会儿琴姊和翠姊要亲自来接的。"永明忙问，"请我了没有？"宜姑道，"没有。"永明笑道："我一定问问外婆去，一到了请吃饭，就忘了我；到了我们学校里开游艺会，运动会，怎么不忘了问我要入场券？……"澜姑道："既如此，你去罢。"永明道："人家没有请我，怎好意思的！就是请我，我也不去，今晚我自己还请人吃饭呢！"说着便看他一笑。

宜姑又问："妹妹，你到底去不去？"澜姑放下笔，伸一伸懒腰，抱膝微笑道，"忙什么的，她们还没来呢。"宜姑道："等到她们来，岂不晚了，母亲又要着急的。"澜姑慢慢的说："那你为什么不去？"宜姑坐下，仍旧剪着纸，一面说，"我何曾不想去？娃娃的奶妈子又是新来的，交给她不放心。而且这两天往往有送年礼的，哪一家的该收下，哪一家的该璧回，你自己想如能了这些事，我就乐得去，你就留在家里，享你的清福。"澜姑想了一想，道，"这样还是我去罢。"宜姑笑道："是不是！你原是名士小姐的角色，还是穿上衣服，在母亲身旁一坐，比什么都舒服……"

娃娃又哭了，这回眼睛张得很大，哭得也很急促。宜姑看一看手表，俯下去亲一亲她，说，"真的，忘了叫娃娃吃奶了，别哭，抱你找奶妈去。"一面轻轻的将娃娃连被抱起，这时奶妈子已经进来，宜姑将娃娃递给她，替她开了门，说，"到娃娃屋里去罢，别让她多吃了。"奶妈子连声答应着，就带上门出去。

话说未了，外面人来报道，"老太太那边两位小姐来了。"宜姑连忙脱下围裙，迎了出去。——他十分瑟缩，要想躲开，永明笑道，"你怕什么？我们坐在琴后，不理她们就是了。"说着两个人从长椅上提过两个靠枕，忙跑到琴后抱膝坐下。

她们一边说笑着进来，琴后望去不甚真切，只仿佛是两个头发烫得很卷曲，衣服极华丽的女子。又听得宜姑也起来招呼了。她们走到炉边，伸手向火，一面笑说，"宜妹今天真俏皮呵！怎么想开了穿起这紫色的衣服？"宜姑笑道，"可不是，母亲替我做的，因为她喜欢这颜色。去年做的，这还是头一次上身呢。"一面忙着按铃叫人倒茶。

那个叫翠姊的走到琴前——永明摇手叫他不要作声，——拿起澜姑的画来看，回头笑道，"澜妹，你怎么专爱画那些颓败的东西？"

澜姑只管收拾着画具，一面说，"是呢，人家都画，我就不画了，人家都不画的，我才画呢！"琴姊也走过来，说，"你的脾气还是不改——上次在我们家里，那位曾小姐要见你，你为什么不见她？"澜姑道："但至终也见了呵！"琴姊笑说，"她以后对我们评论你了。"澜姑抬头道，"她评论我什么？"翠姊过来倚在琴姊肩上，笑说，"说了你别生气！——她说你真是满可爱的，只是太狷傲一点。"琴姊道，"论她的地位，她又是生客，你还是应酬她一点好。"澜姑冷笑道："狷傲？可惜我就是这样的狷傲么！她说我可爱，谢谢她！人说我不好，不能贬损我的价值；人说我好，更不能增加我的身份！我生来又不会说话，我更犯不着为她的地位去应酬她……"

琴和翠相视而笑。宜姑端过茶来，笑说，"姊姊们不要理她，那孩子太娇癖了，母亲在楼上等着你们呢。"她们端起杯来，喝了一口，就都上楼去。

永明和他从琴后出来，永明笑道："澜小姐真能辩论呵！连我听着都觉得痛快！那位曾小姐我可看见了，这种妖妖调调的样子，我要有三个眼睛，也要挖出一个去！"宜姑看了永明一眼，回头便对澜姑说，"妹妹，不要太立崖岸了，同在人家作客，何苦来……"澜姑站了起来说，"我不怪别人！只是翠琴二位太气人了，好好的又提起那天的事作什么？那天我也没得罪她，她们以为我听说人批评我骄傲，我就必得应酬她们，岂知我更得意！"宜姑笑道："得了，上去打扮罢。母亲等着呢。"澜姑出去，又回来，右手握着门钮，说，"今天热得很，我不穿皮袄，穿驼绒的罢。"宜姑一面坐下，拿起叠好的五色纸来，用针缝起，一面说，"可别冻着玩，穿你的皮袄去是正经！"澜姑说，"不，外婆屋里永远是暖的。只是一件事，我不穿我那件藕合色的，把你的那件鱼肚白的给我罢。"宜姑想了一想道，"在我窗前的第二层柜屉里呢，你要拿去罢——只是太素一点了，外婆不喜欢的。"说完又笑道："只要你乐意就好，否则你今天又不痛快。"

永明笑道，"你要盼望她顾念别人，就不对了，她是'拔一毛利天下而不为'的！"澜姑冷笑道："我便是杨朱的徒弟，你要做杨朱的徒弟，他还不要你呢！"说着便自己开门出去了。

宜姑目送着她出去，回头对永明说，"她脾气又急，你又爱逗她……"永明连忙接过来说，"说得是呢。她脾气又急，你又总顺着她，惯得她菩萨似的，只拿我小鬼出气！"宜姑笑道："罢了！成天为着给你们劝架，落了多少不是！"一面拿起剪刀来，在那些已缝好的纸上，曲折的剪着，慢慢的伸开来，便是一朵朵很灿烂的大绣球花。

这时桌上的纸已尽，永明说，"都完了，我该登山爬高的去张罗了！"一面说便挪过一张高椅来，放在屋角，自己站上，又回头对他说，"你也别闲着，就给我传递罢！"他连忙答应着，将那些纸链子，都拿起挂在臂上，走近椅前。宜姑过来扶住椅子，一面仰着脸指点着，椅子渐渐的挪过四壁，纸链子都装点完了。然后宜姑将那十几个花球，都悬在纸链的交结处，和电灯的底下。

永明下来，两手叉着看着，笑道，"真辉煌，电灯一亮，一定更好，……"这时听得笑语杂沓，从楼上到了廊下，宜姑向永明道，"你们将这些零碎东西收拾了罢，我去送她们上车去。"说着又走出去。

他们两个忙着将桌上一切都挪开了，从琴后提那两个靠枕来，坐在炉旁。刚坐好，宜姑已抱着小狗进来，永明又起来，替她拉过一张大沙发，说，"事情都完了，你也该安生的坐一会子了。"宜姑笑着坐下，她似乎倦了，只懒懒的低头抚着小狗，暂时不言语。

天色渐渐的暗了下来，炉火光里，他和永明相对坐着，谈得很快乐。他尤其觉得这闪闪的火焰之中，映照着紫衣绛颊，这屋里一切，都极其绵密而温柔。这时宜姑笑着问他，"永明在学校里淘气罢？你看他在家里跳荡的样子！"他笑着看着永明说，"他不淘气，只是活泼，我们都和他好。"永明将头往宜姑膝上一倚，笑道，"你看如何？你只要找我的错儿。可惜找不出来！"宜姑摩抚着永明的头发，说，

"别得意了！人家客气，你就居之不疑起来。"

这时有人推门进来，随手便将几盏电灯都捻亮了。灯光之下，一个极年轻的妇人，长身玉立。身上是一套浅蓝天鹅绒的衣裙，项下一串珠链，手里拿着一个白狐手笼。开了灯便笑道，"这屋里真好看，你们怎么这样安静？——还有客人。"

一面说着已走到炉旁，永明和他都站起来。永明笑说，"这是我大哥永琦的夫人，琦夫人今天省亲去了一天。"他又忸怩的欠一欠身。

宜姑仍旧坐着，拉住琦夫人的手，笑说，"夫人省亲怎么这早就回来？你们这位千金，今天真好，除了吃就是睡，这会子奶妈伴着，在你的屋里呢。"琦夫人放下手笼，一面也笑说，"我原是打电话打听娃娃来着，他们告诉我，娘和澜妹都到老太太那边去了，我怕你闷，就回来了。"

那边右方的一个门开了，一个仆人垂手站在门边，说，"二小姐，晚饭开好了。"永明先站起来，说，"做了半天工，也该吃饭了，"又向他说，"只是家常便饭，不配说请，不过总比学校的饭菜好些。"大家说笑着便进入餐室。

餐桌中间摆着一盆水仙花，旁边四副匙箸。靠墙一个大玻璃柜子，里面错杂的排着挂着精致的杯盘。壁上几幅玻璃框嵌着的图画，都是小孩子，或睡或醒，或啼或笑。永明指给他看，说，"这都是我三姊给娃娃描的影神儿，你看像不像？"他抬头仔细端详说，"真像！"永明又关上门，指着门后用图钉钉着的，一张白橡皮纸，写着碗大的"靠天吃饭"四个八分大字，说，"这是我写的。"他不觉笑了，就说，"前几天习字课的李老师，还对我们夸你来着，说你天分高，学哪一体的字都行。"这时宜姑也走过来，一看笑说，"我今天早起才摘下来，你怎么又钉上了？"永明道，"你摘下来做什么？难道只有澜姑画的胖孩子配张挂？谁不是靠天吃饭？假如现在忽然地震，管保你饭吃不成！"琦夫人正在餐桌边，推移着盘碗，听见便笑道，"什么地震不地震，过来吃饭是正经。"一面便拉出椅子来，让他在右首坐下。他再三不肯。永明说，"客气什么？你不坐我坐。"说着便走上去，宜姑笑着推永明说："你怎么越大越没礼了！"一面也只管让他，他只得坐了。永明和他并肩，琦夫人和宜姑在他们对面坐下。

只是家常便饭，两汤四肴，还有两碟子小菜，却十分的洁净甘香。桌上随便的谈笑，大家都觉得快乐，只是中间连三接四的仆人进来回有人送年礼。宜姑便时时停箸出去，写回片，开发赏钱。永明笑说，"这不是靠天吃饭么？天若可怜你，这些人就不这时候来，让你好好的吃一顿饭！"琦夫人笑说："人家忙得这样，你还拿她开心！"又向宜姑道，"我吃完了，你用你的饭，等我来罢。"末后的两次，宜姑便坐着不动。

饭后，净了手，又到客室里。宜姑给他们端过了两碟子糖果，自己开了琴盖，便去弹琴。琦夫人和他们谈了几句，便也过去站在琴边。永明忽然想起。便问说，"大哥寄回的那本风景画呢？"琦夫人道，"在我外间屋里的书架上呢，你要么？"永明起身道，"我自己拿去。"说着便要走。宜姑说，"真是我也忘了请客人看画本。你小心不要搅醒了娃娃。"永明道，"她在里间，又不碍我的事，你放心！"一面便走了。

琴侧的一圈光影里，宜姑只悠暇的弹着极低柔的调子，手腕轻盈的移动之间，目光沉然，如有所思。琦夫人很娇慵地，左手支颐倚在琴上，右手弄着项下的珠链。两个人低低的谈话，时时微笑。

他在一边默然的看着，觉得琦夫人明眸皓齿，也十分的美，只是她又另是一种的神情，——等到她们偶然回过头来，他便连忙抬头看着壁上的彩结。

永明抱着一个大本子进来，放在桌上说，"这是我大哥从瑞士寄回来的风景画，风景真好！"说着便拉他过去，一齐俯在桌上，一版一版的往下翻。他见着每版旁都注着中国字，永明说，"这是我大哥翻译给我母亲看的，他今年夏天去的，过年秋天就回来了。你如要什么画本，告诉我一声。我打算开个单子，寄给他，请他替我采办些东西呢。"他笑着，只说，"这些风景真美，给你三姊作图画的蓝本也很好。"

听见那边餐室的钟，当当的敲了八下。他忽然惊觉，该回去了！这温暖甜适的所在，原不是他的家。这时那湫隘黯旧的屋子，以及舅母冷淡的脸，都突现眼前，姊姊又走了，使他实在没有回去的勇气。他踌躇片晌，只无心的跟着永明翻着画本……至终他只得微微的叹了一口气，站起身来，说，"我该走了，太晚了家里不放心。"永明拉住他的臂儿，说，"怕什么，看完了再走，才八点钟呢！"他说，"不能了，我舅母吩咐过的。"宜姑站了起来，说，"倒是别强留，宁可请他明天再来。"又对他说，"你先坐下，我吩咐我们家里的车送你回去。"他连忙说不必，宜姑笑说，"自然是这样，太晚了，坐街上的车，你家里更不放心了。"说着便按了铃，自己又走出甬道去。

琦夫人笑对他说，"明天再来玩，永明在家里也闷得慌，横竖你们年假里都没有事。"他答应着，永明笑道，你肯再坐半点钟，就请你明天来。否则明天你自己来了，我也不开门！"他笑了。

宜姑提着两个蒲包进来，笑对他说，"车预备下了，这两包果点，送你带回去。"他忙道谢，又说不必。永明笑道，"她拿母亲还没过目的年礼做人情，你还谢她呢，趁早儿给我带走！"琦夫人笑道，"你真是张飞请客，大呼大喊的！"大家笑着，已出到廊上。

琦夫人和宜姑只站在阶边，笑着点头和他说，"再见。"永明替他提了一个蒲包，小哈巴狗也摇着尾跳着跟着。门外车上的两盏灯已点上了。永明看着放好了蒲包，围上毡子，便说，"明天再来，可不能放你早走！"他笑道，"明天来了，一辈子不回去如何？"这时车已拉起，永明还在后面推了几步，才唤着小狗回去。

他在车上听见掩门的声音，忽然起了一个寒噤，乐园的门关了，将可怜的他，关在门外！他觉得很恍惚，很怅惘，心想：怪不得永明在学校里，成天那种活泼笑乐的样子，原来他有这么一个和美的家庭！他冥然的回味着这半天的经过，事事都极新颖，都极温馨……

车已停在他家的门外，板板的黑漆的门，横在眼前。他下了车，车夫替他提下两个蒲包，放在门边。又替他敲了门，便一面拭着汗，拉起车来要走。他忽然想应当给他赏钱，按一按长衫袋子，一个铜子都没有，踌躇着便不言语。

里面开了门，他自己提了两个蒲包，走过漆黑的门洞。到了院子里，略一思索，便到上房来。舅母正抽着水烟，看见他，有意无意的问，"付了车钱么？"他说，"是永明家里的车送我来的。"舅母忙叫王妈送出赏钱去。王妈出去时，车夫已去远了，——舅母收了钱，说他糊涂。

他没有言语，过了一会，说，"这两包果点是永明的姊姊给我的——留一包这里给表弟们吃罢。"他两个表弟听说，便上前要打开包儿。舅母拦住，说，"你带下去罢，他们都已有了。"他只得提着又到厢房来。

王妈端进一盏油灯，又拿进些碎布和一碗浆糊，坐在桌对面，给他表弟们粘鞋底，一边和他作伴。他呆呆的坐着，望着这盏黯黯的灯，和王妈困倦的脸，只觉得心绪潮涌。转身取过纸笔，想写信寄他姊姊，他没有思索，便写：

　　亲爱的姊姊：

　　　　你撇下我去了，我真是无聊，我真是伤心！世界上只剩了我，四周都是不相干的冷淡的人！姊姊呵，家庭中没有姊妹，如同花园里没有香花，一点生趣都没有了！亲爱的姊姊，紫衣的姊姊呵！……

这时他忽然忆起他姊姊是没有穿过紫衣的，他的笔儿不觉颓然的放下了！他目前突然涌现了他姊姊的黄瘦的脸，颧骨高起，无表情的近视的眼睛。行前两三个月，匆匆的赶自己的嫁衣，只如同替人作女工似的，不见烦恼，也没有喜欢。她的举止，都如幽灵浮动在梦中。她对于任何人都很漠然，对他也极随便，难得牵着手说一两句嘘问寒暖的话。今早在车上，呆呆的望着他的那双眼睛，很昏然，很木然，似乎不解什么是别离，也不推想自己此别后的命运……

他更呆然了，眼珠一转，看见了紫衣的姊姊！雪白的臂儿，粲然的笑颊，澄深如水的双眸之中，流泛着温柔和爱……这紫衣的姊姊，不是他的，原是永明的呵！

他从来所绝未觉得的：母亲的早逝，父亲的远行，姊姊的麻木，舅家的淡漠，这时都兜上心来了！——就是这一切，这一切，深密纵横的织成了他十三年灰色的生命！

他慢慢将笔儿靠放在墨盒盖上。呆呆的从润湿的眼里，凝望着灯光。觉得焰彩都晕出三四重，不住的凄颤——至终他泪落在纸上。

王妈偶然抬起头来看见，一面仍旧理着碎布，一面说，"你想你姊姊了！别难过，早些睡觉去罢，要不就找些东西玩玩。"他摇着头叹了一口气，站了起来，将那张纸揉了，便用来印了眼泪。无聊的站了一会，看见桌上的那碗浆糊，忽然也要糊些纸链子挂在屋里。他想和舅母要钱买五色纸，便开了门出去。

刚走到上房窗外，听得舅母在屋里，排揎着两个表弟，说，"哪来这许多钱，买这个，买那个？一天只是吃不够玩不够的！"接着听见两个表弟咭咭唧唧的声音。他不觉站住了，想了一想，无精打采的低头回来。

一眼望见椅上的两个蒲包——他无言的走过去，两手按着，片响，便取下那上面两张果店的招牌纸。回到桌上，拿起王妈的剪子，剪下四边来。又匀成极仄的条儿，也红绿相间的粘成一条纸链子。

不到三尺长，纸便没了。他提着四顾，一转身踌躇着便挂在帐钩子上，自己也慢慢的卧了下去。

王妈不曾理会他，只睁着困乏的眼睛，疲缓的粘着鞋底。他右手托腮，歪在枕上。看着那黯旧的灰色帐旁，悬着那条细长的，无人赞赏的纸链子，自己似乎有一种凄凉中的怡悦。

　　林中散步归来，偶然打开诗经的布函，发现了一篇未竟的旧稿。百无聊赖之中，顿生欢喜心！前半是一九二一年冬季写的，不知怎样便搁下了。重看一遍之后，决定把它续完。笔意也许不连贯，但似乎不能顾及了。

一九二四年六月二日，沙穰

（最初发表于《小说月报》1924年9月第15卷第9号，后收入《往事》）

分

一个巨灵之掌，将我从忧闷痛楚的密网中打破了出来，我呱的哭出了第一声悲哀的哭。

睁开眼，我的一只腿仍在那巨灵的掌中倒提着，我看见自己的红到玲珑的两只小手，在我头上的空中摇舞着。

另一个巨灵之掌轻轻的托住我的腰，他笑着回头，向仰卧在白色床车上的一个女人说："大喜呵，好一个胖小子！"一面轻轻的放我在一个铺着白布的小筐里。

我挣扎着向外看：看见许多白衣白帽的护士乱哄哄的，无声的围住那个女人。她苍白着脸，脸上满了汗。她微呻着，仿佛刚从恶梦中醒来。眼皮红肿着，眼睛失神的半开着。她听见了医生的话，眼珠一转，眼泪涌了出来。放下一百个心似的，疲乏的微笑的闭上眼睛，嘴里说："真辛苦了你们了！"

我便大哭起来："母亲呀，辛苦的是我们呀，我们刚才都从死中挣扎出来的呀！"

白衣的护士们乱哄哄的，无声的将母亲的床车推了出去。我也被举了起来，出到门外。医生一招手，甬道的那端，走过一个男人来。他也是刚从恶梦中醒来的脸色与欢欣，两只手要抱又不敢抱似的，用着怜惜惊奇的眼光，向我注视，医生笑了："这孩子好罢？"他不好意思似的，嚅嗫着："这孩子脑袋真长。"这时我猛然觉得我的头痛极了，我又哭起来了："父亲呀，您不知道呀，我的脑壳挤得真痛呀。"

医生笑了："可了不得，这么大的声音！"一个护士站在旁边，微笑的将我接了过去。

进到一间充满了阳光的大屋子里。四周壁下，挨排的放着许多的小白筐床，里面卧着小朋友。有的两手举到头边，安稳的睡着；有的哭着说："我渴了呀！""我饿了呀！""我太热了呀！""我湿了呀！"抱着我的护士，仿佛都不曾听见似的，只飘速的，安详的，从他们床边走过，进到里间浴室去，将我头朝着水管，平放在水盆边的石桌上。

莲蓬管头里的温水，喷淋在我的头上，粘粘的血液全冲了下去。我打了一个寒噤，神志立刻清爽了。眼睛向上一看，隔着水盆，对面的那张石桌上，也躺着一个小朋友，另一个护士，也在替他洗着。他圆圆的头，大大的眼睛，黑黑的皮肤，结实的挺起的胸膛。他也在醒着，一声不响的望着窗外的天空。这时我已被举起，护士轻轻的托着我的肩背，替我穿起白白长长的衣裳。小朋友也穿着好了，我们欠着身隔着水盆相对着。洗我的护士笑着对她的同伴说："你的那个孩子真壮真大呵，可不如我的这个白净秀气！"这时小朋友抬起头来注视着我，似轻似怜的微笑着。

我羞怯地轻轻的说："好呀，小朋友。"他也谦和的说："小朋友好呀。"这时我们已被放在相挨的两个小筐床里，护士们都走了。

我说："我的周身好疼呀，最后四个钟头的挣扎，真不容易，你呢？"

他笑了，握着小拳："我不，我只闷了半个钟头呢。我没有受苦，我母亲也没有受苦。"

我默然，无聊的叹一口气，四下里望着。他安慰我说："你乏了，睡罢，我也要养一会儿神呢。"

我从浓睡中被抱了起来，直抱到大玻璃门边。门外甬道里站着好几个少年男女，鼻尖和两手都抵住门上玻璃，如同一群孩子，站在陈列圣诞节礼物的窗外，那种贪馋羡慕的样子。他们喜笑的互相指点谈论，说我的眉毛像姑姑，眼睛像舅舅，鼻子像叔叔，嘴像姨，仿佛要将我零碎吞并了去似的。

我闭上眼，使劲地想摇头，却发觉了脖子在痛着，我大哭了，说："我只是我自己呀，我谁都不像呀，快让我休息去呀！"

护士笑了，抱着我转身回来，我还望见他们三步两回头的，彼此笑着推着出去。

小朋友也醒了，对我招呼说："你起来了，谁来看你？"我一面被放下，一面说："不知道，也许是姑姑舅舅们，好些个年轻人，他们似乎都很爱我。"

小朋友不言语，又微笑了："你好福气，我们到此已是第二天了，连我的父亲我还没有看见呢。"

我竟不知道昏昏沉沉之中，我已睡了这许久。这时觉得浑身痛得好些，底下却又湿了，我也学着断断续续的哭着说："我湿了呀！我湿了呀！"果然不久有个护士过来，抱起我。我十分欢喜，不想她却先给我水喝。

大约是黄昏时候，乱哄哄的三四个护士进来，硬白的衣裙哗哗的响着。她们将我们纷纷抱起，一一的换过尿布。小朋友很欢喜，说："我们都要看见我们的母亲了，再见呀。"

小朋友是和大家在一起，在大床车上推出去的。我是被抱起出去的。过了玻璃门，便走入甬道右边的第一个屋子。母亲正在很高的白床上躺着，用着渴望惊喜的眼光来迎接我。护士放我在她的臂上，她很羞缩的解开怀。她年纪仿佛很轻，很黑的秀发向后拢着，眉毛弯弯的淡淡的像新月。没有血色的淡白的脸，衬着很大很黑的眼珠，在床侧暗淡的一圈灯影下，如同一个石像！

我开口吮哑着奶。母亲用面颊偎着我的头发，又摩弄我的指头，仔细的端详我，似乎有无限的快慰与惊奇。——

二十分钟过去了，我还没有吃到什么。我又饿，舌尖又痛，就张开嘴让奶头脱落出来，烦恼的哭着。母亲很恐惶的，不住的摇拍我，说："小宝贝，别哭，别哭！"一面又赶紧按了铃，一个护士走了进来。母亲笑说：“没有别的事，我没有奶，小孩子直哭，怎么办？”护士也笑着说：“不要紧的，早晚会有，孩子还小，他还不在乎呢。”一面便来抱我，母亲恋恋的放了手。

　　我回到我的床上时，小朋友已先在他的床上了，他睡的很香，梦中时时微笑，似乎很满足，很快乐。我四下里望着。许多小朋友都快乐的睡着了。有几个在半醒，哼着玩似的，哭了几声。我饿极了，想到母亲的奶不知何时才来，我是很在乎的，但是没有人知道。看着大家都饱足的睡着，觉得又嫉妒，又羞愧，就大声的哭起来，希望引起人们的注意。我哭了有半点多钟，才有个护士过来，娇痴的撇着嘴，抚拍着我，说：“真的！你妈妈不给你饱吃呵，喝点水罢！”她将水瓶的奶头塞在我嘴里，我哼哼的呜咽的含着，一面慢慢的也睡着了。

　　第二天洗澡的时候，小朋友和我又躺在水盆的两边谈话。他精神很饱满。在被按洗之下，他摇着头，半闭着眼，笑着说：“我昨天吃了一顿饱奶！我母亲黑黑圆圆的脸，很好看的。我是她的第五个孩子呢。她和护士说她是第一次进医院生孩子，是慈幼会介绍来的，我父亲很穷，是个屠户，宰猪的。”——这时一滴硼酸水忽然洒上他的眼睛，他厌烦的喊了几声，挣扎着又睁开眼，说：“宰猪的！多痛快，白刀子进去，红刀子出来！我大了，也学我父亲，宰猪，——不但宰猪，也宰那些猪一般的尽吃不做的人！”

　　我静静的听着，到了这里赶紧闭上眼，不言语。

　　小朋友问说：“你呢？吃饱了罢？你母亲怎样？”

　　我也兴奋了：“我没有吃到什么，母亲的奶没有下来呢，护士说一两天就会有的。我母亲真好，她会看书，床边桌上堆着许多书，屋里四面都摆满了花。”

　　“你父亲呢？”

　　“父亲没有来，屋里只她一个人。她也没有和人谈话，我不知道关于父亲的事。”

"那是头等室，"小朋友肯定的说，"一个人一间屋子吗！我母亲那里却热闹，放着十几张床呢。许多小朋友的母亲都在那里，小朋友们也都吃得饱。"

明天过来，看见父亲了。在我吃奶的时候，他侧着身，倚在母亲的枕旁。他们的脸紧挨着，注视着我。父亲很清癯的脸。皮色淡黄。很长的睫毛，眼神很好。仿佛常爱思索似的，额上常有微微的皱纹。

父亲说："这回看的细，这孩子美的很呢，像你！"

母亲微笑着，轻轻的摩我的脸："也像你呢，这么大的眼睛。"

父亲立起来，坐到床边的椅上，牵着母亲的手，轻轻的拍着："这下子，我们可不寂寞了，我下课回来，就帮助你照顾他，同他玩；放假的时候，就带他游山玩水去。——这孩子一定要注意身体，不要像我。我虽不病，却不是强壮……"

母亲点头说："是的——他也要早早的学音乐，绘画，我自己不会这些，总觉得生活不圆满呢！还有……"

父亲笑了："你将来要他成个什么'家'？文学家？音乐家？"

母亲说："随便什么都好——他是个男孩子呢。中国需要科学，恐怕科学家最好。"

这时我正咂不出奶来，心里烦躁得想哭。可是听他们谈的那么津津有味，我也就不言语。

父亲说："我们应当替他储蓄教育费了，这笔款越早预备越好。"

母亲说："忘了告诉你，弟弟昨天说，等孩子到了六岁，他送孩子一辆小自行车呢！"

父亲笑说："这孩子算是什么都有了，他的摇篮，不是妹妹送的么？"

母亲紧紧的搂着我，亲我的头发，说："小宝贝呵，你多好，这么些个人疼你！你大了，要做个好孩子……"

挟带着满怀的喜气，我回到床上，也顾不得饥饿了，抬头看小朋友，他却又在深思呢。

我笑着招呼说："小朋友，我看见我的父亲了。他也极好。他是个教员。他和母亲正在商量我将来教育的事。父亲说凡他所能做到的，对于我有益的事，他都努力。母亲说我没有奶吃不要紧，回家去就吃奶粉，以后还吃橘子汁，还吃……"我一口气说了下去。

小朋友微笑了，似怜悯又似鄙夷："你好幸福呵，我是回家以后，就没有吃奶了。今天我父亲来了，对母亲说有人找她当奶妈去。一两天内我们就得走了！我回去跟着六十多岁的祖母。我吃米汤，糕干……但是我不在乎！"

我默然，满心的高兴都消失了，我觉得惭愧。

小朋友的眼里，放出了骄傲勇敢的光："你将永远是花房里的一盆小花，风雨不侵的在划一的温度之下，娇嫩的开放着。我呢，是道旁的小草。人们的践踏和狂风暴雨，我都须忍受。你从玻璃窗里，遥遥的外望，也许会可怜我。然而在我的头上，有无限阔大的天空；在我的四周，有呼吸不尽的空气。有自由的蝴蝶和蟋蟀在我的旁边歌唱飞翔。我的勇敢的卑微的同伴，是烧不尽割不完的。在人们脚下，青青的点缀遍了全世界！"

我窘得要哭，"我自己也不愿意这样的娇嫩呀！……"我说。

小朋友惊醒了似的，缓和了下来，温慰我说："是呀，我们谁也不愿意和谁不一样，可是一切种种把我们分开了，——看后来罢！"

窗外的雪不住的在下，扯棉搓絮一般，绿瓦上匀整的堆砌上几道雪沟。母亲和我是要回家过年的。小朋友因为他母亲要去上工，也要年前回去。我们只有半天的聚首了，茫茫的人海，我们从此要分头消失在一片纷乱的城市叫嚣之中，何时再能在同一的屋瓦之下，抵足而眠？

我们恋恋的互视着。暮色昏黄里，小朋友的脸，在我微晕的眼光中渐渐的放大了。紧闭的嘴唇，紧锁的眉峰，远望的眼神，微微突出的下颏，处处显出刚决和勇毅。"他宰猪——宰人？"我想着，小手在衾底伸缩着，感出自己的渺小！

从母亲那里回来，互相报告的消息，是我们都改成明天———月一日——回去了！我的父亲怕除夕事情太多，母亲回去不得休息。小朋友的父亲却因为除夕自己出去躲债，怕他母亲回去被债主包围，也不叫她离院。我们平空又多出一天来！

自夜半起便听见爆竹，远远近近的连续不断。绵绵的雪中，几声寒犬，似乎告诉我们说人生的一段恩仇，至此又告一小小结束。在明天重戴起谦虚欢乐的假面具之先，这一夜，要尽量的吞噬，怨詈，哭泣。万千的爆竹声里，阴沉沉的大街小巷之中，不知隐伏着几千百种可怖的情感的激荡……

我栗然，回顾小朋友。他咬住下唇，一声儿不言语。——这一夜，缓流的水一般，细细的流将过去。将到天明，朦胧里我听见小朋友在他的床上叹息。

天色大明了。两个护士脸上堆着新年的笑，走了进来，替我们洗了澡。一个护士打开了我的小提箱，替我穿上小白绒紧子，套上白绒布长背心和睡衣。外面又穿戴上一色的豆青绒线裰子，帽子和袜子。穿着完了，她抱起我，笑说："你多美呵，看你妈妈多会打扮你！"我觉得很软适，却又很热，我暴躁得想哭。

小朋友也被举了起来。我愣然，我几乎不认识他了！他外面穿着大厚蓝布棉袄，袖子很大很长，上面还有拆改补缀的线迹；底下也是洗得褪色的蓝布的围裙。他两臂直伸着，头面埋在青棉的大风帽之内，臃肿得像一只风筝！我低头看着地上堆着的，从我们身上脱下的两套同样的白衣，我忽然打了一个寒噤。我们从此分开了，我们精神上，物质上的一切都永远分开了！

小朋友也看见我了，似骄似惭的笑了一笑说："你真美呀，这身美丽温软的衣服！我的身上，是我的铠甲，我要到社会的战场上，同人家争饭吃呀！"

护士们匆匆的捡起地上的白衣，扔入筐内。又匆匆的抱我们出去。走到玻璃门边，我不禁大哭起来。小朋友也忍不住哭了，我们乱招着手说："小朋友呀！再见呀！再见呀！"一路走着，我们的哭声，便在甬道的两端消失了。

母亲已经打扮好了，站在屋门口。父亲提着小箱子，站在她旁边。看见我来，母亲连忙伸手接过我，仔细看我的脸，拭去我的眼泪，偎着我，说："小宝贝，别哭！我们回家去了，一个快乐的家，妈妈也爱你，爸爸也爱你！"

一个轮车推了过来，母亲替我围上小豆青绒毯，抱我坐上去。父亲跟在后面。和相送的医生护士们道过谢，说过再见，便一齐从电梯下去。

从两扇半截的玻璃门里，看见一辆汽车停在门口。父亲上前开了门，吹进一阵雪花，母亲赶紧遮上我的脸。似乎我们又从轮车中下来，出了门，上了汽车，车门砰的一声关上了。母亲掀起我脸上的毯子，我看见满车的花朵。我自己在母亲怀里，父亲和母亲的脸颊偎着我。

这时车已徐徐的转出大门。门外许多洋车拥挤着，在他们纷纷让路的当儿，猛抬头我看见我的十日来朝夕相亲的小朋友！他在他父亲的臂里。他母亲提着青布的包袱。两人一同侧身站在门口，背向着我们。他父亲头上是一顶宽檐的青毡帽，身上是一件大青布棉袍。就在这宽大的帽檐下，小朋友伏在他的肩上，面向着我，雪花落在他的眉间，落在他颊上。他紧闭着眼，脸上是凄傲的笑容……他已开始享乐他的奋斗！……

车开出门外，便一直的飞驰。路上雪花飘舞着。隐隐的听得见新年的锣鼓。母亲在我耳旁，紧偎着说："宝贝呀，看这一个平坦洁白的世界呀！"

我哭了。

一九三一年八月五日，海淀

（最初发表于1931年《新月》第3卷11期，后收入《姑姑》）

冬儿姑娘

是呵，谢谢您，我喜，您也喜，大家同喜！太太，您比在北海养病，我陪着您的时候，气色好多了，脸上也显着丰满！日子过的多么快，一转眼又是一年。提起我们的冬儿，可是有了主儿了，我们的姑爷在清华园当茶役，这年下就要娶。姑爷岁数也不大，家里也没有什么人。可是您说的'大喜'，我也不为自己享福，看着她有了归着，心里就踏实了，也不枉我吃了十五年的苦。

"说起来真像故事上的话，您知道那年庆王爷出殡，……那是哪一年？……我们冬儿她爸爸在海淀大街上看热闹，这么一会儿的工夫就丢了。那天我们两个人倒是拌过嘴，我还当是他赌气进城去了呢，也没找他。过了一天，两天，三天，还不来，我才慌了，满处价问，满处价打听，也没个影儿。也求过神，问过卜，后来一个算命的，算出说他是往西南方去了，有个女人绊住他，也许过了年会回来的。我稍微放点心，我想，他又不是小孩子，又是本地人，哪能说丢就丢了呢，没想到……如今已是十五年了！

"那时候我们的冬儿才四岁。她是'立冬'那天生的，我们就这么一个孩子。她爸爸本来在内务府当差，什么杂事都能做，糊个棚呀干点什么的，也都有碗饭吃。自从前清一没有了，我们就没了落儿了。我们十几年的夫妻，没红过脸，到了那时实在穷了，才有时急得彼此抱怨几句，谁知道这就把他逼走了呢？

"我抱着冬儿哭了三整夜，我哥哥就来了，说：'你跟我回去，我养活着你。'太太，您知道，我哥哥家那些个孩子，再加上我，还带着冬儿，我嫂子嘴里不说，心里还能喜欢么？我说：'不用了，说不定你妹夫他什么时候也许就回来，冬儿也不小了，我自己想想法子看。'我把他回走了。以后您猜怎么着，您知道圆明园里那些大柱子，台阶儿的大汉白玉，那时都有米铺里雇人来把它砸碎了，掺在米里，好添分量，多卖钱。我那时就天天坐在那漫荒野地里砸石头。一边砸着石头，一边流眼泪。冬天的风一吹，眼泪都冻在脸上。回家去，冬儿自己爬在炕上玩，有时从炕上掉下来，就躺在地下哭。看见我，她哭，我也哭，我那时哪一天不是眼泪拌着饭吃的！

"去年北海不是在'霜降'那天下的雪么？我们冬儿给我送棉袄来了，太太您记得？傻大黑粗的，眼梢有点往上吊着？这孩子可是厉害，从小就是大男孩似的，一直到大也没改。四五岁的时候，就满街上和人抓子儿，押摊，耍钱，输了就打人，骂人，一街上的孩子都怕她！可是有一样，虽然蛮，她还讲理。还有一样，也还孝顺，我说什么，她听什么，我呢，只有她一个，也轻易不说她。

"她常说：'妈，我爸爸撇下咱们娘儿俩走了，你还想他呢？你就靠着我得了。我卖鸡子，卖柿子，卖萝卜，养活着你，咱们娘儿俩厮守着，不比有他的时候强么？你一天里淌眼抹泪的，当的了什么呀？'真的，她从八九岁就会卖鸡子，上清河贩鸡子去，来回十七八里地，挑着小挑子，跑的比大人还快。她不打价，说多少钱就多少钱，人和她打价，她挑起挑儿就走，头也不回。可是价钱也公道，海淀这街上，谁不是买她的？还有一样，买了别人的，她就不依，就骂。

"不卖鸡子的时候，她就卖柿子，花生。说起来还有可笑的事呢，您知道西苑常驻兵，这些小贩子就怕大兵，卖不到钱还不算，还常捱打受骂。她就不怕大兵，一早晨就挑着柿子什么的，一直往西苑去，坐在那操场边上，专卖给大兵。一个大钱也没让那些大兵欠过。大兵凶，她更凶，凶的人家反笑了，倒都让着她。等会儿她卖够了，说走就走，人家要买她也不给。那一次不是大兵追上门来了？我在院子里洗衣裳，她前脚进门，后脚就有两个大兵追着，吓得我们一跳，我们一院子里住着的人，都往屋里跑。大兵直笑直嚷着说：'冬儿姑娘，冬儿姑娘，再卖给我们两个柿子。'她回头把挑儿一放，两只手往腰上一叉说：'不卖给你，偏不卖给你，买东西就买东西，谁和你们嘻皮笑脸的！你们趁早给我走！'我吓得直哆嗦！谁知道那两个大兵倒笑着走了。您瞧这孩子的胆！

"那一年她有十二三岁，张宗昌败下来了，他的兵就驻在海淀一带。这张宗昌的兵可穷着呢，一个个要饭的似的，袜子鞋都不全，得着人家儿就拍门进去，翻箱倒柜的，还管着住着就不走了。海淀这一带有点钱的都跑了，大姑娘小媳妇儿的，也都走空了。我是又穷又老，也就没走，我哥哥说：'冬儿倒是往城里躲躲罢。'您猜她说什么，她说：'大舅舅，您别怕，我妈不走，我也不走，他们吃不了我，我还要吃他们呢！'可不是她还吃上大兵么？她跟他们后头走队唱歌的，跟他们混得熟极了，她哪一天不吃着他们那大笼屉里蒸的大窝窝头？

"有一次也闯下祸——那年她是十六岁了，——有几个大兵从西直门往西苑拉草料，她叫人家把草料卸在我们后院里，她答应晚上请人家喝酒。我是一点也不知道，她在那天下午就躲开了。晚上那几个大兵来了，吓得我要死！知道冬儿溜了，他们恨极了，拿着马鞭子在海淀街上找了她三天。后来亏得那一营兵开走了，才算没有事。

"冬儿是躲到她姨儿，我妹妹家去了。我的妹妹家住在蓝旗，有个菜园子，也有几口猪，还开个小杂货铺。那次冬儿回来了，我就说：'姑娘你岁数也不小了，整天价和大兵捣乱，不但我担惊受怕，别人看着也不像一回事，你说是不是？你倒是先住在你姨儿家去，给她帮帮忙，学点粗活，日后自然都有用处……'她倒是不刁难，笑嘻嘻的就走了。

"后来，我妹妹来说：'冬儿倒是真能干，真有力气，浇菜，喂猪，天天一清早上西直门取货，回来还来得及做饭。做事是又快又好，就是有一样，脾气太大！稍微的说她一句，她就要回家。'真的，她

108

在她姨儿家住不上半年就回来过好几次，每次都是我劝着她走的。不过她不在家，我也有想她的时候。那一回我们后院种的几棵老玉米，刚熟，就让人拔去了，我也没追究。冬儿回来知道了，就不答应说：'我不在家，你们就欺负我妈了！谁拔了我的老玉米，快出来认了没事，不然，谁吃了谁嘴上长疔！'她坐在门槛上直直骂了一下午，末后有个街坊老太太出来笑着认了，说：'姑娘别骂了，是我拔的，也是闹着玩。'这时冬儿倒也笑了说：'您吃了就告诉我妈一声，还能不让您吃吗？明人不做暗事，您这样叫我们小孩子瞧着也不好！'一边说着，这才站起来，又往她姨儿家里跑。

"我妹妹没有儿女。我妹夫就会耍钱，不做事。冬儿到他们家，也学会了打牌，白天做活，晚上就打牌，也有一两块钱的输赢。她打牌是许赢不许输，输了就骂。可是她打的还好，输的时候少，不然，我的这点儿亲戚，都让她给骂断了！

"在我妹妹家两年，我就把她叫回来了，那就是去年，我跟您到北海去，叫她回来看家。我不在家，她也不做活，整天里自己做了饭吃了，就把门锁上，出去打牌。我听见了，心里就不痛快。您从北海一回来，我就赶紧回家去，说了她几次，勾起胃口疼来，就躺下了。我妹妹来了，给我请了个瞧香的，来看了一次，她说是因为我那年为冬儿她爸爸许的愿，没有还，神仙就罚我病了。冬儿在旁边听着，一声儿也没言语。谁知道她后脚就跟了香头去，把人家家里神仙牌位一顿都砸了，一边还骂着说：'还什么愿！我爸爸回来了么？就还愿！我砸了他的牌位，他敢罚我病了，我才服！'大家死劝着，她才一边骂着，走了回来。我妹妹和我知道了，又气，又害怕，又不敢去见香头。谁知后来我倒也好了，她也没有什么。真是，'神鬼怕恶人'……

"我哥哥来了，说：'冬儿年纪也不小了，赶紧给她找个婆家罢，"恶事传千里"，她的厉害名儿太出远了，将来没人敢要！'其实我也早留心了，不过总是高不成低不就的。有个公公婆婆的，我又不敢答应，将来总是麻烦，人家哪能像我似的，什么都让着她？那一次有人给提过亲，家里也没有大人，孩子也好，就是时辰不对，说是犯克。那天我合婚去了，她也知道，我去了回来，她正坐在家里等我，看见我就问：'合了没有？'我说：'合了，什么都好，就是那头命硬，说是克丈母娘。'她就说：'那可不能做！'一边说着又拿起钱来，出去打牌去了。我又气，又心疼。这会儿的姑娘都脸大，说话没羞没臊的！

"这次总算停当了，我也是一块石头落了地！

"谢谢您，您又给这许多钱，我先替冬儿谢谢您了！等办过了事，我再带他们来磕头。……您自己也快好好的保养着，刚好别太劳动了，重复了可不是玩的！我走了，您，再见。"

一九三三年十一月二十八日夜

（最初发表于《文学季刊》1934 年 1 月 1 日创刊号，后收入《冬儿姑娘》）

小橘灯

这是十几年以前的事了。

在一个春节前一天的下午，我到重庆郊外去看一位朋友。她住在那个乡村的乡公所楼上。走上一段阴暗的仄仄的楼梯，进到一间有一张方桌和几张竹凳、墙上装着一架电话的屋子，再进去就是我的朋友的房间，和外间只隔一幅布帘。她不在家，窗前桌上留着一张条子，说是她临时有事出去，叫我等着她。

我在她桌前坐下，随手拿起一张报纸来看，忽然听见外屋板门吱地一声开了，过了一会，又听见有人在挪动那竹凳子。我掀开帘子，看见一个小姑娘，只有八九岁光景，瘦瘦的苍白的脸，冻得发紫的嘴唇，头发很短，穿一身很破旧的衣裤，光脚穿一双草鞋，正在登上竹凳想去摘墙上的听话器，看见我似乎吃了一惊，把手缩了回来。我问她：“你要打电话吗？”她一面爬下竹凳，一面点头说：“我要××医院，找胡大夫，我妈妈刚才吐了许多血！”我问：“你知道××医院的电话号码吗？”她摇了摇头说：“我正想问电话局……”我赶紧从机旁的电话本子里找到医院的号码，就又问她：“找到了大夫，我请他到谁家去呢？”她说：“你只要说王春林家里病了，她就会来的。”

我把电话打通了，她感激地谢了我，回头就走。我拉住她问：“你的家远吗？”她指着窗外说：“就在山窝那棵大黄果树下面，一下子就走到的。”说着就登、登、登地下楼去了。

我又回到里屋去，把报纸前前后后都看完了，又拿起一本《唐诗三百首》来，看了一半，天色越发阴沉了，我的朋友还不回来。我无聊地站了起来，望着窗外浓雾里迷芒的山景，看到那棵黄果树下面的小屋，忽然想去探望那个小姑娘和她生病的妈妈。我下楼在门口买了几个大红橘子，塞在手提袋里，顺着歪斜不平的石板路，走到那小屋的门口。

我轻轻地叩着板门，刚才那个小姑娘出来开了门，抬头看了我，先愣了一下，后来就微笑了，招手叫我进去。这屋子很小很黑，靠墙的板铺上，她的妈妈闭着眼平躺着，大约是睡着了，被头上有斑斑的血痕，她的脸向里侧着，只看见她脸上的乱发，和脑后的一个大髻。门边一个小炭炉，上面放着一个小沙锅，微微地冒着热气。这小姑娘把炉前的小凳子让我坐了，她自己就蹲在我旁边，不住地打量我。我轻轻地问："大夫来过了吗？"她说："来过了，给妈妈打了一针……她现在很好。"她又像安慰我似地说："你放心，大夫明早还要来的。"我问："她吃过东西吗？这锅里是什么？"她笑说："红薯稀饭——我们的年夜饭。"我想起了我带来的橘子，就拿出来放在床边的小矮桌上。她没有作声，只伸手拿过一个最大的橘子来，用小刀削去上面的一段皮，又用两只手把底下的一大半轻轻地揉捏着。

我低声问："你家还有什么人？"她说："现在没有什么人，我爸爸到外面去了……"她没有说下去，只慢慢地从橘皮里掏出一瓣一瓣的橘瓣来，放在她妈妈的枕头边。

炉火的微光，渐渐地暗了下去，外面变黑了。我站起来要走，她拉住我，一面极其敏捷地拿过穿着麻线的大针，把那小橘碗四周相对地穿起来，像一个小筐似的，用一根小竹棍挑着，又从窗台上拿了一段短短的蜡头，放在里面点起来，递给我说："天黑了，路滑，这盏小橘灯照你上山吧！"

我赞赏地接过，谢了她，她送我出到门外，我不知道说什么好，她又像安慰我似地说："不久，我爸爸一定会回来的。那时我妈妈就会好了。"她用小手在面前画一个圆圈，最后按到我的手上："我们大家也都好了！"显然地，这"大家"也包括我在内。

我提着这灵巧的小橘灯，慢慢地在黑暗潮湿的山路上走着。这朦胧的橘红的光，实在照不了多远，但这小姑娘的镇定、勇敢、乐观的精神鼓舞了我，我似乎觉得眼前有无限光明！

我的朋友已经回来了，看见我提着小橘灯，便问我从哪里来。我说："从……从王春林家来。"她惊异地说："王春林，那个木匠，你怎么认得他？去年山下医学院里，有几个学生，被当作共产党抓走了，以后王春林也失踪了，据说他常替那些学生送信……"

当夜，我就离开那山村，再也没有听见那小姑娘和她母亲的消息。

但是从那时起，每逢春节，我就想起那盏小橘灯。十二年过去了，那小姑娘的爸爸一定早回来了。她妈妈也一定好了吧？因为我们"大家"都"好"了！

（最初发表于《中国少年报》1957年1月31日，后收入《小橘灯》，作家出版社1960年4月初版）

明子和咪子

　　明子的真名不叫明子，他姓徐，叫徐明。咪子的真名也不叫咪子，它是一只猫，叫咪咪，明子和咪子是奶奶给他们的爱称。

　　咪子是明子给奶奶抱来的。奶奶退休后，闲多了，不但要明子和爸爸每天来吃晚饭——因明子的妈妈得到"交换学者"的奖学金，到加拿大进修一年——还要找些别的事做，像在阳台上种些花草什么的，因此明子就想劝奶奶养猫。

　　明子最爱猫了，但是妈妈不爱猫，说：猫不像狗，它到处爬，到处跳。一会上桌，一会上床，太脏了。无论明子怎样央告，妈妈总是不肯。如今妈妈出国了，楼上的陈伯伯——爸爸的同事——他家又有了三只小猫，长毛的，个个像毛茸茸的小花毛团似的，可爱极了。大家都说陈伯伯太爱猫了，送走一只猫，就像嫁出去一个女儿似的，一定要找一个可靠的人家，他才肯给。明子想，说是我奶奶要，他不会不答应吧，我去试试看。

　　第二天一放学，明子就上楼对陈伯伯赔笑说："我奶奶您认识吧？她最爱猫了，她退休了闲得慌，想要您一只小猫作伴，行不行？"陈伯伯看着他笑说："你奶奶要，可以抱一只去……"明子又赔笑说："我把三只都抱去给奶奶看，即刻就送回来。"陈伯伯只好让他把三只小猫都放进书包里，他挎上书包，骑上车飞快地到了奶奶家。

　　奶奶家住得不远，骑车三分钟就到了，奶奶还给明子一大把门的钥匙，可以一直进去。明子兴冲冲地进去时，奶奶正在给妈妈写信呢。明子从书包里把小猫一只一只放在书桌上，它们一边低头闻着，一边柔软轻巧地在笔筒、茶杯和台灯中间穿走。其中有一只是全白的，只有尾巴是黑的，背上还有一块小黑点。就是它最活泼了。一上来就爬到奶奶手边，伸出前爪去挠那支正在摆动着的笔。奶奶一面挥手说："去！去！"抬起头来一看，却笑了说："这只猫有名堂。这黑尾巴是条鞭子，那一块黑点是个绣球。这叫'鞭打绣球'……"明子高兴得拍手笑了说："好，好，'鞭打绣球'，就留下它吧。"奶奶笑着说："要留下它，也得先送回去。我们要先给它准备吃、喝、拉、撒、睡的地方。"

明子连忙又把小猫送回给陈伯伯，说："我奶奶谢谢您啦，她想要那只有黑尾巴的。"——他不敢把"鞭打绣球"这好听的名字说出来，怕陈伯伯不舍得——陈伯伯一边把小猫放回母猫筐里，一边说："好吧。你一定也常去玩了？可你不能折磨它。"明子满脸是笑，说："哪能呢！我们准备好就来抱。"一回头就跑。

明子帮着奶奶找出一只大的深沿的塑料盘子，铺上炉灰，给咪咪做厕所；两只红花的搪瓷碟子，大的做咪咪的饭碗，小的做咪咪的水杯；还有一只大竹篮子，铺上一层棉絮，做咪咪的卧床。奶奶说："咪咪可以睡在我的屋里，但是'吃'和'拉'只能在厨房桌子底下，夏天还得放到凉台上去，不然，臊死了。"这一切，明子都慨然地同意了。

咪子抱来了，真是活跃得了不得！就像妈妈说的那样，整天到处跑，到处跳，一会儿上桌，一会儿上床，什么也要拨拨弄弄。于是奶奶就常给它洗澡，洗完用大毛巾裹起来，还用吹风机把湿毛吹干了。早饭后在洗牛奶锅的时候，还用一勺稀粥先在锅里涮一遍，又把自己不吃的蛋黄，拌在牛奶粥里给咪子吃。奶奶把咪子调理得又"白"又"胖"，就像一大团绒球似的！咪子平常很闹，挣扎着不让明子抱它，但是吃饱之后就又贪睡。奶奶常在晚饭前喂它，什么鱼头啦、鸡爪啦，剁碎了给它拌饭。咪子一直在旁边叫着，等奶奶一放下它的饭碗，它就翘着尾巴过去；吃完了，用前爪不住地"洗

115

脸"，洗完脸就懒洋洋弓起身来，打着呵欠。这时明子就过去把它抱在怀里，咪子一动不动地闭上眼，蜷成一团。明子轻轻抚摸着它，它还会轻轻地打着"呼噜"。每天晚饭后，奶奶和爸爸一边看着电视，一边闲谈。明子只坐在一旁，静静地抱着睡着的咪子，轻轻地顺着它的雪白的长毛摸着，不时地低下头去用脸偎着它，电视荧幕上花花绿绿地人来人往，他一点也没看进去。等到"新闻联播"节目映完，爸爸就会站起来说："徐明，咱们走吧。你的作业还没做完呢！和奶奶说再见。"这时明子只好把柔软温暖的咪子放在奶奶的膝上，恋恋不舍地走了。

这个星期天中午，奶奶答应明子的请求，让爸爸带陈伯伯来吃午饭，说是请他来看咪咪长得好不好，并谢谢他。陈伯伯来了，和奶奶寒暄几句。明子把咪子举到他面前，他也只看了一眼。他一边吃饭，一边和爸爸大讲起什么电子计算机，怎样用编成的语言，把资料储存进去啦，用的时候一按那键子，那资料就出来了什么的。明子悄悄地问奶奶："电子计算机是什么样子？对养猫有没有用处？"奶奶笑着说："我也说不清。我想要把咪子的资料装进去，要用的时候，一按键子也会出来吧。"吃过饭，陈伯伯谢过奶奶，说："下午还要去摆弄计算机，先走了。"爸爸也说："徐明还是跟我回去午睡吧，起来还要给妈妈写信呢！"明子只好把咪子抱起，在脸上偎了一下，跟着他们走了。

明子回到家一上床就睡着了。他忽然做了个梦，梦里听见咪子一声一声叫得很急，仿佛有人在折磨它。四周一看，只见眼前放着一个大黑箱子，似乎就是那个电子计算机了，咪子在里面关着呢。它睁着两只大圆眼，从箱子缝里望着明子不住地叫。明子急得嗒嗒地拍着那大黑箱子，要找那键子，就是找不着！

他急得满头大汗，耳边还听见嗒嗒的声音，睁眼看时，原来还睡在床上，爸爸正用打字机打着给妈妈的信呢。明子翻身下床，摘下挂在墙上的奶奶家大门的钥匙就走，爸爸在后面叫他"别去吵奶奶了……"他也顾不上答应。

奶奶家的大门轻轻地开了，奶奶的房间也让他推开一条缝。奶奶脸向里睡着呢，咪子趴在奶奶的枕头边，听见推门的声音，立刻警觉地睁着大眼，一看见是明子来了，它又趴了下去，头伏在前爪上，后腿蜷了起来，这是它兴奋前扑的预备姿势。

明子侧身挤进门来，只一伸手，这一团毛茸茸的大白绒球，就软软地扑到他的胸前。明子紧紧地抱住它，不知道为什么，双眼忽然模糊了起来……

一九八四年五月十八日晨

（最初发表于《人民日报》1984 年 5 月 30 日）

六一姊

这两天来，不知为什么常常想起六一姊。

她是我童年游伴之一，虽然在一块儿的日子不多，我却着实的喜欢她，她也尽心的爱护了我。

她的母亲是菩提的乳母——菩提是父亲朋友的儿子，和我的大弟弟同年生的，他们和我们是紧邻——菩提出世后的第三天，她的母亲便带了六一来。又过两天，我偶然走过菩提家的厨房，看见一个八九岁的姑娘，坐在门槛上。脸儿不很白，而双颊自然红润，双眼皮，大眼睛，看见人总是笑。人家说这是六一的姊姊，都叫她六一姊。那时她还是天足，穿一套压着花边的蓝布衣裳。很粗的辫子，垂在后面。我手里正拿着两串糖葫芦，不由的便递给她一串。她笑着接了，她母亲叫她道谢，她只看着我笑，我也笑了，彼此都觉得很腼腆。等我吃完了糖果，要将那竹签儿扔去的时候，她拦住我；一面将自己竹签的一头拗弯了，如同钩儿的样子，自己含在口里，叫我也这样做，一面笑说："这是我们的旱烟袋。"

我用奇异的眼光看着她——当然我也随从了，自那时起我很爱她。

她三天两天的便来看她母亲，我们见面的时候很多。她只比我大三岁，我觉得她是我第一个好朋友，我们常常有事没事的坐在台阶上谈话。——我知道六一是他爷爷六十一岁那年生的，所以叫做六一。但六一未生之前，他姊姊总该另有名字的。我屡次问她，她总含笑不说。以后我仿佛听得她母亲叫她铃儿，有一天冷不防我从她背后也叫了一声，她连忙答应。回头看见我笑了，她便低头去弄辫子，似乎十分羞涩。我至今还不解是什么缘故。当时只知道她怕听"铃儿"两字，便时常叫着玩，但她并不恼我。

水天相连的海隅，可玩的材料很少，然而我们每次总有些新玩艺儿来消遣日子。有时拾些卵石放在小铜锣里，当鸡蛋煮着。有时在沙上掘一个大坑，将我们的脚埋在里面。玩完了，我站起来很坦然的；她却很小心的在岩石上蹴踏了会子，又前后左右的看她自己的鞋，她说："我的鞋若是弄脏了，我妈要说我的。"

还有一次，我听人家说煤是树木积压变成的，偶然和六一姊谈起，她笑着要做一点煤冬天烧。我们寻得了一把生锈的切菜刀，在山下砍了些荆棘，埋在海边沙土里，天天去掘开看变成了煤没有。五六天过去了，依旧是荆棘，以后再有人说煤是树木积压成的，我总不信。

下雨的时候，我们便在廊下"跳远"玩，有时跳得多了，晚上睡时觉得脚跟痛，但我们仍旧喜欢跳。有一次我的乳娘看见了，隔窗叫我进去说："她是什么人？你是什么人？天天只管同乡下孩子玩，姑娘家跳跳钻钻的，也不怕人笑话！"我乍一听说，也便不敢出去，次数多了，我也有些气忿，便道："她是什么人？乡下孩子也是人呀！我跳我的，我母亲都不说我，要你来管做什么？"一面便挣脱出去。乳娘笑着拧我的脸说："你真个学坏了！"

以后六一姊长大了些，来的时候也少了。她十一岁那年来的时候，她的脚已经裹尖了，穿着一双青布扎红花的尖头高底鞋。女仆们都夸赞她说："看她妈不在家，她自己把脚裹的多小呀！这样的姑娘，真不让人费心。"我愕然，背后问她说："亏你怎么下手，你不怕痛么？"她摇头笑说："不。"随后又说："痛也没有法子，不裹叫人家笑话。"

从此她来的时候，也不能常和我玩了，只挪过一张矮凳子，坐在下房里，替六一浆洗小衣服，有时自己扎花鞋。我在门外沙上玩，她只扶着门框站着看。我叫她出来，她说："我跑不动。"——那时我已起首学做句子，读整本的书了，对于事物的兴味，渐渐的和她两样。在书房窗内看见她来了，又走进下房里，我也只淡淡的，并不像从前那种着急，恨不得立时出去见她的样子。

菩提断了乳，六一姊的母亲便带了六一走了。从那时起，自然六一姊也不再来。——直到我十一岁那年，到金钩寨看社戏去，才又见她一面。

我看社戏，几乎是年例，每次都是坐在正对着戏台的席棚底下看的。这座棚是曲家搭的，他家出了一个副榜，村里要算他们最有声望了。从我们楼上可以望见曲家门口和祠堂前两对很高的旗杆，和海岸上的魁星阁。这都是曲副榜中了副榜以后，才建立起来的。金钩寨得了这些点缀，观瞻顿然壮了许多。

金钩寨是离我们营垒最近的村落，四时节庆，不免有馈赠往来。我曾在父亲桌上，看见曲副榜寄父亲的一封信，是五色信纸写的，大概是说沿海不靖，要请几名兵士保护乡村的话，内中有"谚云'……'足下乃今日之大树将军也，小草依依，尚其庇之……""谚云"底下是什么，我至终想不起来，只记得纸上龙蛇飞舞，笔势很好看的。

社戏演唱的时候，父亲常在被请参观之列。我便也跟了去，坐在父亲身旁看。我矮，看不见，曲家的长孙还因此出去，踢开了棚前土阶上列坐的乡人。

实话说，对于社戏，我完全不感兴味，往往看不到半点钟，便缠着要走，父亲也借此起身告辞。——而和六一姊会面的那一次，不是在棚里看，工夫却长了些。

那天早起，在书房里，已隐隐听见山下锣鼓喧天。下午放学出来，要回到西院去，刚走到花墙边，看见余妈抱着膝坐在下台阶上打盹。看见我便一把拉住笑说："不必过去了，母亲睡觉呢。我在这里等着，领你听社戏去，省得你一个人在楼上看海怪闷的。"我知道是她自己要看，却拿我作盾牌。但我在书房坐了一天，也正懒懒的，便任她携了我的手，出了后门，夕阳中穿过麦垄。斜坡上走下去，已望见戏台前黑压压的人山人海，卖杂糖杂饼的担子前，都有百十个村童围着，乱哄哄的笑闹；墙边一排一排的板凳上，坐着粉白黛绿，花枝招展的妇女们，笑语盈盈的不休。

我觉得瑟缩，又不愿挤过人丛，拉着余妈的手要回去。余妈俯下来指着对面叫我看，说："已经走到这里了——你看六一姊在那边呢，过去找她说话去。"我抬头一看，棚外左侧的墙边，穿着新蓝布衫子，大红裤子，盘腿坐在长板条的一端，正回头和许多别的女孩子说话的，果然是六一姊。

余妈半推半挽的把我撮上棚边去，六一姊忽然看见了，顿时满脸含笑的站起来让："余大妈这边坐。"一面紧紧的握我的手，对我笑，不说什么话。

一别三年，六一姊的面庞稍稍改了，似乎脸儿长圆了些，也白了些，样子更温柔好看了。我一时也没有说什么，只看着她微笑。她拉我在她身旁半倚的坐下，附耳含笑说："你也高了些——今天怎么又高兴出来走走？"

当我们招呼之顷，和她联坐的女孩们都注意我——这时我愿带叙一个人儿，我脑中常有她的影子，后来看书一看到"苎萝村"和"西施"字样，我立刻就联忆到她，也不知是什么缘故。她是那天和六一姊同坐的女伴中之一，只有十四五岁光景。身上穿着浅月白竹布衫儿，襟角上绣着卍字。绿色的裤子。下面是扎腿，桃红扎青花的小脚鞋。头发不很青，却是很厚。水汪汪的一双俊眼。又红又小的嘴唇。净白的脸上，薄薄的搽上一层胭脂。她顾盼撩人，一颦一笑，都能得众女伴的附和。那种娟媚入骨的风度，的确是我过城市生活以前所见的第一美人儿！

到此我自己惊笑，只是那天那时的一瞥，前后都杳无消息，童稚烂漫流动的心，在无数的过眼云烟之中，不知怎的就捉得这一个影子，自然不忘的到了现在。——生命中原有许多"不可解"的事！

她们窃窃议论我的天足，又问六一姊，我为何不换衣裳出来听戏。

121

众口纷纭，我低头听得真切，心中只怨余妈为何就这样的拉我出来！我身上穿的只是家常很素净的衣服，在红绿丛中，更显得非常的暗淡。

百般局促之中，只听得六一姊从容的微笑说："值得换衣服么？她不到棚里去，今天又没有什么大戏。"一面用围揽着我的手抚我的肩儿，似乎教我抬起头来的样子。

我觉得脸上红潮立时退去，心中十分感激六一姊轻轻的便为我解了围。我知道这句话的分量，一切的不宁都恢复了。我暗地惊叹，三年之别，六一姊居然是大姑娘了，她练达人情的话，居然能庇覆我！

恋恋的挨着她坐着，无聊的注目台上。看见两个婢女站在两旁，一个皇后似的，站在当中，摇头掩袖，咿咿的唱。她们三个珠翠满头，粉黛俨然，衣服也极其闪耀华丽，但裙下却都露着一双又大又破烂的男人单脸鞋。

金色的斜阳，已落下西山去，暮色逼人。余妈还舍不得走，我说："从书房出来，简直就没到西院去，母亲要问，我可不管。"她知道我万不愿再留滞了，只得站起来谢了六一姊，又和四围的村妇纷纷道别。上坡来时，她还只管回头望着台上，我却望着六一姊，她也望着我。我忽然后悔为何忘记吩咐她来找我玩，转过麦垅，便彼此看不见了。——到此我热烈的希望那不是最末次的相见！

回家来已是上灯时候，母亲并不会以不换衣裳去听社戏为意，只问我今天的功课。我却告诉母亲我今天看见了六一姊，还有一个美姑娘。美姑娘不能打动母亲的心，母亲只殷勤的说："真的，六一姊也有好几年没来了！"

十年来四围寻不到和她相似的人，在异国更没有起联忆的机会，但这两天来，不知为何，只常常想起六一姊！

她这时一定嫁了，嫁在金钩寨，或是嫁到山右的邻村去，我相信她永远是一个勤俭温柔的媳妇。

山坳海隅的春阴景物，也许和今日的青山，一般的凄黯消沉！我似乎能听到那呜呜的海风，和那暗灰色浩荡摇撼的波涛。我似乎能看到那阴郁压人的西南山影，和山半一层层枯黄不断的麦地。乍暖还寒时候，常使幼稚无知的我，起无名的怅惘的那种环境，六一姊也许还在此中。她或在推磨，或在纳鞋底，工作之余，她偶然抬头自篱隙外望海山，或不起什么感触。她决不能想起我，即或能想起我，也决不能知道这时的我，正在海外的海，山外的山的一角小楼之中，凝阴的廊上，低头疾书，追写十年前的她的嘉言懿行……

我一路拉杂写来，写到此泪已盈睫——总之，提起六一姊，我童年的许多往事，已真切活现的浮到眼前来了！

一九二四年三月二十六日黄昏。青山，沙穰

（最初发表于《小说月报》1924年6月第15卷第6号，后收入《往事》）